O OBSERVADOR NO ESCRITÓRIO

O OBSERVADOR NO ESCRITÓRIO

CARLOS DRUMMOND DE ANDRADE

POSFÁCIO DE
MÍRIAM LEITÃO

nova edição

EDITORA RECORD
RIO DE JANEIRO • SÃO PAULO
2024

CONSELHO EDITORIAL
Afonso Borges, Edmílson Caminha,
Livia Vianna, Luis Mauricio Graña Drummond,
Pedro Augusto Graña Drummond,
Roberta Machado, Rodrigo Lacerda
e Sônia Machado Jardim

PROJETO GRÁFICO DE CAPA E MIOLO
Leonardo Iaccarino

FIXAÇÃO DE TEXTO
Edmílson Caminha

CRONOLOGIA
José Domingos de Brito (criação)
Marcella Ramos (checagem)

IMAGEM DE CAPA
Instants/iStock

AUTOCARICATURA (LOMBADA)
Carlos Drummond de Andrade, 1961

FOTO DRUMMOND (ORELHA)
Grupo Editorial Record

CIP-BRASIL. CATALOGAÇÃO NA PUBLICAÇÃO
SINDICATO NACIONAL DOS EDITORES DE LIVROS, RJ

A566o
4ª ed.

Andrade, Carlos Drummond de, 1902-1987
    O observador no escritório / Carlos Drummond de Andrade. - 4. ed. -
Rio de Janeiro : Record, 2024.

    Apêndice
    Inclui índice
    ISBN 978-85-01-92198-7

    1. Andrade, Carlos Drummond de, 1902-1987 - Diários.
2. Escritores brasileiros - Diários. I. Título.

CDD: 869.8
CDU: 82-94(81)

24-91980

Meri Gleice Rodrigues de Souza - Bibliotecária - CRB-7/6439

Carlos Drummond de Andrade © Graña Drummond
www.carlosdrummond.com.br

Texto revisado segundo o Acordo Ortográfico da Língua Portuguesa de 1990.

Todos os direitos reservados. Proibida a reprodução, armazenamento ou transmissão
de partes deste livro, através de quaisquer meios, sem prévia autorização por escrito.

Direitos exclusivos desta edição reservados pela
EDITORA RECORD LTDA.
Rua Argentina, 171 – Rio de Janeiro, RJ – 20921-380 – Tel.: (21) 2585-2000.

Impresso no Brasil

ISBN 978-85-01-92198-7

Seja um leitor preferencial Record.
Cadastre-se no site www.record.com.br
e receba informações sobre nossos
lançamentos e nossas promoções.

Atendimento e venda direta ao leitor:
sac@record.com.br

EDITORA AFILIADA

SUMÁRIO

15   1943

18   1944
21   O poema longo

25   1945
28   Morte de Mário de Andrade
34   A família Portinari
36   Poema da anistia
41   Fala de Luís Carlos Prestes
51   Vinicius interroga os espíritos
53   Um canário morto
55   Novo encontro com Prestes
62   Deposição de Getúlio
64   Adeus à *Tribuna Popular*
67   O DNI e seus problemas

69   1946
75   O Brasil em um dia

81   1947
82   A paisagem revista
85   Voltar para Minas
91   Congresso de Escritores
93   Ao Pinguim!

100   1948
104   Lembranças de Órris Soares

106	1950
106	Cartas maternas
110	Reações de Olavo Bilac
113	J. Carlos
113	A eleição perdida
115	Balanço de uma campanha
116	Folclore getuliano
119	1951
119	Manuel Bandeira enfermo
121	1952
123	1953
123	Morre Américo Facó
126	Getúlio na José Olympio
128	1954
129	Com Adolfo Casais Monteiro
131	1955
133	1956
135	1957
137	1958
139	1959
140	O jazigo de Machado de Assis
143	1960
144	O sacrifício de Max Grossmann
148	Fim da *Careta*
149	1961
151	Conselho Nacional de Cultura
153	Garrincha, o gato
158	A mineiridade dos Profetas

160 1962
163 Paulo Gomide
166 Francisco Campos, o político

169 1963
171 Ribeiro Couto

174 1964
175 Queda de Jango
177 Álvaro Moreyra
179 Cecília Meireles

180 1965
181 Bandeira e Schmidt
182 Mário Barreto

184 1966

186 1967

187 1968
190 Todas as mulheres do mundo

193 1969
193 Abgar Renault
194 Niomar Moniz Sodré

196 1970

198 1971

200 1972

202 1973
202 Filmagem com Fernando Sabino

204 1974

207	1975
208	Fim do *Correio da Manhã*
210	Murilo Mendes e Cristo
212	1976
214	Tempo de colégio
216	1977
216	A ilusão dos pecúlios
217	Rosário Fusco
218	Cartas do Velho
223	Apêndice: Uma carta de Luís Carlos Prestes
229	Posfácio, *por Míriam Leitão*
239	Cronologia
277	Bibliografia de Carlos Drummond de Andrade
285	Bibliografia sobre Carlos Drummond de Andrade (seleta)
293	Índice onomástico e remissivo

Durante anos, como tanta gente, mantive um diário e, como tanta gente, acabei por abandoná-lo. Ao lado de anotações pessoais, registrava nele, com frequência irregular, fatos políticos e literários que me interessassem. Uma seleção desses registros foi publicada no Jornal do Brasil, *em 1980-1981. Reunindo-os em livro, acrescentei-lhes outros, até agora inéditos. Se os leitores encontrarem nestas páginas o eco de um tempo abolido, terei resgatado a minha nostalgia e fornecido matéria para conversa de pessoas velhas e novas.*

C.D.A.

O OBSERVADOR NO ESCRITÓRIO

Por que se escrevem diários? Por que notadamente os escritores gostam de escrevê-los, dissipando o tempo que deveria ser consagrado a viver ou a produzir escritos públicos? Admite-se que o político e, de modo geral, o homem de ação se empenhem em manter registro continuado de fatos e conversações que possam justificá-los no futuro, se tiverem em conta o julgamento histórico.

Neste caso, o diário valerá como documento de arquivo. Mas o escritor não precisa justificar-se, a não ser pela obra. Ninguém o obriga à anotação íntima, a esse mirar-se no espelho do presente. Então, se escreve o diário, há de ser por força de motivação psicológica obscura, inerente à condição de escritor, alheia à noção de utilidade profissional.

Não pensei nisto, anos a fio, ao encher cadernos com anotações sobre o meu dia a dia, que jamais pretendi viessem a ter importância documental, como não têm. O impulso de escrever para mim mesmo, em caráter autoconfessional, ditou os feixes de palavras que fui acumulando e que um dia... destruí. Mas a própria destruição tem caprichos. Do conjunto sacrificado salvaram-se algumas páginas que hoje reúno em livro, depois de tê-las, na maior parte, colocado em minha coluna no Caderno B do Jornal do Brasil. Animou-me a ingênua presunção de que possam dar ao leitor um reflexo do tempo vivido de 1943 a 1977, menos por mim do que pelas pessoas em volta, fazendo lembrar coisas literárias e políticas daquele Brasil sacudido por ventos contrários.

Fui, talvez, observador no escritório.

C.D.A.

1943

Maio, 15 — Paulo Mendes Campos, mineiro de 21 anos, poeta dotado de senso crítico, muito generoso para comigo, esboça em carta restrições a um poema que publiquei ultimamente: "Espero sua compreensão para este pequeno desabafo. Não é cabotinismo." Compreendi e gostei. Tantos elogios de amigos, em volta, ameaçavam comprometer meu autojulgamento. Os ataques que me vinham – que me vêm sempre – eram todos do lado de lá, o lado dos conservadores e reacionários, que não me interessa. Restrições partidas do lado de cá, de gente amiga e independente, alertam o espírito e impõem mais rigor.

Junho, 3 — Visita a Murilo Mendes, doente. O casarão tem aparência de sanatório (é a proprietária que o lembra). Fica entre árvores de um jardim malcuidado, mas acolhedor. Largas escadas, grandes janelas e portas, muito silêncio. A velha dona da casa recebe-me com reserva, e só depois de minucioso interrogatório, metade em francês metade em português, é que me aponta o caminho: "No fundo do corredor, a porta com o retrato de Mozart..."

Murilo de pijama, andando pelo quarto, com o abatimento natural à doença, em que eu procuro não reparar, com o pudor ou a timidez que quase me faz pedir desculpas ao doente por visitá-lo no momento de sua inferioridade física. Disseram-me que estava liquidado, mas essa minha maneira de visitar os enfermos não me permite verificação a fundo, tão cruel mesmo quando motivada pelo interesse da amizade, e que outros fazem naturalmente.

Dou-lhe um papel a assinar – a decisão do concurso de poesia estudantil de guerra, de que somos julgadores, e procuro falar-lhe, sem muito jeito, de coisas alheias à doença. Mas a doença está no quarto, entrando aqui e ali na conversa, por mais que eu a ignorasse. Murilo diz-me que as visitas lhe fazem um grande bem. Precisa de companhia, de contatos, pergunta se tenho feito versos, anima-se quando lhe digo que o julgo sempre participante da vida, integrado nela, e que isso aconteceria mesmo que o trancassem incomunicável numa prisão.

Junho, 7 — Artigo de Bernanos em *O Jornal*. Sempre corajoso, de uma coragem feroz, que me impressiona. Mas também certa falta de nexo, começando por uma ideia ou um motivo que logo se perde, já que o autor se compraz em seguir diferentes atalhos saídos da estrada principal. Estrada e atalhos, porém, riscados no mesmo solo, de uma patética e desesperante monotonia: sempre a derrota e a humilhação da França, proclamadas com irritação, sarcasmo e desprezo pelos partidários de Vichy. Um obcecado. Sua vida gira em torno de um único pensamento, ou antes, de um único sentimento, de amargura incurável. A ressurreição da França virá curar-lhe ferida tão funda?

No artigo de domingo, cita o testemunho de um oficial francês, vítima dos colaboracionistas: "A alimentação que me deram era igual à dos indígenas..." Na prisão, dormia numa "esteira imunda, sobre a qual gerações inteiras de indígenas tinham vivido como eles vivem...". O sentimento de casta, de raça superior, reponta a cada momento na confissão desse oficial que se dispõe a combater o mito racial do nazismo. Em nenhuma parte do artigo Bernanos dá a perceber que essa linguagem o surpreende ou pelo menos o molesta.

Julho, 19 — Reunião de diretoria da Associação Brasileira de Escritores, na redação da *Revista do Brasil* (edifício dos Diários Associados). Presentes Otávio Tarquínio de Sousa, Astrojildo Pereira, José Lins do Rego, Dinah Silveira de Queiroz, Álvaro Lins, Marques Rebelo, Francisco de Assis Barbosa (de passagem pelo Rio) e eu. Continua o exame da questão de como cobrar direitos autorais. Nada resolvido. José Lins faz piadas, e não é preciso muito para que todos riam. É desses que são engraçados por si mesmos, sem esforço. A conversa deriva para a Academia Brasileira, a propósito do exemplar da sua *Revista*, em que Rebelo colabora e que ele tem nas mãos. Provoco uma discussão amena com ele sobre o seu namoro com a Academia. Outros intervêm, e lanço a ideia: "Vamos redigir uma declaração afirmando o nosso propósito de não entrar jamais na Academia?" Tarquínio apoia com entusiasmo, e ele mesmo escreve o compromisso, que todos assinamos, por ordem de idade, e com a declaração desta, dos 56 anos de Tarquínio aos 29 de Chico Barbosa. Aurélio Buarque de Holanda, secretário da *Revista do Brasil*, participante da reunião, recusa-se a assinar. Acha legítimo aspirar à Academia e, mesmo não sendo candidato, prefere abster-se. Tudo termina em risos, e saímos, já à noite, com a declaração no bolso de Tarquínio.

Outubro, 20 — Álvaro Lins conta que ia num táxi em companhia de amigos, e dois deles começaram a comentar desfavoravelmente a poesia de Jorge de Lima. Parando o carro, o motorista intimou-os: "Não concordo com o que os senhores dizem. O dr. Jorge tratou de mim, foi muito bom, e eu tenho a maior admiração por ele. Façam o favor de descer do meu carro."

1944

Abril, 22 — Dia 5, mudança do gabinete do ministro para o edifício do Ministério da Educação, no Castelo, cuja construção teve início em 24 de abril de 1937. Deixamos afinal os estreitos compartimentos alugados no 16º andar do Edifício Rex.

Dias de adaptação à luz intensa, natural, que substitui as lâmpadas acesas durante o dia; às divisões baixas de madeira, em lugar de paredes; aos móveis padronizados (antes, obedeciam à fantasia dos diretores ou ao acaso dos fornecimentos). Novos hábitos são ensaiados. Da falta de conforto durante anos devemos passar a condições ideais de trabalho. Abgar Renault resmunga discretamente: "Prefiro o antigo..." A sala em que me instalaram não provou bem. Desde anteontem passei para outra onde as coisas têm melhor arrumação. Das amplas vidraças do décimo andar descortina-se a baía vencendo a massa cinzenta dos edifícios. Lá embaixo, no jardim suspenso do Ministério, a estátua de mulher nua de Celso Antônio, reclinada, conserva entre o ventre e as coxas um pouco de água da última chuva, que os passarinhos vêm beber, e é uma graça a conversão do sexo de granito em fonte natural. Utilidade imprevista das obras de arte.

Agosto, 8 — Volto da casa do tio Elias, aonde fui em visita de pêsames pela morte de sua sogra, a octogenária tia Nhanhá. A conversa com ele é sempre agradável, pois sabe contar coisas, com *humour* que aparenta ingenuidade e é sutileza. Ouvi a história da sua infância na fazenda do

Ribeirão – infância refratária ao estudo, reagindo contra a pedagogia do bolo de palmatória e florescendo na simplicidade do convívio com burros e bezerros. Não conseguia aprender nada, ele mesmo era um animal entre os animais. Experiência fracassada e dolorosa no colégio do Caraça. O pai manda-o para Ouro Preto, onde em pouco mais de dois anos faz todos os preparatórios e se matricula em escola de farmácia. Forma-se depois como cirurgião-dentista e torna-se o profissional acatado que, já maduro e sem proteção, vence galhardamente concurso universitário para catedrático no Rio.

Os episódios da escola primária são contados com um pitoresco irresistível, de sorte que a visita de pêsames perde o caráter convencional, e rimos todos, inclusive tia Zizinha, filha da falecida, em geral de humor concentrado. Parente mais velho que nos põe à vontade e aprende o lado alegre da vida é tão raro! Esse tio é dos bons.

Agosto, 20 — Almoço em casa de Gastão Cruls, no Alto da Boa Vista, com Portinari e Rodrigo (M. F. de Andrade). Antes, vimos os santos de Portinari na capelinha de N. S. do Carmo, além da Cascatinha. A virgem resplandece entre São João da Cruz e São Simão Stock. No frontal do altar, a representação do purgatório, com diabos vermelhos e um espantoso dragão a atormentar as almas. O artista explica que os botou ali porque, do contrário, podia parecer que as almas estavam simplesmente tomando banho de sol. Na Capela Mayrink não há mais nada, a não ser o crucifixo no altar, umas cadeiras, tapete. A própria imagem da Senhora do Carmo foi recolhida à pequena sacristia, para dar lugar ao magnificente tríptico de Portinari, que deslumbra.

A casa de Gastão, pequena e alva, está cheia de orquídeas e plantas raras, umas floridas, outras esperando vez. Ficamos à vontade, vendo as tangas, de cunho decorativo tão refinado, com que as índias tapam suas vergonhas, e o notável tapete feito em líber, em duas cores sóbrias. Ah, como os índios podem dar lição a muito artista *civilizado*! A composição reúne figuras humanas, navio, casa, bichos e aves, máscaras de dança, objetos variados do cotidiano. Gastão não tem apenas obras de arte indígena; peças de criação popular urbana espalham-se pela casa.

Durante todo o tempo, Portinari fala de pintura com a costumeira paixão, ora com amor ora com espírito satírico. A arte é sua vida, toda a sua vida.

Agosto, 23 — O governo promoveu um comício para comemorar o segundo aniversário da entrada do Brasil na guerra. Tudo preparado meticulosamente, comércio fechado à tarde, e nenhuma vibração. Na grande faixa de pano erguida junto ao Teatro Municipal, a inscrição "Ordem e disciplina", indicando que o governo pensa menos em ganhar a guerra do que em salvar-se. Anuncia-se a saída de Osvaldo Aranha, ministro do Exterior e vice-presidente da Sociedade dos Amigos da América, fechada pela polícia na véspera de sua posse... Assim se comemora duplamente o aniversário de uma guerra *sui generis*, do fascismo interno contra o fascismo externo.

Agosto, 26 — Ainda às voltas com a tradução de *Les liaisons dangereuses*, de Laclos, trabalho que empreendi pelo suposto prazer de traduzir, sem encomenda de editor. Que problema, escrever novamente um livro alheio! E que pretensão... Não sei o que mais padece neste jogo, se o pensamento do autor, se as palavras que o vestem. Para dizer a verdade, as traduções deviam ser proibidas, como moeda falsa.

Setembro, 30 — Reunião da Diretoria da Associação Brasileira de Escritores. Martins de Almeida, convidado, apresenta um projeto de caixa beneficente da classe. Mas haverá escritores a serem beneficiados? 99% são funcionários públicos. Eu também. Almeida faz parte do 1% restante.

O POEMA LONGO

Novembro, 10 — Excelente carta de Otto Maria Carpeaux sobre a questão do moderno poema longo, que, na sua opinião, não sendo mais apoiado pela métrica, só o poderá ser pelo "enredo", ou seja, o "conteúdo intelectualmente concebido". Ele acha que algumas tentativas minhas, ultimamente, se aproximam "do máximo compatível com o verso livre". E discorre: "A meu ver, a forma não é um enfeite delicioso nem uma *quantité négligeable,* mas pertence à substância da poesia: como esta, é meio voluntária-consciente-intelectual, meio involuntária-inconsciente-emocional. Quer dizer, o poeta não muda de forma, não pode mudar; e a forma de você é e será o verso livre. Agora, o verso livre se mantém em equilíbrio numa poesia de tamanho curto, até médio. Os poemas de tamanho grande precisam dum apoio formal, para não se diluírem; é o caso de Walt Whitman, em que admiro sempre muito a primeira ou as primeiras linhas, para achar detestável, retórico e loquaz o resto. A meu ver, você nunca pode cair nisso, porque a sua natureza é antirretórica e antiloquaz. Mas como, então, fazer *poema longo*? São poucos os poemas longos, na literatura inteira, dos quais gosto. Mas o meu gosto pessoal não é juiz; eu reparo bem o *trend* para o poema de hálito épico no momento atual, e tenho que conformar-me, convencido de que esse *trend* também pode produzir grandes obras. Os ingleses estão, nisso, num caso mais feliz: eles podem aplicar até a métrica tradicional (ultimamente vi sonetos de Auden, Spender e Barker!!!), sem se tornarem pernósticos, porque a tradição poética da língua inglesa não é asfixiante; em língua portuguesa, a volta à métrica tradicional seria uma desgraça, é impossível. Então, lembro-me de que aqueles poucos poemas longos dos quais gosto (aliás, todos ingleses) são poemas narrativos."

A meditar.

Novembro, 11 — Longo passeio por Ipanema, com o cachorrinho Puck, à tarde. Ruas que há muito tempo não via, nesta vida presa de Ministério, mas a que estão ligadas lembranças. Aqui uma entrada de vila humilde, mais além um terreno baldio, roupas secando ao sol, latas velhas e paz de ambiente rural. Pequenas residências que gostariam de ser elegantes; pequenas vidas apagadas. E pequenos edifícios de apartamentos – dois, três andares. Num, ao fundo, roupas expostas à vista do transeunte. Uma sacada entreaberta, sem ninguém para dar testemunho de vida. Tudo banal, sem a emoção de outros tempos. Meu companheiro, cansado, deixa pender a cauda.

Novembro, 29 — Sábado à tarde, reunião em casa de Aníbal Machado, para tratar da organização do Congresso da Associação Brasileira de Escritores e firmar uma linha coerente de ação. Compareceм Lia Correia Dutra, Eneida, Osório Borba, Dalcídio Jurandir, Moacir Werneck de Castro. A discussão é dirigida por Eneida, que, com sua vocação de caudilho, consegue extrair algum resultado da pequena assembleia, mais inclinada à pilhéria do que ao exame dos problemas. Passamos em revista falhas de organização, para concluir que já agora não poderiam ser sanadas, e o jeito é tocar para frente. Borba, sempre rigoroso e apaixonado, vê mais os indivíduos do que as tendências, e a cada momento endurece numa atitude invencível. Lia, secretária diligente, tem espírito de ordem e vontade de ajudar. Leio os temas de possíveis teses, que redigi à última hora, no desejo de tentar uma sistematização dos assuntos, ainda tão vagos, do Congresso. Ficou combinado que formaremos um grupo unido, para participar dos debates de maneira objetiva e politicamente segura, todos se submetendo à decisão interna por maioria. E mais: que a existência do grupo permanecerá secreta... Assumimos um vago e divertido ar de conspiradores.

Dezembro, 15 — Nova reunião do grupo em casa de Aníbal Machado. Tema: a chapa de escritores que representarão o Rio de Janeiro no Congresso de São Paulo. Entra e sai tanta gente, escritores e artistas, que fica difícil cuidar do assunto de maneira reservada. Escolher nomes e afastar outros: como evitar que a conversa transpire, ferindo suscetibilidades? De resto, não vamos eleger ninguém. Vamos nos empenhar para que haja uma boa representação carioca, intelectual e politicamente, no ponto de vista comum: volta à liberdade. Quarenta nomes? Difícil escolher. Quem sabe se 25, maioria saudável?... E quinze assim-assim, de meia confiança, ou menos brilho.

Com jeito, consegue-se que os *estranhos*, mais interessados em conversar fiado e traçar a batida de maracujá, deixem o escritório. E decide-se que serão elaboradas várias chapas com 25 nomes fixos e outros variando ao gosto de cada um. Não somos, como se vê, um grupo unificado. Seremos mesmo um grupo? Saio com Lia Correia Dutra, que no ônibus me conta episódios da escola técnica onde é professora. Diz que, por obra e graça de alguns professores, os alunos de literatura, todos, me conhecem como louco.

Dezembro, 20 — Na última reunião da ABDE (diretoria e alguns sócios), Martins de Almeida suscita dúvidas sobre o regimento do Congresso, elaborado em São Paulo, que acha imperfeito. Defendo a prerrogativa de voto para os escritores estrangeiros convidados a participar; a maioria concorda em que se encaminhe a sugestão aos companheiros paulistas. Ao ser discutido o processo de eleição dos delegados do Rio, Astrojildo Pereira propõe que cada sócio indique dez nomes, fazendo-se a escolha entre todos os indicados. Rejeitado. Generaliza-se a discussão, e tudo acaba um pouco no ar, como em geral acontece na ABDE. Lia e Marques Rebelo são incumbidos de preparar uma chapa como ponto de partida.

Dezembro, 29 — Jantar em casa de Aníbal, ouvinte paciente de todos que têm uma ideia ou pensam que a têm. Sabe-se que Rebelo organiza uma chapa sob critério muito pessoal, e Chico Barbosa e Astrojildo outra. Nosso grupo sigiloso parece que não vai lá das pernas. Mas o macarrão preparado por Selma é bom. Depois do jantar, no escritório, a conversa mostra como é difícil, senão impossível, coordenar escritores, e intelectuais em geral, em torno de objetivos comuns. Rebelo, muito ao seu feitio zombeteiro, mostra-se disposto a furar sua própria chapa. Chega Eneida com o último boato: não haverá Congresso, a polícia o proibiu. As prisões dos últimos dias, inclusive de políticos de tendência liberal, dão ideia da situação.

Dezembro, 30, domingo — Eleição dos delegados da ABDE. Vitória integral do nosso "lado" (o "grupo" dissolveu-se, ficou apenas o "lado"). As preferências pessoais de Rebelo não foram atendidas; como piada, ele conseguiu alguns votos para antigos integralistas. Seu espírito lúdico achou na eleição um meio de expandir-se.

1945

Janeiro, 7 — Puck, tosquiado no último dia do ano, ficou horrendo com a perda de seus longos complementos sedosos. Senti remorso. Mas o remorso, como verifiquei, cede com o hábito de contemplar o seu objeto.

Janeiro, 13 — Estabelecida nos jornais a censura prévia para o noticiário do Congresso. Enquanto isto, aguarda-se a lei eleitoral.

Falei com o único escritor brasileiro bastante honesto para confessar que não lê francês.

Janeiro, 15 — Casa de Aníbal. Fala-se na pressão dos elementos ditos liberais para adiamento do Congresso, que eles consideram inoportuno em face da situação geral. Ameaçam não comparecer. A diretoria da ABDE telegrafa ao presidente da República pedindo suspensão da censura prévia. Aníbal, cívico e resoluto, prepara o discurso de instalação, interrompido a cada momento por telefonemas. Nem pode tocar na sobremesa de banana, que Maria Clara vem trazer-lhe na salinha de entrada, e que amassa com o garfo para ele. Telefonam de São Paulo, Aníbal perde um momento a calma, responde que "isto é provocação". Seguirá amanhã à noite para São Paulo e de lá nos porá ao corrente do que se passa.

Janeiro, 21 — Telegrama para Aníbal, que preside a abertura do Congresso em São Paulo: "Não poderei estar presente ao Congresso, mas, como delegado da ABDE do Rio e trabalhador intelectual, envio minha fraterna solidariedade aos esforços e iniciativas dos escritores ora reunidos para exame dos problemas profissionais e afirmação da consciência literária na luta mundial pela reconquista dos direitos perdidos e pelo acesso a novas liberdades."

*

— A repercussão do telegrama de Einstein sobre o Congresso...
— Mas Einstein assina qualquer papel que lhe puserem nas mãos – observa Carpeaux.

Janeiro, 24 — O interventor na Paraíba, Ruy Carneiro, foi, como eu, chefe de gabinete de ministro; fizemos boas relações. Chegando de João Pessoa, abre-se comigo:
— Já falei ao Getúlio: havendo eleições, não se constroem mais escolas, hospitais e maternidades. Pois se agora, quando não há Câmara de Deputados, e nós podemos tudo, é tão difícil fazer as coisas...

E acrescenta:
— Lá na Paraíba ninguém pensa em eleições nem se preocupa com isso. Mas se forem realizadas, não garanto que o governo saia vencedor.

Fevereiro, 16 — "Parece que ser mulher só é uma grande profissão em nossa terra" – observa Teresa, recém-chegada de Nova York.

*

Carta de Mário de Andrade, infeliz com o que viu e ouviu no Congresso de Escritores em São Paulo. Concluiu que o destino do escritor há de ser a torre de marfim dentro da qual trabalhe – o que não quer dizer não-me-importismo nem artepurismo. Guardar e meditar suas palavras: "O intelectual, o artista, pela sua natureza, pela sua definição mesma de não conformista, não pode perder a sua profissão, se duplicando na profissão de político. Ele pensa, meu Deus! e a sua verdade é irrecusável pra ele. Qualquer concessão interessada pra ele, pra sua posição política, o desmoraliza, e qualquer combinação, qualquer concessão o infama. É da sua torre de marfim que ele deve combater, jogar desde o cuspe até o raio de Júpiter, incendiando cidades. Mas da sua torre. Ele pode sair da torre e ir botar uma bomba no Vaticano, na Casa Branca, no Catete, em Meca. Mas sua torre não poderá ter nunca pontes nem subterrâneos."

No meio de tantas paixões fáceis e de tanta intelectualidade abdicante, Mário preserva o seu individualismo consciente, que lhe dá mais força para exercer uma ação social que os intelectuais-políticos praticam de mau jeito e sem resultado.

Fevereiro, 21 — Distribuo os primeiros exemplares da novelinha (ou conto espichado?) *O gerente*. Opinião de Marques Rebelo: gostou. Mas acha que do meio para o fim desandei a escrever em demasiada velocidade. Explico-lhe que procurei realmente escrever a história em dois *tempos*, um lento, o de apresentação do personagem e colocação dos elementos da história; outro, rápido, de ação. Rebelo insiste: acha que no fundo eu não gosto de escrever, e por isto acelerei e mutilei a ação, resumindo-a. Já lhe acontecera a mesma coisa – acrescenta –, porém, levando em conta uma observação de Rodrigo M. F. de Andrade, voltou para casa e trabalhou o texto com aplicação, até obter todo o resultado possível. "Para o romance", conclui, "você ainda tem de esperar um pouco..." Sem dúvida, esperarei a vida inteira, não para escrevê-lo, mas para ter a tentação disso.

Fevereiro, 23 — Entrevista bomba de José Américo de Almeida, iniciando a campanha eleitoral (ou precipitando-a), com impacto sobre o governo. Reunião do Ministério em Petrópolis. Observando protocolo rigoroso, concebido para a situação inédita, os ministros submetem a Getúlio um projeto de exposição de motivos em que se recomenda a reforma da Constituição fascista de 1937. Ele ouve a leitura e concorda; os ministros assinam o papel e entregam-no. Gerou-se o Ato Adicional. Dentro de noventa dias, virá a lei eleitoral. Mas já começa a ferver o ambiente político, despertando da letargia de quase oito anos. E o espetáculo das lutas sociais na Europa não é de molde a incentivar que a luta se trave, aqui, em torno de meras figuras de chefes e visando objetivos estritos de grupos. Um pouco desse ar de renovação que percorre Grécia, Iugoslávia, Bélgica, França há de chegar até nós e perturbar a luta elementar entre os velhos caciques brasileiros, brigados entre si, mas fiéis à mesma ideologia conservadora, hostil a todo progresso social, e implacável diante das reivindicações dos proletários e da classe média.

Afinal, estou vagando e divagando em terreno que me é totalmente desconhecido, por maior que seja minha boa vontade em assumir um comportamento político, espectador que sou e sempre fui de um espetáculo em que a ação verdadeira nunca é a apresentada no palco, pois se desenrola nos bastidores e com pouca luz. *Que peut un homme?*

MORTE DE MÁRIO DE ANDRADE
Fevereiro, 26 — Às 7h15 da manhã, pelo telefone, Rodrigo (M. F. de Andrade) dá-me a notícia: Mário de Andrade morreu ontem à noite em

São Paulo, de *angina pectoris*. O enterro será hoje às 17h. Esta morte é estúpida, mais do que qualquer outra. Mário emergia de longa doença ou de um rosário de doenças: o obscuro câncer nunca operado (segundo diagnóstico sem confirmação), sinusite, amidalite, não-sei-o-quê no pé. Parecia mais forte, e durante o Congresso de Escritores era visto com amigos, bebendo sem restrições nos bares. Sua última carta para mim, datada de 11 deste mês, estava cheia de projetos de livros, além do projeto fundamental de viver o ano de 1945. Acabou-se.

O dia todo passado em telefonemas para Queiroz Lima (oficial de gabinete da presidência da República), a pedido de Murilo Miranda, para ver se ele conseguia um avião da FAB em que Aníbal Machado, Guilherme Figueiredo, Moacir Werneck de Castro, Bruno Giorgi e o próprio Murilo pudessem chegar a São Paulo a tempo de comparecer ao enterro. O Ministério da Aeronáutica teria prometido o avião do ministro, mas este estava em Petrópolis, e era necessária a sua autorização, que não veio ou veio tarde, pois só às 16h, e depois de mandar dizer que não arranjara nada, Queiroz ofereceu o avião. A autorização teria sido dada às 13h30, mas só mais tarde chegara ao conhecimento de Queiroz, já sem tempo de fazer a viagem e chegarem os amigos à casa da rua Lopes Chaves. Todos mostram-se comovidos: Augusto Meyer, Oswaldo Alves, Abgar Renault, o maestro Mignone, Marques Rebelo, Paulo Armando. Este aperta-me ao peito, olha para a foto de Mário num vespertino e mostra-se ao mesmo tempo incrédulo e inconformado. Está sentido porque não recebeu nenhum aviso mais cedo. Luís Camilo me surpreende um pouco ao dizer: "Morreu na véspera da libertação", referindo-se ao desfecho político que se espera no país, e deixando de lado o fato em si, de perdermos alguém que representa alguma coisa além das circunstâncias.

Vinicius de Moraes trouxe ao dia uma nota estranha. Sonhara, da noite de ontem para hoje, que ia viajar de avião para São Paulo, mas que por um motivo qualquer não pôde seguir. Um grupo de amigos seus, entretanto, havia embarcado, e ele recebe a notícia: o avião caíra, todos mortos. É quando Tati, sua mulher, o acorda, contando-lhe a morte de Mário. Ele foi então à casa de Aníbal, que o informa do projeto da ida de um grupo de amigos a São Paulo, para o enterro. O poeta quer dissuadi-los da viagem, em face do presságio. Rodrigo, a quem ele fala neste sentido, acha que, pelo sim pelo não, é bom avisar aos pretendentes à viagem. Se acontecer alguma coisa com o avião, sentiremos remorso por não ter contado. Murilo Miranda, porém, está disposto a seguir de qualquer jeito. Como não há mais tempo, Vinicius sente-se aliviado. Ninguém viaja.

Fevereiro, 28 — Rodrigo acha que os médicos paulistas não chegaram a acertar com a verdadeira doença de Mário. As dores que ele sentia, atribuídas a uma úlcera, seriam antes de doença do coração. O diagnóstico firmado em radiografia pode ser falho. Obrigando Mário a extrair os dentes e a operar-se de amidalite, agravaram-lhe o estado de saúde. Mário poderia mesmo ter morrido no instante em que se submeteu a essas prescrições violentas.

Março, 1 — Um rapaz recém-saído da Faculdade de Direito veio ao Ministério registrar o diploma e entrega-me uma carta de apresentação escrita por Mário, quatro dias antes de morrer. Está manchada, porque o moço, logo que a recebeu, não esperou que a tinta secasse e dobrou o papel. E me pede: "Eu desejaria conservar esta carta... Meu pai foi amigo dele desde a mocidade, quando Mário frequentava a Congregação Mariana." Atendi.

  Curt Lange: "Três dias antes de Mário morrer, sonhei que isto havia acontecido."

Política. Um grupo de esquerdistas procura Virgílio de Melo Franco, signatário do Manifesto dos Mineiros e líder antigetulista, que lhes responde: "Não posso receber a colaboração dos senhores. Estou informado de que o governo vai conceder anistia e soltar Prestes em troca do apoio dos comunistas. Os senhores seguirão Prestes e ficarão com o dr. Getúlio."

Maurício Brant retruca: "Vejo que viemos aqui enganados. Pensávamos que o senhor soubesse que o dr. Getúlio é fascista e que, sendo assim, nem Prestes nem nós o apoiaríamos." O que se verá no futuro.

Sente-se a dificuldade de articular a esquerda com o movimento antigetulista dos políticos liberais e descontentes. Da parte de esquerdistas não fanáticos, dizem ser impossível qualquer compromisso com Vargas, pois ele faltaria a todos que assumisse. Esta é a posição de Astrojildo Pereira: "A luta é entre o fascismo, representado por Getúlio, e a democracia, representada por Eduardo Gomes. Estou com a democracia."

Visita de uma escritora mexicana a Luís Carlos Prestes, no presídio da rua Frei Caneca. Especialista em assuntos penitenciários, ela obteve autorização para vê-lo, e foi acompanhada pelo tenente Canepa. Não contém a exclamação: "Mas como está acabado!" Prestes, vendo-a em companhia de Canepa, irrita-se: "Se você é minha amiga e veio me visitar, não toque sequer na mão desse carrasco! Isto é um bandido! Só não me mataram porque não puderam!" Ela avança e procura acalmá-lo: "Luís Carlos, tenha paciência..." (Foi o que me contaram.)

Março, 2 — Carta de Luís Saia a Rodrigo (M. F. de Andrade), que o destinatário me dá a ler. Altera a versão da morte de Mário de Andrade, divulgada inicialmente. Ele sentia-se bem nos últimos dias, tanto que combinara com Saia ir no dia seguinte, às 14h, à sede do PHAN de São Paulo. E dois dias depois iriam ao Sítio Santo Antônio, que ele comprara havia pouco, e que, pelo seu valor artístico e histórico, pensava em legar ao PHAN para depois de sua morte. Na conversa, o amigo referia-se aos artigos sobre traduções, que Mário vinha publicando no suplemento literário do *Diário de Notícias*. De repente, sentiu que falava perante uma pessoa imóvel, que não o escutava. Tomou-lhe o pulso, que não reagiu. Ficou de tal maneira perturbado, que, apesar da evidência da morte, tratou de chamar um médico, não para atestar o óbito, mas para receitar qualquer coisa.

*

Entrevista coletiva de Getúlio à imprensa. Finda a parte preparada, a parte de improviso consiste num jogo de deslizamento diante de perguntas bobas ou embaraçosas. À indagação: "O senhor é candidato?", responde que o governo não tem candidatos, pois estes devem ser indicados pelos partidos políticos que se organizarem, e talvez saia daí um grande nome nacional, amortecedor de paixões... Impressão deste leitor de jornais: ele é candidato à sucessão de si mesmo, no futuro período constitucional, depois de catorze anos e pouco de governo, e conta com a indicação de seu nome pelo partido governista a ser fabricado.

Março, 12 — A agitação ficou sendo maneira normal de viver. Começa na rua Araújo Porto Alegre, entre o Café Vermelhinho e a ABI, espaço estratégico onde se reúnem e se desfazem a todo momento grupos de jornalistas, escritores, artistas e vagos aspirantes a alguma dessas categorias. Fala-se e respira-se política. Hoje, sem que eu esperasse, tomou corpo minha ideia, esboçada junto a dois ou três amigos, da criação de uma entidade de escritores, de caráter político, para aliviar a ABDE da carga ativista que ameaça esmagá-la desviando-a de seus fins específicos. A ideia foi aceita e ampliada: em vez de simples sociedade de escritores, algo que reúna também artistas, cientistas, trabalhadores intelectuais em geral. Nome proposto: União dos Trabalhadores Intelectuais Livres (UTIL). Um projeto de programa foi elaborado para ser discutido amanhã à tarde na ABI, depois de algumas correções do texto, de que fui incumbido.

Março, 14 — Deixei ontem meu posto no gabinete de Capanema. Desfecho natural da situação criada pela volta das atividades políticas no país. Meu chefe e amigo, cheio de compreensão e afeto, despede-se de mim oferecendo-me uma preciosidade bibliográfica: a edição das *Memórias póstumas de Brás Cubas*, com sete águas-fortes originais de Portinari, feita para os Cem Bibliófilos do Brasil. E quer que eu preste serviços ao PHAN, sob a direção do nosso Rodrigo. Também Augusto Meyer me oferece trabalho no Instituto Nacional do Livro. Saio do gabinete para comparecer à reunião inicial da UTI (desapareceu o L da sigla, demasiado enfático). Procuram aproximar-me do grupo político liderado pelo antigo tenente Cascardo, mas sinto aversão temperamental pelo que, nas esquerdas, é desorganização, agitação e ausência de certas delicadezas e sentimentos. E me vejo perplexo no entrechoque de tendências e grupos, todos querendo salvar o Brasil e não sabendo como, ou sabendo demais.

Março, 17 — Anteontem, à noite, inútil reunião na UTI. Compareceram escritores, médicos, arquitetos, artistas de rádio. Estéril discussão sobre a maneira de se organizar a associação. Discorrem o Barão de

Itararé, Dyonélio Machado (este com ar de mestre) e outros, Deus sabe por quê, sobre a natureza e a importância da pesquisa científica em geral. Dava impressão de que estávamos fundando não uma entidade política de caráter militante, com objetivos de preparação eleitoral, e sim uma academia de altos estudos. Saio antes do fim, desanimado.

A FAMÍLIA PORTINARI

Jantar em casa de Portinari, no Cosme Velho. Depois da mesa, apresentação de seus últimos quadros. Uma enorme *Água*, com formas verdes, roxas em claro-escuro e vermelhas, indicando um rumo novo do artista. Interessam-me particularmente a tela das *Lavadeiras* e outra em que surgem um morto e um cachorro, entre figuras desoladas, de uma beleza trágica. Chegam os pintores Djanira e Milton Dacosta, e um funcionário falante do Banco do Brasil, vindo dos Estados Unidos. Depois, aparecem Marques Rebelo e Elza e o escritor espanhol Francisco Ayala. Portinari é um centro de atração e fascínio. Ele conta com graça os excessos de sua família em Brodowski, no tocante a dinheiro. Compram tudo, e mais caro que os outros. A mesada que ele manda nunca chega para as despesas. Fim de mês, alguém da família faz as contas, enquanto a mãe, a um lado, faz tricô. Verifica-se que o dinheiro não deu. "Bota mais duas carroças de esterco", diz a mãe, sem interromper o trabalho. Fazem-se novamente os cálculos, e ainda não dá. "Então põe mais cinco carroças de esterco", a mãe recomenda. É preciso pôr tantas carroças de esterco no rol de despesas que Portinari pagará, quantas forem necessárias para cobrir o déficit mensal, que ninguém sabe como subiu tanto. O pai pede a um trabalhador a conta do seu serviço: 150 mil-réis, diz ele. Seu Batista corrige: "Pede mais. Meu filho é muito rico. Só com uma pincelada ele ganha um monte de dinheiro..."

Rebelo lembra o irmão de Portinari, que, vindo ao Rio, comeu de uma só vez dezoito maçãs. "Ele pensa que é feijão", diz o pintor.

Março, 20 — Com Oswaldo Alves no Café Irapuru. Lá está Manuel Bandeira, que me diz: "A propósito do seu poema sobre o Mário (de Andrade)... A barba do cadáver cresce." Foi o seu único comentário aos meus versos. Pergunta se volto para Minas, por haver deixado o emprego no Ministério da Educação, e se oferece para me arranjar traduções do francês na Editora Civilização Brasileira.

Março, 23 — Debulho a correspondência de Mário de Andrade com Rodrigo (M. F. de Andrade) para resumir tudo que se refere à elaboração da monografia sobre frei Jesuíno do Monte Carmelo. Admiro mais uma vez a aguda consciência intelectual de Mário. Levou quatro anos para escrever este trabalho sobre um pintor religioso do século XVIII em São Paulo, de reduzida importância na história geral da pintura brasileira. Fez pesquisas que um Rafael mereceria, gastou dias e dias no confronto de fotos, desesperou muitas vezes e, ao morrer, ainda não estava satisfeito com o livro encomendado pelo PHAN.

*

À noite, visita à casa de X., que me mostra, descreve e avalia cada móvel, objeto, disco e ficha. Tudo custou a metade ou a terça parte do valor real; de uma velha porta fez-se armário; da cristaleira, discoteca; da varanda, escritório. As fechaduras do guarda-casaca são alemãs e valem uma fortuna; o colchão... Com pouco dinheiro e muita criatividade, a casa é um brinco, mas eu não ligo para essas coisas, que dão intenso prazer ao dono.

Março, 26 — Com a supressão da censura e permissão de visitas aos presos políticos, a figura de Luís Carlos Prestes desperta enorme interesse neste momento de procura de rumos democráticos. Como se pronunciará ele, depois de anos de silêncio forçado e de sofrimentos atrozes? Vou à chefia de polícia, lugar que sempre me desperta algo de estranho (aquele é um ponto especial da cidade, em que se esfuma a noção de que quem não deve não teme; todos temem). Inscrevo-me como candidato a visitá-lo. Um funcionário, anel vermelho no dedo, manda tirar-me da multidão para me apresentar ao chefe de gabinete. Distinção constrangedora, fico meio sem jeito (aliás, já estava). Dizem-me que preciso aguardar em casa o aviso marcando a data do encontro. Há fila e controle de fila.

POEMA DA ANISTIA

Agora à noite, escrevo a galope o "Poema de Março de 45":

Mal foi amanhecendo no subúrbio
as paredes gritaram: anistia.
Rápidos trens chamando os operários
em suas portas cruéis também gritavam:
    anistia, anistia.

Os bondes vinham cheios. Tabuletas
já não diziam Muda, Méier, Barcas.
Uma palavra só, neles gravada:
    anistia.

Os jornaleiros brandem um papel
de dez metros de alto por cinquenta.
Nesse cartaz imenso, em tinta rubra:
    anistia.

*As lojas já pararam de vender.
Os vidros, os balcões, se rebelando,
beijam teu nome, roçam tua imagem,
    anistia.*

*Se olho para as rosas: anistia.
Para os bueiros da City, para os céus,
para os montes em pé nas altas nuvens:
    anistia.*

*Anistia nos becos, nos quartéis,
nas mesas burocráticas, nos fornos,
na luz, na solidão: só anistia.*

*E bate um sino. Um remo corta a onda.
Alguém corre na praia. Estes sinais
querem dizer apenas, sem disfarce:
    anistia.*

*A sorte corre hoje, último número.
Compro o bilhete. Para decifrá-lo
não preciso de códigos. Aviso-me:
    anistia.*

*Anistia: teu nome se dispersa
no vento de Ipanema e do Leblon,
para se condensar, sopro terníssimo,
sobre todas as coisas; anistia.*

*Esta é a voz dos mortos sob o mármore,
é a voz dos vivos no batente. Ouço
mil bocas em silêncio murmurando:
    anistia.*

E ouço as pedras na rua, ouço os insetos,
ouço os andaimes, ouço os guarda-chuvas,
ouço tudo rangendo, reclamando:
   anistia.

Vem pois, ó liberdade, com teu fogo,
tua rosa rebelde nos cabelos,
vem trazer os irmãos para o sol puro
e incendiar de amor os brasileiros.

Março, 28 — Reunimo-nos. Astrojildo Pereira, Otávio Tarquínio (de Sousa) e eu para cuidar da organização do setor de escritores da UTI. Por proposta de Tarquínio e com o meu voto, escolhido Astrojildo Pereira para presidente provisório. A redação da mensagem aos escritores do país, pró-anistia, será redigida por Tarquínio. Escolhemos Dalcídio Jurandir para elemento de ligação com os artistas plásticos; Antônio Rangel Bandeira para a mesma função junto aos jornalistas; Otávio Dias Leite para divulgação do noticiário.

Pela manhã, por encomenda de Álvaro Lins, e prazo marcado até 12h30, nervosa elaboração de qualquer coisa para o suplemento literário do *Correio da Manhã* de domingo que vem. Resolvo fazer um conto com a narrativa de José Drummond e Fábio Andrada sobre a morte da avó deste. Às 11h30, o mensageiro do jornal veio buscar a matéria, ainda na máquina, onde minha filha a copiava. E assim se improvisa um contista, em algumas horas, sob a pressão do jornal – e da escassez de moeda no bolso.

Abril, 1 — O poema da anistia apareceu simultaneamente no *Correio da Manhã*, no *Diário Carioca* e em *O Jornal* (iniciativa da campanha pela decretação da medida). João Cabral comenta que onde está "anistia" ficaria bem "melhoral" ou "aspirina".

*

Sexta-feira no apartamento de Paulo Bittencourt, levado por Augusto Frederico Schmidt, portador de convite do diretor do *Correio da Manhã*. No salão, encontro Edmundo Muniz, Samuel Wainer e Bluma, o crítico Mário Pedrosa, recém-chegado dos Estados Unidos. Paulo leva-me para a varanda, a fim de conversar sobre o meu trabalho no *Correio*. Junto à colaboração literária, pretende fazer de mim jornalista político: editorial e tópicos. Acha que o jornal está politicamente fraco e deseja dar-lhe flama contratando Carlos Lacerda e Pedrosa. (Contou-me Samuel Wainer que ele, Paulo, cogitara de licenciar Costa Rego, redator-chefe tradicional, mas a ideia não se consumou.) Meio atordoado, procuro *sentir-me* na pele de editorialista, mas falta alguma coisa na minha vontade de atuar politicamente: falta precisamente a vontade, a garra, a paixão; é uma atitude intelectual, contra a minha natureza. Veremos.

Saio com o casal Wainer para um chope no bar do Luxor Hotel. Samuel vai lançar *Diretrizes* como jornal, com o slogan "Um jornal que diz o que os outros não dizem", e me quer para redator, com um artigo diário e, de vez em quando, fazendo entrevistas. Dois jornais, duas orientações distintas: o *Correio* entre conservador e liberal, contra Getúlio; *Diretrizes*, com vocação para a esquerda. Como irei me equilibrar entre duas posições, mantendo-me igual a mim mesmo? Começo a avaliar as dificuldades do jornalismo de opinião subordinado a orientações alheias.

*

Sábado à tarde, no Lido, encontro com Otávio Tarquínio, que me lê o apelo aos escritores, em nome da UTI, para a arregimentação em torno da campanha de democratização. Estão também Lúcia, sua mulher, e o netinho de Tarquínio. Volto a pé para casa, à procura de nada.

Abril, 10 — Reunião da comissão organizadora da UTI, na qual represento Astrojildo Pereira, que não pôde comparecer. A ideia de cooperação com o Comitê Democrático de Trabalhadores, já existente, é aceita com interesse. Faremos assembleia geral para homologação e escolha de nossos representantes junto ao comitê. Luís Werneck de Castro propõe declaração contra o "governo de coalizão", ideia que circula por aí.

*

Nenhum chamado de Trifino Correia, que deveria comunicar-me a data para a visita a Prestes na cadeia. Impressão de que Prestes está nas mãos de um grupo de esquerdistas que procuram subtraí-lo de contatos considerados inconvenientes em face de determinada e estranha linha política. João Alberto, chefe de polícia, teria procurado convencê-lo das possibilidades de sua colaboração política com Getúlio. O telegrama de Prestes sobre o reconhecimento da URSS pelo governo brasileiro já seria resultado desses entendimentos sigilosos.

Abril, 12 — Meditação entre quatro paredes: sou um animal político ou apenas gostaria de ser? Esses anos todos alimentando o que julgava ideias políticas socialistas e eis que se abre o ensejo para defendê-las. Estou preparado? Posso entrar na militância sem me engajar num partido? Minha suspeita é que o partido, como forma obrigatória de engajamento, anula a liberdade de movimentos, a faculdade que tem o espírito de guiar-se por si mesmo e estabelecer ressalvas à orientação partidária. Nunca pertencerei a um partido, isto eu já decidi. Resta o problema da ação política em bases individualistas, como pretende a minha natureza. Há uma contradição insolúvel entre minhas ideias ou o que suponho minhas ideias, e talvez sejam apenas utopias consoladoras, e minha inaptidão para o sacrifício do ser particular, crítico e sensível, em proveito de uma verdade geral, impessoal, às vezes dura, senão impiedosa. Não quero ser um energúmeno, um sectário, um passional ou um frio domesticado, conduzido por palavras de ordem. Como posso convencer a outros, se não me convenço a mim mesmo? Se a inexorabilidade, a malícia, a crueza, o oportunismo da ação política me desagradam, e eu, no fundo, quero ser um intelectual político sem experimentar as impurezas da ação política? Chega, vou dormir.

FALA DE LUÍS CARLOS PRESTES

Abril, 16 — Ontem, entrevista com Luís Carlos Prestes, no presídio. Tomamos um táxi, eu, Célia Neves e Oswaldo Alves, três intelectuais sem militância política, mas desejosos de viver politicamente os novos tempos que se anunciam, e vivê-los com seriedade. Vamos, sobretudo, em busca de informação. Que nos dirá o velho guerreiro? Cá fora, a confusão é tanta...

A prisão é um edifício novo, surgido das ruínas de velhas casas. As grades são dissimuladas por ornamentos de aço e vidro. Atravessamos duas salas, sempre antecedidos pelo aviso de um guarda. Na terceira, esperamos sentados, junto de dois rapazes que iam visitar Agildo Barata. O guarda que vigia a sala, muito moço e com ar inofensivo, convida-nos a assinar, nas costas do cartão da Polícia Central, que autorizou a entrevista: "Fomos atendidos." Mas só seremos atendidos depois. Passamos ao parlatório, espécie de barracão comprido, com piso de ladrilho e dois grandes bancos pretos no centro.

Um homenzinho baixo e sorridente, roupa de brim claro, sapatos pretos reluzentes, vem ao meu encontro, empunhando o cartão e me diz: "Conheço de fotografia." Mostra grande simplicidade, sem

41

romantismo, sem pose de revolucionário. Digo-lhe que somos pessoas sem compromissos, desejamos colaborar na democratização do país e queremos orientar-nos. Acrescento que pertencemos à UTI, e que na véspera fora votado um pronunciamento contra o governo de coalizão. Com displicência, Prestes observa:

— Bem, essa história de coalizão parece já estar afastada. Verificaram que não dava certo. Vocês da UTI têm grande responsabilidade perante o povo, como intelectuais.

A conversa orienta-se para a avaliação geral do panorama político. A reação despertada na grande imprensa pelo seu telegrama a Getúlio, aplaudindo o reconhecimento diplomático da União Soviética pelo Brasil, não o surpreendeu. Diz que o nível do nosso jornalismo é baixíssimo.

— A imprensa brasileira é simplesmente vergonhosa. Os jornais são escritos por pobres sujeitos, os quais eu não ataco. Eles precisam viver, e morreriam de fome se não fosse o salário mínimo que lhes deu o sr. Getúlio Vargas.

Entre os jornais que o atacam, cita o *Correio da Manhã*, esse mesmo *Correio* que em 1937, na mesma coluna editorial, achava que Hitler não devia incomodar-nos com o caso da companheira dele, Prestes, por tratar-se de uma comunista alemã, tendo no ventre um filho que também não era brasileiro. Segundo o jornal, era caso a ser resolvido pela própria Alemanha. Já o editorial de agora, nosso entrevistado atribui sua autoria a Mário Pedrosa, a quem chama de "trotskista assalariado internacional". Fala-se em Assis Chateaubriand, e o comentário é este:

— São todos iguais. Meu telegrama serviu para que eles abrissem fogo, desmascarando-se. Fico honrado por ser alvo desses ataques. Aliás, dos políticos brasileiros se pode dizer o mesmo que dos jornalistas. Conheci muitos daqueles no exílio, e entre eles os atuais "democratas".

Continua o prisioneiro:

— Em 1922 e 1924, eu e meus colegas, simples cadetes da Escola Militar, tomamos atitude política apenas por sentimento de coleguismo e brio militar diante da carta falsa atribuída a Artur Bernardes e fabricada por esse mesmo *Correio da Manhã*. Naquela época eu não conhecia nada de política. Mas em 1926 comecei a analisar melhor o movimento político. Finalmente, o contato com os nossos políticos, no exílio em Buenos Aires, me convenceu de que nenhum deles tinha realmente preocupações patrióticas. Todos aspiravam, antes de mais nada, à sua própria proteção. Eles não evoluíram, conservam a mesma mentalidade. Fizeram uma revolução completamente errada, a de 1930, e agora querem perturbar de novo a vida do país. Foram esses mesmos homens que deram ao governo, através de um Congresso capitulacionista (sim, porque foi capitulacionista mesmo), todas as leis de segurança e opressão solicitadas por ele.

A metralhadora verbal de Prestes, sem uso há tantos anos, dispara incessantemente:

— A Aliança Nacional Libertadora, esta sim, organização legitimamente democrata, sofreu o ataque desses elementos que, em face do "espantalho comunista" criado pelo governo, fizeram causa comum com este, ajudando a exterminá-la em 1935. O malogro aliancista não resultou de erro propriamente dito da sua direção. Faltou a esta a força necessária para anular as manobras fascistas dos que agora, no decorrer da Segunda Guerra Mundial, foram rotulados de quintas-colunas. [*Nota do visitante*: Prestes não admite erro de direção propriamente dito, mas a superestimação da força não será um erro grave de direção?] Aliás, o quinta-colunismo perdura, à espreita de oportunidade. A guerra não acabou, embora a nossa imprensa procure fazer acreditar no contrário. Para julgar corretamente a Aliança, recomendo a leitura da carta que escrevi ao Miguel Costa em 1935, explicando o movimento. Saiu no *Diário Carioca*, publicada por Maurício de Medeiros.

A gente procura, de vez em quando, encaixar uma pergunta, formular uma dúvida, mas Prestes não dá tempo. Volta-se contra os políticos ditos liberais, que em discursos pedem ao povo sacrifícios, sangue, suor e lágrimas, imitando Churchill em situação diferente da que o líder inglês enfrentou. Na sua opinião, este é um apelo criminoso: o povo já sofreu demais, e não se pode exigir o seu sangue para a campanha política. Quem prega isto está pregando o golpe, conscientemente ou não, para a derrubada de Vargas; e depois? Nossos políticos preparam o golpe, todos falam nele, e a qualquer momento – quem sabe se no momento em que conversamos aqui ele esteja sendo dado? Contra ele é que precisamos nos precaver. Lutar contra. O governo sabe que ele, Prestes, é pela ordem, e por isso abriu as portas para visitas e conversações. Diz textualmente:

— Não se iludam. O sr. Getúlio Vargas permitiu essas visitas porque conhece o meu pensamento.

Acrescenta que o seu telegrama visou apenas preservar Getúlio de um possível golpe do general Dutra – outro golpista. Não nos iludamos, Dutra seria ainda pior do que Getúlio, como Getúlio foi pior do que Bernardes, se bem que sejam outras as circunstâncias. São as circunstâncias históricas que determinam os homens; estes, por si, não têm qualquer significação. Prossegue:

— O sr. Getúlio Vargas compreendeu a impossibilidade de atravessar estes tempos com a política que vinha fazendo, e resolveu mudá-la. Prova disto é, por exemplo, a substituição do chefe de polícia. Tivemos um período de relativa tranquilidade com Etchegoyen e Nelson de Mello na polícia. Veio depois um período de reação, com Coriolano de Góis; finalmente, volta o período de confiança, desta vez mais consolidado, aliás de acordo com o movimento alternado de avanço, recuo, avanço, que marca os fatos políticos e a vida social, sendo que desta vez o avanço é mais acentuado, o que dificultará o recuo que alguns desejam. Dialeticamente.

Prestes refere-se nominalmente a João Alberto, atual chefe de polícia. Os dois estavam divididos em 1930. Atacou-o publicamente, para que ele respondesse também de público e assim todos soubessem que estavam em campos opostos, como era preciso que se soubesse. Agora pode estender-lhe a mão, um como comunista, outro como elemento da situação dominante.

Já antes, no começo da conversa, Prestes ressaltara sua qualidade de comunista; como tal, não podia manifestar-se individualmente. Voltando a lembrar esta condição, diz que aguarda a anistia e a autorização legal para a fundação de partidos políticos. Quando vier esta última, será reorganizado o Partido Comunista, e sua linha, por certo, é a que deverá ser seguida. Além de patriota, declara-se católico. Como patriota, se estivesse em outra situação (não diz nunca "enquanto estou preso", e sim "na situação em que me encontro"), seu lugar seria na Itália, com a FEB, sob o comando do general Mascarenhas de Morais, subordinado por sua vez ao comandante-geral das forças brasileiras, sr. Getúlio Vargas.

Foi considerando esse caráter de comandante-geral e de chefe do governo que Prestes lhe telegrafou a propósito do reconhecimento da URSS. Este reconhecimento tem enorme significação, e é preciso considerá-lo em toda a sua importância política. Pouco importa que tenha sido reclamado pelo povo, pela consciência democrática popular; quem o fez, quem assinou o ato, quem podia fazê-lo foi o sr. Vargas, e não outro. O povo também reclama anistia, porém ainda não a temos porque ele ainda não a decretou. É forçoso reconhecer que o povo, ou antes, suas correntes democráticas não têm ainda força suficiente para dar ao Brasil um governo progressista. Se o povo tivesse força, o sr. Etelvino Lins não seria mais interventor federal em Pernambuco nem o sr. Marcondes Filho ministro do Trabalho, e o sr. Agamenon Magalhães ministro da Justiça etc. Com a crescente pressão democrática, porém, o governo irá se transformando e se democratizando.

A fórmula disto? Será a saída gradual dos elementos antidemocráticos, até chegar ao próprio Getúlio... Mas precipitar o processo, tirando Getúlio pela violência, não resolve o problema; agrava-o. Não é possível exigir mais sofrimento do povo. Só os que não sofreram poderão exigir tal coisa. Os políticos (como, por exemplo, o sr. José Américo, que impedido de ser votado para presidente conservou, entretanto, a sua tranquilidade) nada sofreram na carne, e assim não têm experiência consequente:

— Se existe alguém no Brasil que tem motivos para ficar pessoalmente contra o sr. Vargas, sou eu. Mas não faço política com as minhas paixões. Faço política com as minhas ideias e com a realidade. Com realismo.

Ouvimos, ouvimos. Prestes fala sempre, sem pausa, sem cansaço. Insiste em que não quer pronunciar-se individualmente. Ainda não teve contato com companheiros que ele mais preza, pois o governo os mantém separados e incomunicáveis há nove anos. Só agora Agildo Barata veio da Ilha Grande. Outros continuam lá. Prestes quer conversar com eles, discutir. Acha possível que desse entendimento suas análises sejam alteradas, ou então que os outros cedam diante de seus argumentos, se com eles não concordavam anteriormente.

Assegura a seus três visitantes que a União Soviética não interfere na vida política de qualquer país, pois tal interferência daria margem a desentendimentos e explorações. Assim, ela não fez pressão para que o Brasil a reconhecesse. O reconhecimento é fruto da marcha inevitável do mundo para a democracia, e da pressão popular interna em nosso país.

Ele confia na união das esquerdas e não faz críticas a qualquer corrente. Limita-se a verberar atitudes pessoais golpistas, como, a seu ver, a de Carlos Lacerda, em artigos de jornal e num comício do Catumbi. Está seguro de que as esquerdas se unificarão ao ser reorganizado o PC. É possível que alguns elementos se afastem, quando for definida a linha partidária, mas hão de voltar ao verificarem que ela estava certa – diz Prestes, sorrindo. Quanto à oposição ao sr. Vargas, toda ela é golpista. Se o golpe vier e conduzir o brigadeiro Eduardo Gomes ao poder, poderá repetir-se o que aconteceu na Argentina, onde o general Rawson não conseguiu ficar no governo nem 24 horas, sendo logo substituído por Perón. Foi bulir no nome do brigadeiro, hoje tão falado, e perguntamos o que pensa dele. Resposta:

— É homem honesto, de boas intenções, mas ingênuo. Está cercado de políticos, com os quais não aprendeu a lidar, pois fez carreira puramente profissional, em sua especialidade. Dentro das forças que apoiam sua candidatura há elementos que procuram sabotá-la. Alguns adeptos querem mesmo passar para o outro lado, mas se envergonhariam de fazê-lo sem qualquer pretexto. E andam à cata desse pretexto, como o sr. Assis Chateaubriand. Enfim, é uma candidatura que corre o risco de cair no ridículo – e isto seria o pretexto para a deserção. Em todo caso, e se a situação não se modificar, perdurando as duas candidaturas já lançadas (Dutra e Eduardo), a mais democrática é evidentemente a deste último. Nesta hipótese, o futuro Partido Comunista poderia vir a apoiá-la.

(Não entendo bem como o PC apoiaria um presidente eleito, condenado a ficar menos de 24 horas no poder. Mas essas coisas vêm e voam ao capricho da conversa, e não há meio de esclarecê-las.)

Continua o expositor:

— Estamos em fase preparatória do processo político, e não tem razão de ser o pronunciamento em torno de candidatos antes de alcançarmos os objetivos imediatos da democratização. E mesmo se eles forem alcançados em bases erradas, que adiantariam os candidatos? Será inútil, será mesmo perigoso nos fixarmos em nomes antes da hora certa.

— E quais são os objetivos a que o senhor se refere?

— São três: combate a todas as formas de golpismo. Decretação da anistia. Feitura de uma boa lei eleitoral, que garanta um pleito livre e honesto. Enquanto não se conseguem estes avanços, nada de agitação improdutiva. Precisamos aplaudir os atos de tendência democrática que o governo for praticando, e criticar os seus atos de tendência oposta.

Fico imaginando a dificuldade de uma atitude política de apoio a um governo assim contraditório. Mas não formulo a dúvida. Prestes não dá margem a interrupções. Por atos de tendência democrática ele entende o rompimento de relações com o Eixo Nazifascista, a declaração de guerra à Alemanha e à Itália, a remessa do Corpo Expedicionário Brasileiro aos campos de batalha italianos, a abertura do problema político, o reconhecimento da URSS, que ainda não foi bastante louvado entre nós. Quem nos vem dando e poderá dar outros atos positivos desta natureza não é a opinião liberal, e sim o governo. E derrubar o governo para obter novos atos seria insensatez. A anistia, por exemplo, deve ser reclamada como gesto de pacificação política e construção democrática, não como arma para desmoralização do governo – acentua ele.

A conversa dura uma hora. Limitamo-nos a ouvi-lo, e só de longe em longe esboçamos uma objeção ou pedimos um esclarecimento. Prestes nos atende às vezes; em outras, não interrompe o fio da exposição. Tem muitas coisas a dizer, mas repisa umas tantas para torná-las suficientemente claras, e evita perder-se nos atalhos da discussão. De resto, não está conosco para ouvir; prefere ser ouvido. Revela convicção firme e conhecimento da situação fora do presídio: seus amigos levam-lhe documentos e informações, e ele está em dia com a leitura dos jornais.

Não trai a mínima parcela de ressentimento pessoal. Não se queixa de nada. Evita falar de si, ou antes, nem sequer o evita, de tal maneira se deixa absorver pelo exame das condições políticas atuais. As referências feitas à sua família surgem acidentalmente, quando se empenha em ilustrar seu pensamento político ou documentar fatos. Então ficamos sabendo que desde 1941 ele não recebe cartas de Olga Benário, sua mulher, recolhida a um campo de concentração na Alemanha. Não se inquieta com este silêncio, pois o rompimento de relações do Brasil com a Alemanha tornou impraticável a correspondência:

— Minha companheira é alemã e é comunista. Se ainda estiver lá, está cumprindo seu dever na retaguarda.

No rosto sereno, porém marcado por experiências amargas, os olhos brilham, fixando-se no interlocutor. Há traços de sofrimento físico na pele. A boca mostra uns dentes de ouro; como teria perdido os naturais? Roupa modesta, gravata preta. Uma caneta-tinteiro no bolso do paletó. Olho para esse homenzinho comum, vejo-o simples, amável, desligado de seu drama pessoal, absorvido totalmente pela ideia política. Ali está o chefe legendário da Coluna, a me dizer que gosta de ler determinados poemas quando se vê necessitado de apoio moral:

— É bom sentir que alguém soube exprimir o que sentimos. Isso ajuda bastante em certas horas.

Abril, 15 — Sábado à noite, em casa de Francisco Campos, a seu chamado. Mostra-me o rascunho de uma entrevista a ser dada pelo brigadeiro Eduardo Gomes e redigida por ele, Campos. Tese: o atual governo do país é ilegal, pelo que o poder deve ser entregue ao Supremo Tribunal, para garantia das eleições. Campos deseja que eu dê forma jornalística mais adequada ao texto. Eis aí um pedido que me deixa perturbado. Devo favores a esse homem que me acostumei a admirar por sua inteligência poderosa, e que é tão ligado a amigos meus. Como recusar a tarefa? Esquivo-me delicadamente. Acho a ideia impraticável, e pergunto-lhe: "Getúlio se deixará convencer?" Ele responde: "Não." "Neste caso, será intimidado?" "Também não." E eu: "Sendo assim, qual o objetivo da entrevista?" Resposta de Campos: "Propaganda para consumo do Exército, que está com a preocupação da legitimidade do poder." "Mas o senhor não acha isto um golpe?" Ele sorri: "Sim, é um golpe branco." Conversamos durante cerca de três horas. Saio depois da meia-noite, sem me convencer.

Abril, 20 — Ontem, assembleia tumultuosa na UTI. Martins de Almeida propõe que se faça um comício "pela ordem e por Eduardo Gomes". Isto acende os debates, tais são as reservas com que os elementos preponderantes consideram a candidatura do brigadeiro. A notícia da entrevista de Eduardo Gomes, trazida por Pompeu de Sousa, explode como bomba no momento em que Carlos Lacerda, partidário do brigadeiro, diz que este não quer dar golpes. Surpreendo-me saindo do meu silêncio natural e berrando, ao ouvir que o plano da oposição a Getúlio é transferir o governo ao presidente do Supremo Tribunal. "É o golpe!" A agitação na sala é tamanha que Luís Werneck de Castro propõe o encerramento da sessão, adiando-se os debates em vista de ter surgido um fato novo – a entrevista, que só amanhã será publicada.[1] Com isto cessa a bagunça. Saímos todos excitados... e exaustos.

---

1 Prudente de Morais, neto, presente à reunião, narrou assim o episódio, no *Diário Carioca*, em 10 de março do ano seguinte, sob o pseudônimo de Pedro Dantas. (De passagem, seria extremamente interessante a publicação, em livro, das memórias do querido escritor e jornalista.) "E Pompeu de Sousa, o nosso esplêndido e exuberante Pompeu, pede a palavra para comunicar à UTI uma síntese do documento que acabara de ler. Ao aludir à solução do problema político pela entrega do poder ao Judiciário, uma voz o interrompe, em tom dramático:

— É O GOLPE!

O brado partira do grande poeta que é a discrição em pessoa, o menos indicado, por certo, para lançá-lo aos ares. E de todas as filas, em todos os tons, mas sempre enfático ou catastrófico, propagando-se como um eco, brotam repetições daquele grito:

— É O GOLPE!
— É O GOLPE!
— É O GOLPE!

Então, eu, que sou o menos orador dos homens, tive de me conter com todo o esforço para não pedir, eu também, a palavra e, parodiando a conhecida anedota do telegrama que dizia: 'Mande-me dinheiro', proferir o seguinte discurso:

— Não, senhores. Não é O GOLPE! É o golpe, apenas."

Abril, 21 — A UTI continua fervendo... em palavras. Miguel Costa Filho propõe telegrama de congratulações a Getúlio pela concessão da anistia. Como antes, dividem-se as opiniões. (Eu mesmo não estarei dividido, no fundo? Deixei meu trabalho no gabinete de Capanema para ter o gosto de militar contra Getúlio e seu continuísmo, e eis que sou empurrado para o lado que não quer combatê-lo, a fim de colher dividendos políticos antigetulianos... Entenda-se. A tortuosidade, o emaranhado das linhas políticas que parecem negar-se a si mesmas e no entanto obedecem a uma lógica fria! Tudo isso é muito complicado e tira a minha naturalidade, a minha verdade pessoal, o meu compromisso comigo mesmo. Mas anda lá, quarentão inexperiente de política!) A maioria esquerdista cede ante a ameaça de cisão. Não saio satisfeito. A UTI, para viver, terá de evitar todas as questões políticas delicadas; todas serão delicadas; portanto, a UTI será uma ilusão ridícula.

VINICIUS INTERROGA OS ESPÍRITOS

Abril, 26 — Domingo à noite, com João Cabral e Vinicius de Moraes, no apartamento de Fernando Sabino. O primeiro retira-se logo. Vinicius conta-nos suas experiências mediúnicas. Em sua casa, os móveis do quarto de dormir trepidam e falam. Com o auxílio de Tati, sua mulher, que registra os fenômenos num bloco de papel, e às vezes é presa de sonolência, o poeta conversa a noite inteira com o pintor Carlos Scliar, que está vivo e combatendo os alemães na Itália. Scliar chegou a fazer um desenho para ele, com dedicatória. Já ao amanhecer, exausto, Vinicius implora: "Scliarzinho, tem paciência, vai embora..." Mais tarde, soube-se que a mãe de Scliar morrera naquela mesma noite, em Porto Alegre. O poeta interceptara, pois, fluidos do artista. E o desenho que a mão de Vinicius fizera durante a comunicação à distância é reconhecido por amigos: traço de Scliar.

Diante destes e de outros fatos, proponho a Vinicius invocarmos o espírito de Mário de Andrade, falecido há dois meses. Levamos uma mesinha para a varanda, apagamos as luzes deixando acesa apenas uma, na sala de jantar, e concentramo-nos, com o pensamento em Mário. Colocamos nossas mãos sobre a mesinha, unindo os dedos. Vinicius cerra os olhos, estremece, começa a rabiscar a lápis na folha de um bloco que tem em frente. Traços desconexos, que se superpõem. Fernando retira a folha, e o poeta continua escrevendo em outra. As linhas não formam palavras nem desenhos perceptíveis. Afinal, sempre de olhos fechados, ele escreve canhestramente: "Direito de morrer de fome." E o repete, várias vezes. Que significa?

Vinicius interroga o espírito, que não esclarece. Reitera a pergunta, e obtém esta informação: "Moraes." É Mário? O espírito responde: "Não." Fernando sugere que deve ser algum parente, e o espírito responde: "Avô." Todas as respostas são escritas pela mão de Vinicius, o que não impede que este conserve sua personalidade: pergunta lúcido e responde invocado. E há um momento em que ele interrompe a comunicação para degustar uma cerveja.

A conversa é naturalmente confusa. Não se apura se há alguém morrendo de fome, quem é esta pessoa, e o que se pode fazer para socorrê-la. Surge finalmente um nome. Glorinha. O poeta conhece uma Glorinha; será ela? O espírito manda-nos recados: Fernando está sob influências benéficas, eu sigo no caminho do dever; quanto ao poeta, precisa vencer o demônio da carne.

Há um intervalo, findo o qual o espírito que atende é Norma Leuzinger, morta há dois dias em consequência de choque elétrico. Afirma a existência de Deus, mas não acrescenta coisa com coisa. Meio chateados, despedimo-nos dela, depois que Vinicius, cerimonioso, lhe perguntou se devia tratá-la de senhora ou de você.

Tentamos a comunicação através do copo, que fracassa. Então recorremos ao banco de banheiro, que se move e range penosamente sob nossas mãos. Também provoco seus movimentos, fazendo-o levantar-se ora de um ora de outro lado, com pancadinhas no chão. Não é difícil obter essas manifestações. Fernando introduz uma folha escrita no bloco usado por Vinicius para recolher a mensagem dos espíritos. A essa altura já não se pode distinguir o que vem do espaço e o que é elaborado na Terra.

Já madrugada, saímos para o Alcazar, em demanda de uns bifes. Nosso poeta insiste em não achar explicação racional para os fenômenos de que vem participando; admite que resultem de pensamentos obscuros dele próprio, Vinicius, formulados como sendo de um espírito, através de burla inconsciente. Garante que Tati, materialista convicta, vem presenciando tudo. João Cabral, a quem conto depois os sucessos da noite, diz que Tati, diante do estado de transe do marido, o aconselhou a deixar de besteiras e ir dormir.

UM CANÁRIO MORTO

Abril, 27 — A cozinheira Melca vem dar-me "uma notícia triste": ao limpar e abastecer a gaiola do canário, viu que ele estava morto. Era um passarinho sem sorte, dado por tio Elias a Maria Julieta. Nascera em cativeiro e cantava muito. Um dia, o vento derrubou sua gaiola. Fomos encontrá-lo quase morto, de perninha quebrada. Minha mulher cuidou dele com carinho: voltou a cantar. Mais tarde, uma gata foi surpreendida no momento em que ia abocanhá-lo. Finalmente, um periquito estúpido (não tão estúpido quanto eu, que pensei em fazê-los confraternizar) ataca-lhe a perna, exigindo novo trabalho de recuperação. Mas desta vez a perna fica aleijada, e mal pode o coitado saltar de um poleiro a outro. A atadura incomoda-o, põe-se a bicá-la, e fere-se mais. Contra a expectativa, porém, vive. Para cantar pouco e mal, deitado ignominiosamente no chão da gaiola. A miséria e doçura desse pequenino ser cativo são motivo de muita melancolia, que afastamos deixando de olhar para ele. Só nos aproximamos para levar água e comida, limpar o minúsculo excremento. Vez ou outra me animo a levá-lo para a varanda, em meio à folhagem; parece que esse banho de luz e vegetação o põe alegre. Mas só a cozinheira, preta velha de Minas, sabe comunicar-se com ele. Palavras inventadas de um lado, pios do outro, um pouco de alpiste e de alface, e os dois conversam como sabem conversar entre si os bichos e as pessoas simples.

Cavo num palmo de terra dos fundos a sua cova. Do chão revolvido sai uma forma rósea e coleante, movendo-se com lentidão. A experiente Melca declara-a filhote de cobra de duas cabeças. É massacrada, apesar de inocente. O canarinho continua na gaiola, à espera de que Maria Julieta chegue do colégio para ser enterrado. A pureza de um cadáver de pássaro, que não pesa nem incomoda ninguém.

A menina chega e encerra o corpo numa caixinha de sabonete. É enterrado, com flores de manacá sobre a covinha. Trazidas por Melca – "para que ele reze por mim no céu".

Abril, 28 — Ontem à noite, em casa de Marcos e Ana Amélia Carneiro de Mendonça, reunião do Conselho Deliberativo da nascente Escola Livre de Estudos Superiores. Ideia cara a Ana Amélia, parece que sugerida por Rubens Borba de Moraes, diante do interesse suscitado pelos "cursos de inverno" que a Casa do Estudante do Brasil tem promovido.

Por que se lembraram de mim para integrar o Conselho, não faço ideia. Mas fui lá. Sem outro capital além de um belo desejo, a Escola pretende desempenhar papel ativo em nossa vida cultural. Ouvimos o depoimento de Paulo Carneiro, chegado de Paris: "Minha experiência dos cursos livres, no mundo, é que eles não têm alunos porque não conferem diplomas profissionais, não oferecem vantagens práticas. Assim o Colégio de França, o mais ilustre de todos, no qual professores notáveis falam para as moscas."

Abril, 29 — Na noite passada, o rádio anunciou a rendição incondicional da Alemanha. Saí para a rua, com Maria Julieta, e encontramos, à entrada do Alcazar, João Cabral e Lauro Escorel, desejosos de participar das comemorações populares, que àquela hora deviam estar fervendo no centro. Mas não havia condução para a cidade, onde o rádio assinalava delírio nas ruas. Ficamos no bar, entre gente não emocionada. Veio, afinal, o desmentido. Alguns foguetes que espocaram em nosso bairro pouco participante não tiveram continuação. Povo, no Rio, quando quer se manifestar, vem de outras regiões e se embola no centro. Como a grande notícia não era verdadeira, o que o rádio confirma é a liquidação de Mussolini e seus asseclas pelo povo, com os corpos expostos em praça pública.

NOVO ENCONTRO COM PRESTES

Maio, 1 — Telefonema convidando-me para um encontro com Prestes. Na manhã de hoje, maravilhosa de azul e finura de ar, eis-me no Leblon, esquina de Dias Ferreira com Ataulfo de Paiva. Aydano do Couto Ferraz me conduz ao prédio de apartamentos, pouco adiante. Entramos num quarto onde há cama, guarda-roupa e algumas cadeiras velhas. Prestes chega minutos depois, com pessoas desconhecidas para mim. Pergunta se há ordem do dia para a reunião, ou se será apenas conversa informal. Respondem que o assunto é a criação do jornal de esquerda, e pedem-lhe que exponha o projeto.

Prestes assinala a necessidade de um jornal democrático, popular, que exponha com nitidez o ponto de vista da esquerda, pois o de nenhum dos órgãos de imprensa atuais coincide inteiramente com ele, e a maioria até o combate. Será dirigido por quatro profissionais competentes: Pedro Mota Lima, Álvaro Moreyra, Dalcídio Jurandir e Aydano do Couto Ferraz.

Desenvolvendo-se, a conversa gira em torno de muitas questões que o jornal deverá abordar. Literatura, por exemplo. Prestes pergunta pelos nossos críticos, e opina sobre Álvaro Lins e Tristão de Athayde. Para dar ideia do que deve ser a crítica exercida sob critério marxista, lê para nós a análise que fez do livro de um coronel brasileiro sobre o fenômeno militar russo. Passando a discorrer sobre a nossa sociologia, ocupa-se de Gilberto Freyre e Caio Prado Júnior, e do estatuto canavieiro. Lembra a passagem da sua Coluna pelo Piauí, pela Bahia, pelo Brasil desconhecido de nós mesmos. O camponês que trabalhou na lavoura de fumo ganha 5 cruzeiros por dia, e dá um dia de trabalho por semana ao patrão, além de ser obrigado a ajudá-lo a qualquer hora em que for chamado. No fim do ano, deu em serviço gratuito importância superior ao preço da terra em que trabalhou e que nunca será sua. Os plantadores de arroz transportam sua produção rio abaixo, em balsa improvisada, para vendê-la por 40 ou 50 cruzeiros, e voltam a pé, numa viagem de quinze dias, trazendo o mísero resultado do trabalho de um ano inteiro.

Voltando ao jornal, Aydano sugere que eu faça parte do conselho diretor. "Se ele aceitar...", diz Prestes. E acrescenta: "Os companheiros do conselho ficarão satisfeitos." Aceito.

À tarde, reunião com os companheiros de *O Popular* – este, o nome escolhido. Tratam-me com grande cortesia, mas sinto-me lamentavelmente desprovido de ideias e palavras.

Maio, 7, segunda-feira — Cerca de 10h, o rádio começa a noticiar a capitulação total da Alemanha. Nos últimos dias, as rendições parciais de tropas se vinham sucedendo com tal frequência que pouco faltava para o ato final, e assim ficou de certo modo comprometido o caráter espetacular do desfecho. A mesma notícia já fora espalhada há oito dias e logo se desmentiu, como a da queda de Berlim, celebrada com uma semana de antecedência.

De resto, as inquietações e abalos de quase seis anos de guerra, com as piores derrotas dos Aliados até 1941, reduziram a capacidade de sentir, afetando a alegria desta hora. Para me capacitar de que esta é uma grande data, um momento feliz para o mundo, tenho de recorrer à reflexão. Meu contentamento tem origem intelectual. A capacidade de vibração está gasta.

Depois do almoço, vou à cidade. As ruas do Castelo recobertas de papéis atirados dos edifícios. Dia de festa, mas parece que o povo reage mais ou menos como eu. Há alegria sem entusiasmo, sem explosão. Assisto a um divertido comício improvisado nas escadarias do Teatro Municipal. Entre Araújo Porto Alegre e Graça Aranha, um homem estendido no asfalto, lenço ensanguentado tapando o rosto, duas velas acesas. Teria passado distraído, olhando a chuva de papeizinhos, e um automóvel matou-o.

Maio, 17 — Nem só de política vive o homem, se é que ela o deixa viver. No empreguinho de ocasião no Instituto Nacional do Livro, sob as vistas de Américo Facó, faço verbetes para o sonhado *Dicionário de literatura brasileira*, que suponho jamais sairá. Estou perplexo diante da confusão e incerteza das fontes de nossa história literária. Nuno Marques Pereira ora é baiano ora é português; sua morte aconteceu em 1718, 1728 ou depois de 1773; a primeira edição do seu livro tanto foi publicada em 1728 como antes etc. O velho Joaquim Maria de Macedo, em seu *Ano biográfico*, se não tem a data de falecimento de um autor, escreve: "Vamos imaginar que seja no dia tal." Como fazer um verbete honesto, se é preciso consultar dez ou mais volumes, alguns inencontráveis, com risco de não se chegar a uma conclusão qualquer? Mas é doce o trabalho no porão escuro da Biblioteca Nacional, onde sempre há folga para a conversa com Órris Soares, ou antes, para ouvi-lo quando ele deixa a preparação do seu *Dicionário de filosofia* e discorre sobre todos os assuntos do mundo, todas as pessoas, entre cético e irônico. Também me agrada a proximidade quase silenciosa de Vieira da Cunha, velhinho calvo que foi amigo de Correia Dias e fez uma das melhores caricaturas de Rui Barbosa, aquela em que a cabeça se transforma no "maior coco da Bahia".

Junho, 6 — Assisto a uma reunião do Comitê Popular de Ipanema e Leblon e verifico, mais uma vez, como a conversa fiada se alimenta de si mesma.

*

Na redação da *Tribuna Popular* (título que prevaleceu sobre *O Popular*) não me sinto à vontade. Dos cinco diretores ostensivos, parece que somente dois o são de fato, mas não consigo estabelecer contato positivo com eles. Sem troca de ideias, sem orientação, as poucas coisas que redijo têm destino incerto. Difícil me acostumar a uma situação como esta, de contornos vagos e desestimulantes. Pelo que vejo, também Álvaro Moreyra não se sente entusiasmado com a qualidade do jornal. Mas pode ser coisa dos primeiros tempos; também jornal tem fase de criança. Esperemos, com pouca esperança.

Junho, 24 — Manhã no aeroporto, para receber Pablo Neruda. O poeta é simpático sem transbordamento, parece mais inclinado ao descanso do que à agitação política. Deseja ser fotografado comigo e com Vinicius de Moraes, e convoca-nos para o almoço. Somos ao todo sete pessoas, no restaurante do Mercado: o casal Neruda, Jorge Amado, Astrojildo Pereira, Vinicius, Franklin de Oliveira e eu. O poeta enfrenta bravamente três pratos regados a vinho branco, e conquista a simpatia do garçom. Saímos perambulando pelas ruas internas do Mercado. Prova-se cachacinha em pé, iniciativa de Vinicius. Depois, café sentado, e finalmente deixamos o casal no apartamento de Roberto Sisson, em Botafogo, onde os Neruda se hospedaram, por falta de hotel, que a comissão de recepção não providenciou. Meio sonolento, o poeta mostra-nos versos novos, corrigindo erros de cópia datilográfica feita em São Paulo. Saímos às 16h30, eu, pessoalmente, achando que até poesia cansa.

Junho, 30 — Enorme assistência em casa de Aníbal, que Neruda foi visitar. Sambistas cantando no gramado do jardim. Dia seguinte, almoço da Associação Brasileira de Escritores, no Recreio. Discurso de Vinicius. À noite, visita do poeta a Portinari. Breve incidente a propósito do cartaz de propaganda eleitoral do Partido Comunista. "Faço questão de minha independência", diz Candinho. "Mas não defendas tua liberdade quando ninguém a está atacando", responde-lhe Neruda. Finalmente, sábado à noite, encontro de escritores e partidários no Alcazar, e passagem pelo apartamento de Fernando Sabino, onde o poeta assiste a uma sessão infernal de bateria, executada pelo dono da casa. Ufa!

Agosto, 17 — Minha filha tranca-se no quarto, escrevendo mais um capítulo do: romance? novela? que já tem quarenta páginas datilografadas. Só me mostrará depois de concluído. Fico possuído de admiração pelo trabalho continuado, que nunca fui capaz de conseguir. Acho que jamais escrevi mais de dez páginas sobre o mesmo tema.

Agosto, 25 — Telefonam-me dizendo que Prestes deseja falar comigo. Vou à rua da Glória, 25, e ele não está nem é esperado. Mas Arruda Câmara foi autorizado a falar em seu nome, e Pedro Pomar assiste à conversa. Trata-se do seguinte. Elementos esquerdistas de Minas vieram ao Rio para cuidar da chapa de candidatos a deputado, e incluíram meu nome na relação. A inclusão na chapa depende do meu assentimento.

Respondo que me sinto muito honrado etc., mas que não tenho a mínima vocação para parlamentar. Além do mais, não pertenço ao PC e não estou sujeito à sua disciplina, o que faria de mim um representante muito individualista.

Arruda Câmara responde que também ele e Pomar não são homens de discurso; entretanto se candidatam, porque a Câmara comporta outros trabalhos em que poderão ser úteis. O PC tem seus oradores; o desejo é formar equipe diversificada, sob orientação geral. Vai-se pregar a união nacional em torno de um programa mínimo de reivindicações aceitáveis por todos os que sejam patriotas e progressistas. Assim, em São Paulo, figura na chapa Monteiro Lobato, que também não é comunista. Em Minas, entrará um fazendeiro de Uberaba, de índole progressista.

Os dois insistem, mas não cedo, em conversa cordial. Vêm à baila minhas críticas à *Tribuna*. Admitem que sejam razoáveis e acham que eu devo voltar à codireção, de que me afastei por absoluta impossibilidade de participar da direção efetiva. Dou mais uma vez minhas razões para não voltar; a experiência frustrada do jornal não me anima a outra tentativa. Individualismo doentio, talvez, mas já é tarde para mudar o jeito de viver.

Agosto, 27 — Recapitulando, foram vários os pequenos fatos, as dificuldades de adaptação a um sistema impreciso de fazer jornal, as decepções que me fizeram deixar de comparecer à redação da *Tribuna Popular*. Sentindo a impossibilidade de abordar temas políticos, refugiei-me nos assuntos literários. Pois, mesmo aí, houve probleminhas. Eneida, ativista corajosa que suportou cadeia e maus-tratos da polícia, vive afastada da direção comunista, porque, como outros companheiros, acha inadmissível moralmente a aproximação com Getúlio. Agora, ela publicou uma tradução do livro de Fréville, *Textos marxistas sobre literatura e arte*, iniciativa excelente, pois coloca ao alcance de nossos intelectuais uma conceituação teórica da literatura, que faltava à maioria deles. Serviço prestado. Sabendo que ela não está em cheiro de santidade perante os dirigentes, limitei-me a fazer uma resenha da obra, dizendo na última linha: "Eneida traduziu." Não elogiei a tradução nem a autora. Pois cortaram a última linha. Fiquei chocado com a mesquinhez, que equipara a *Tribuna* aos jornais burgueses que eliminam de suas colunas qualquer referência a pessoas não gratas à direção. Interpelei um dos diretores, meu amigo pessoal: "Eneida traduziu ou não traduziu o livro?" Ele aquiesceu: "Traduziu." "O livro é ou não é proveitoso para orientação intelectual dos simpatizantes do PC?" Resposta: "É sim." Insisti: "Então ela prestou ou não prestou um serviço ao PC?" "Prestou." "E por que o nome dela não pode sair no final de uma notícia que nem sequer a elogia?" Resposta: "Bem, você sabe, são essas coisas..."

Outubro, 5 — No apartamento de Manuel Bandeira, para pedir-lhe autógrafo no álbum de uma amiga de Maria Julieta. Conta-me que recebeu há dias carta de uma prima freira, na qual se falava de uma santa que teve o coração transverberado (atravessado de luz). A palavra invocou-o, sem que entretanto lhe viesse à ideia fazer um poema de que ela fosse núcleo ou participante. Eis que, domingo, o poeta almoçou "com uma pequena", e depois estiveram em intimidade. Veio-lhe a seguir o estado de modorra, durante o qual compôs mentalmente um soneto, com título e tudo: "O lutador." No dia seguinte, escreveu a peça, mudando-lhe apenas uma palavra. O "coração transverberado" aparece no fecho do soneto; composto todo ele em estado de semiconsciência, não como ato de inteligência, diz Bandeira.

[*Nota de 1980*: O poeta narra o caso em seu *Itinerário de Pasárgada*, publicado em 1954: "Tanto esse soneto como 'Palinódia' são coisas que tenho que interpretar como se fossem obra alheia."]

Outubro, 10 — Um leopardo vai de roxo-claro pela rua. É um navio, uma estátua, um coração perverso, um espectro, um sorriso breve, são muitas coisas desencontradas e súbitas, que cabe à poesia interpretar, desmontar, diluir.

Um leopardo sem memória, talvez um pouco ridículo, em todo caso único, e um carro o transporta, e que fazes tu, pequeno-burguês resignado, surdo às vozes da cidade, à voz das eleições de dezembro, a todas as vozes senão a que desejaria sair de ti, e não sai, e se estrangula e muda permanece na impenetrável recordação?

DEPOSIÇÃO DE GETÚLIO

Outubro, 30 — Ontem, os generais trouxeram para a rua suas metralhadoras e seus carros de assalto e mandaram dizer a Getúlio que desse o fora. Ele tentou negociar, mas os homens foram inflexíveis. Getúlio cedeu "para evitar derramamento de sangue", substância que raramente se derrama em nossos golpes e revoluções, pois tanto uns quanto outros adversários preferem conservá-lo nas veias.

De resto, Getúlio já não contava com ninguém. O pretexto para a deposição foi a nomeação do seu mano Benjamin para chefe de polícia, escolha doméstica que fazia prever evolução muito especial na política, da parte do Catete. Bejo tomou posse às 15h e saiu para comunicar ao general Góis Monteiro, no Palácio da Guerra, que era o novo chefe de polícia e que Getúlio iria modificar novamente a lei eleitoral. Enquanto isto (é o que se diz), o general Paquet, único elemento ainda fiel a Getúlio, desceria com suas tropas da Vila Militar para tomar o Ministério da Guerra e garantir as novas medidas getulianas. Góis imediatamente se demitiu da pasta e se declarou investido no posto (?) de chefe supremo das Forças Armadas, com o apoio da Marinha e da Aeronáutica. Era o golpe, denunciado e profetizado desde março por Prestes e longamente pregado pela UDN como única saída para a crise política. Getúlio, esgotada sua capacidade de manobra (do que é prova a nomeação do mano para chefe de polícia), rendeu-se sem um tiro. Foi logo escolhido para substituí-lo o ministro Linhares, presidente do Supremo Tribunal Federal, que tomou posse de madrugada... no Ministério da Guerra, enquanto Getúlio, filosoficamente, ia dormir, já que não podia fazer outra coisa, apagada a sua estrela de quinze anos.

Tudo isto veio pelo rádio e pelo telefone, a começar das 20h, e custou-me uma noite de sono. Notícias às vezes contraditórias, mas em conjunto definidoras: fim da era getuliana. O vento a levou.

Pela manhã, o melhor a fazer é acompanhar a filhinha ao banho de mar, porque lhe falta companhia. Depois do almoço, vou à cidade, que se mostra indiferente à queda do homem. Visitei Capanema no Ministério da Educação, onde ele esvaziava gavetas, esperando quem fosse substituí-lo para entregar a pasta. Calmo, levou-me ao auditório, onde Portinari pinta dois grandes murais, em companhia de Enrico Bianco e Athos Bulcão. Interessou-se pelo trabalho dos artistas, como se nada de pessoal lhe houvesse acontecido.

Também Rodrigo, em seu gabinete de diretor do PHAN, está impassível. Entra Augusto Meyer, que, brincando, o intima a "passar o cargo". Mais dois que provavelmente deixarão seus cargos, sem que, de momento, disponham de outro trabalho.

Outubro, 31 — Na rua, encontro Pedro Mota Lima e Aydano do Couto Ferraz, que me contam o ocorrido com a *Tribuna Popular*, após a deposição de Getúlio. O jornal não pôde sair. A redação foi invadida por elementos que vieram do terraço do edifício vizinho, arrebentando vidraças. As máquinas de escrever estão quebradas, as gavetas arrombadas, os danos foram verificados por uma redatora a quem a polícia permitiu o ingresso, pois a sede do jornal está interditada. Móveis da sede próxima do PC atirados à rua, com um monte de papéis. Assim se puniu a atitude do Partido, que lutava contra o anunciado golpe. Seu frágil "registro provisório", concedido há dias pela Justiça, positivamente vai por água abaixo. Sedes de Comitês do Partido foram varejadas, e apreendida documentação a ser "examinada". Fala-se também em apurar a responsabilidade dos comunistas na greve geral que os queremistas (partidários de Getúlio) estavam planejando e que não chegou a ser declarada. Parece, entretanto, que o propósito dos comunistas era precisamente evitar a greve, pretexto útil para a reação golpista.

ADEUS À *TRIBUNA POPULAR*

Novembro, 6 — Sejamos sinceros. Golpe é alguma coisa inconcebível num país de organização política democrática, em que a opinião pública, organizada em partidos, se manifesta regularmente por meio de eleições e da vida parlamentar. Será o caso do Brasil? O governo deposto em 29 de outubro era legítimo, resultou de voto popular? Não. Resultou também de golpe, em 10 de novembro de 1937, quando o falso Plano Cohen, brandido pelas autoridades com o maior despudor, serviu de pretexto para o fechamento do Congresso, a prisão e o exílio de políticos oposicionistas, a suspensão das eleições presidenciais em que se defrontariam os candidatos José Américo de Almeida e Armando de Sales Oliveira, e a implantação do Estado Novo, com Getúlio reinando até agora.

Golpe contra golpe, portanto. Se não é modelo a ser enaltecido, é pelo menos compreensível e justificável. Portanto, não vou chorar a queda de Getúlio nem aprovar a linha política do jornal de que sou um dos diretores fantasmas, e que tomou posição contra o afastamento de Vargas. Chega de contemporizar. Quero o meu nome fora do cabeçalho do jornal. Fui ontem à redação e, reunidos os companheiros de direção, entreguei-lhes a seguinte carta:

Rio de Janeiro, 5 de novembro de 1945. Prezado amigo Aydano do Couto Ferraz:

A 22 de junho último, comuniquei-lhe minha resolução de deixar o comitê de direção da *Tribuna Popular*, no qual figurava por honroso convite de Luís Carlos Prestes. E, efetivamente, a partir daquela data, deixei de comparecer, com regularidade, ao jornal, passando a visitar esporadicamente sua redação, na qualidade de amigo e colaborador. Os motivos que aleguei foram considerados justos por você e pelos demais companheiros a quem tive oportunidade de expô-los. Eles podiam resumir-se no fato, por mim verificado, de que a codireção da *Tribuna* estava sendo mais nominal do que efetiva; e que essa codireção, tal como fora planejada, me parecia impraticável. Num entendimento direto com Prestes, tive ensejo de reafirmar-lhe esses motivos. De todas as vezes recebi solicitações para continuar no meu posto. Não as atendi, porque minha resolução era amadurecida e, portanto, definitiva.

Não obstante, quiseram os amigos da *Tribuna* manter o meu nome no cabeçalho, juntamente com os dos demais diretores. Não me opus a isso: primeiro, porque eu não tinha divergências doutrinárias com a *Tribuna*; segundo, porque não desejava oferecer com o meu afastamento, embora insignificante em si, pretexto para explorações de inimigos da *Tribuna* ou do Partido Comunista, embora eu não fosse, como não sou, filiado a esse ou a qualquer partido político.

Passaram-se porém alguns meses, e perdura uma situação a meu ver irregular, e que a própria *Tribuna* terá interesse em normalizar. Acresce que, no momento, a posição assumida pelo PC e pelo jornal em face dos últimos acontecimentos políticos não corresponde inteiramente à apreciação que eu, simples particular, liberto de compromissos, faço desses mesmos acontecimentos. O manifesto publicado domingo encerra uma análise, que do meu ponto de vista não é a mais justa, das origens do golpe militar de 29 de outubro, da sua natureza e das responsabilidades que lhe estão ligadas; também a conclusão a que chega esse documento não me parece a mais consequente. Não é meu intuito entrar em polêmica nesta carta; assinalo apenas a divergência de concepções, diante de um determinado momento político. Ela é um motivo a mais para o pedido que ora faço a você: o de ser excluído o meu nome da lista de diretores da *Tribuna Popular*.

Continuando eu com as ideias a que de há muito cheguei e de que tenho dado testemunho público, e mantendo a independência de movimentos que mais bem se harmoniza com a minha maneira de ser, como homem e como escritor, sinto-me à vontade para solidarizar-me com a *Tribuna* e com o PC diante dos brutais atentados sofridos ao ensejo do golpe, e desejar-lhes o maior êxito na luta em defesa do povo e por uma ordem social mais justa. A todos os companheiros de direção e a você em particular, um abraço cordial, com o sincero apreço e a inalterável estima pessoal de *Carlos Drummond de Andrade*.

Novembro, 7 — Esta eu não esperava. Dia 5, pedi aos companheiros da *Tribuna Popular* que tirassem o meu nome do conselho de direção do jornal. Dia 6, o cabeçalho apareceu na mesma. Hoje, na terceira página, não é só o meu nome que desaparece, é o próprio conselho de direção que vai pelos ares, substituído por estas indicações:

"Diretor: Pedro Mota Lima. Redator-chefe: Aydano do Couto Ferraz. Gerente: Afonso Sérgio Ferreira Fortes."

Sumiram, com o meu nome, os nomes de Álvaro Moreyra e Dalcídio Jurandir. Explicação aos leitores, não há. Nunca pensei que eu fosse tão importante. Ou, como meu pai costumava dizer dos enfatuados: "Ele não é pouca-porcaria não."

Dezembro, 2 — Eleições! Há quinze anos que a gente não tinha o gostinho de votar, bem ou mal, não importa, para presidente da República.

Hoje votamos de novo, os mais velhos, e muita moçada por aí. Nas seções que percorri, no bairro, a ordem era absoluta, com o auxílio da paciência educada nas filas, durante tantos anos, diante das mercearias, dos pontos de ônibus e das repartições públicas. Designado para votar na seção da rua Rodolfo Dantas, lá fui informado de que a mesa fora transferida para o Bife de Ouro, no Copacabana Palace. E aí, 138º entre quatrocentos republicanos desejosos de restaurar o regime, exerci o sagrado direito de voto. No salão estavam as cadeiras do restaurante grã-fino, que pela macieza amenizavam a espera, enquanto, em outras seções menos aristocráticas, eleitores se torravam ao sol, em pé, na rua. A democracia nunca será perfeita, ao que parece...

Votação a princípio lenta (pudera: quem tinha prática?), mas que afinal ganhou ritmo normal, e às 11h30 eu depositava na urna, que não era urna, mas sacola de lona, com as armas da República ressuscitante, os meus três votinhos chorados, pensados e cheios de reticências mentais. Para presidente, Eduardo Gomes; para senadores, Prestes e Abel Chermont; para deputados, a chapa de Prestes. Contradição? Cabeça incoerente de pequeno-burguês enleado em vacilações eternas? Seja o que for, entre Dutra, candidato do PSD conservador, e Iedo Fiúza, candidato de última hora do PC, com sua biografia ruidosamente exposta no jornal de Carlos Lacerda, como escolher? Um voto a mais no brigadeiro representa um a menos em qualquer dos outros dois – e isso me basta, a mim que não sou brigadeirista nem tenho candidato do meu gosto.

O DNI E SEUS PROBLEMAS

Dezembro, 28 — O requintado e puro Américo Facó, que no porão da Biblioteca Nacional cuidava de preparar a *Enciclopédia brasileira* para o Instituto Nacional do Livro, cometeu a imprudência de aceitar o convite de seu coestaduano presidente Linhares para assumir a direção do DNI – o famigerado DIP do Estado Novo. Aceitou, com a incumbência de botar ordem naquilo, feio remanescente de um período de propaganda oficial delirante, que era ao mesmo tempo vigoroso instrumento de censura à imprensa.

Para se sentir à vontade em terreno escorregadio e cheio de armadilhas, Facó apelou para três amigos – Gastão Cruls, Prudente de Morais, neto, e eu –, convidando-nos a fazer um levantamento completo das condições de funcionamento do órgão e da natureza de suas atividades sigilosas, como, por exemplo, as subvenções a empresas jornalísticas e a jornalistas individualmente.

Dura tarefa, que importava em comprar brigas, perder sono e... será que adianta? Facó pediu dois contadores ao Banco do Brasil, e eles estão concluindo um relatório estarrecedor sobre o modo de aplicação dos recursos da entidade. Em todas as seções e serviços – imprensa, rádio, cinema –, a ação de Facó se faz sentir mediante providências que procuram tirar do DNI o caráter de clarim das glórias e benemerências oficiais, para convertê-lo em modesta agência de informações sem finalidade política. Não é fácil desentortar a boca habituada ao velho cachimbo. Surgem incidentes aqui e ali. Reclamações, reivindicações, denúncias, esquivanças, silêncios ardilosos – e haja paciência para suportar injúrias veladas ou não, ameaças ("Vocês vão ver, logo que Dutra tomar posse...") e o sentimento de que o dever cumprido nem sempre dá prazer: o dever é triste.

Estamos nesta cruzada burocrática desde a primeira quinzena de novembro, e não há tempo para nada daquilo que torna a vida agradável: chopinho no bar, caminhada a pé sem destino, leitura vadia de livro ou jornal. Facó quer deixar pronto, antes da posse de Dutra, um projeto razoável que troca a pele de diabo do DNI pela de um órgão informativo isento o mais completamente possível da ideia de propaganda oficial. Será que consegue o milagre?

1946

Janeiro, 1 — 0h55 da madrugada. Estamos chegando do Cinema Roxy, onde vimos um filme medíocre de Bette Davis. Certos artistas não deviam permitir-se essas facilidades: ou tudo ou nada. Durante o complemento nacional, vivas e vaias ao general Dutra e ao brigadeiro findaram com o estouro de uma bomba que uniu brigadeiristas e dutristas no mesmo pânico. A luz acendeu-se e uma mulher de voz fina começou a proferir um discurso incompreensível. Pouco depois voltaram a escuridão e o filme. Não seria mau que a política ficasse fora dos cinemas.

Janeiro, 12 — Todo o princípio do ano absorvido pelo trabalho de reforma do DNI. O projeto de regimento sofre a minuciosa revisão estilística de Américo Facó. Cada palavra – não direi cada artigo – é medida, pesada, cheirada, avaliada, e quase sempre em seu lugar é posto um equivalente castiço. Assim, se Gastão Cruls, que é também purista, e eu, pobre escrevinhador de jornal, verificávamos qual a palavra que melhor convinha no caso, "execução" ou "realização", o caro Facó propunha "facção", assinalando ser muito bom português. Afinal o regimento foi feito, laboriosamente datilografado por duas moças estranhas ao DNI, pois as de casa não inspiravam confiança, e entregue ao ministro Sampaio Dória.

O ministro, que encomendara o trabalho, a princípio desejoso de extinguir o DNI, e que terminara por concordar com a sua remodelação (ouvi de Facó), resolve ir a Lindoia lavar o fígado. Os jornais dizem que esta é uma viagem sem volta; dizem mesmo que, na sua ausência, será nomeado ministro do Supremo Tribunal Federal. O governo desmente. Em seu lugar está o ministro da Agricultura, que não sabe da reforma, e o tempo voa. Facó, com indefectível certeza, já vê em funcionamento os novos e ideais organismos, pois "Linhares quer a reforma". Porém Dutra foi eleito presidente, e o que se sabe é que elementos à sua sombra não estão lá pensando em reforma: querem é o doce velho estilo getulista.

Esta, a situação na manhã de ontem, quando Facó recebe pelo telefone este recado, transmitido por seu amigo, escritor José Vieira:

— O presidente manda dizer-lhe que você tome posse do seu cargo no Senado, pois ele nomeou outro diretor para o DNI.

— E quem é o novo diretor?

— Joel Presídio. O presidente deseja que você colabore com ele para que saia a reforma.

Que reforma? Era evidente que o novo diretor, saído da administração anterior, e nomeado por solicitação do grupo vencedor, queria lá saber de reforma nenhuma.

Daí por diante, tudo foi de um cômico especial. Eu tive de realizar – ou executar? – em poucos minutos, a clássica operação de limpar de papéis as mesas atochadas de projetos, sonhos e boas intenções que já não valiam de nada, eram a ilusão de uma ilusão. Ao mesmo tempo, cumpria separar da massa de papéis do arquivo da repartição, que nela deviam permanecer, os documentos e anotações pessoais de Facó, a serem encaminhados à sua residência – e vá lá alguém, numa hora dessas, distinguir entre papel público e papel particular com cara de público.

Prudente de Morais, neto, com a fleugma habitual, fazia a mesma coisa na Divisão de Cinema e Teatro, e Gastão Cruls, menos britânico, mas corretíssimo, na de Imprensa e Divulgação. Enquanto isso...

Enquanto isso, pelos corredores do edifício onde o DNI alugara vários andares, começava o burburinho que precede as posses festivas. Um ar de alegria acolchoava as paredes e lustrava os degraus. Era tudo esperança recompensada de volta aos velhos tempos, depois da lambada que parecia ter varrido do velho e desmoralizado DIP-DNI sua crosta de corrupção e cortesanismo. Eu enchia de papéis uma pasta, e no terraço espocavam foguetes. Ainda não tínhamos saído e já se celebrava a entrada dos velhos-novos usufrutuários da casa. Reformas? Fim das subvenções a empresas jornalísticas, ou individualmente a jornalistas, com que, suprimida a censura à imprensa desde a entrevista-bomba de José Américo, se conseguia amainar furores oposicionistas de alguns setores? Estabelecimento de uma possível agência de notícias que desse vazão ao noticiário oficial sem sombra de propaganda ou veleidade de influir na opinião pública? Conversa fiada. Mas a gente vai saindo, empurrada pelo vagalhão humano dos contentes com a futura administração, ouve-se a voz do novo diretor solene e compenetrada: "A razão desta escolha, como me foi transmitido pela pessoa que me recebeu, é que o governo quer dar o maior realce, o maior brilhantismo, às cerimônias com que será celebrada a grande data da posse do sr. general Dutra na presidência da República para corresponder ao milhão e tanto de brasileiros que deram ao general Dutra a vitória nas urnas. Para isso era preciso que o Departamento estivesse entregue a um dos que fizeram a campanha com o general Dutra e colaboraram para sua vitória."

Eis todo o programa de ação do serviço de informações oficiais, no momento em que o Brasil entra num ansiado período de normalidade democrática: tocar bumbo e soltar fogos de artifício à passagem do vencedor, por sinal remanescente da situação totalitária.

Janeiro, 13 — Ainda a passagem pelo DNI, de tristicômica memória. O órgão de propaganda oficial funcionava no Palácio Tiradentes, de onde a Câmara Federal fora retirada para existir no éter, com o golpe estadonovista de novembro de 1937. Com as eleições de 15 de novembro do ano passado, era preciso restituir à Câmara sua sede. Alugaram-se andares comerciais no Edifício Novo Mundo, e para eles foi transferida a tralha imensa do DNI. Toda ela? Não. Sobraram dois enormes pianos, para os quais não se encontrou cômodo conveniente no edifício de escritórios. Além disto, a música era outra, daí por diante. Lá ficaram esquecidos os pianos na Câmara. E os encarregados de readaptar a sede parlamentar a seus fins naturais reclamando contra a presença daqueles elefantes inúteis aos debates.

Coube a Américo Facó tomar providências para removê-los. Zeloso do dinheiro público, não se animou a alugar mais espaço para abrigá-los. Em gesto de total pureza, mandou removê-los para a garagem de sua casa na rua Rumânia, pois não possuía automóvel particular. Ali ficariam a salvo de furto ou uso indevido, bem cuidados, e não pagariam aluguel.

Os burocratas que Facó privara de gratificações indevidas e os jornais que perderam a subvenção mensal do DNI caíram em cima do diretor, que *incorporara* ao seu patrimônio pessoal dois bens do Estado. De instante a instante o telefone de sua casa tocava perguntando se o proprietário tinha pianos para vender. Num jornal apareceu este anúncio: "O sr. Américo, residente na rua Rumânia, nº tanto, tem pianos à venda." Apareceram compradores. Um inferno.

Facó não se deu por vencido. Respondia com dignidade, sem irritação, na linguagem castiça que nele era tanto escrita quanto falada, seu modo de ser. Leitor constante de clássicos, usava-os no varejo da vida. E era de uma honestidade impecável, chocante num meio onde as liberalidades e maus costumes administrativos constituíam a coisa mais natural do mundo. Desencantado, não explodiu em palavras crespas. Nunca lhe ouvi demasia de linguagem. E foi-se, desiludido, mas com perfeita serenidade e com elegância *recherchée* um tanto *vieux style* (um *gentleman* entre malandros, já livre destes), ocupar o seu posto de redator de debates no Senado Federal.

Janeiro, 31 — Para me lembrar sempre que tiver de agradecer oferecimento de livros, ou emitir opinião de cortesia a autores aspirantes de incenso:

"Desde 1851, creio não ter dito uma só mentira, salvo naturalmente mentiras de brincadeira, de pura eutrapelia, mentiras oficiosas, e ainda essas pequenas escapatórias literárias inevitáveis, em face de uma verdade superior, exigência de uma frase equilibrada ou para evitar maior mal, como o de apunhalar um literato. Um poeta, por exemplo, me traz os seus versos. Não há jeito senão dizer-lhe que são admiráveis; qualquer outra coisa seria o mesmo que afirmar que não valem nada, e cometer injúria cruel a quem, afinal, pretendia fazer-me uma delicadeza." (Traduzido de Renan, *Souvenirs d'enfance et de jeunesse*.)

Fevereiro, 8 — Ao entregar-me o cheque de 5 mil cruzeiros, correspondente ao Prêmio de Conjunto da Obra, concedido pela Sociedade Felipe d'Oliveira, o presidente da Sociedade, João Daudt de Oliveira, tem o cuidado de lembrar-me:

— Olhe, o prêmio é ao senhor mesmo e à sua poesia, e não ao chefe de gabinete do ministro da Educação, que deixou de ser no ano passado, como poderia ter parecido...

Abril, 20 — Em Belo Horizonte, aonde vim para conversar com os Altos Poderes sobre minha situação de redator do *Minas Gerais*, desligado sem vencimentos, mas não demitido, para servir no Ministério da Educação, com Capanema. Terminada a comissão, mesmo com os "bicos" arranjados, a vida está difícil no Brasil, país de muita saúva e pouco dinheiro. Desejo que me façam voltar à atividade, prestando serviço jornalístico no Rio. Meu antigo colega Moacyr Andrade, sempre prestimoso sob aparência de não levar nada a sério, conduz-me ao interventor João Beraldo, no Palácio da Liberdade. Murilo Rubião junta-se ao pequeno *complot* a meu favor. Fui atendido. Prestarei serviço à Rádio Inconfidência como correspondente no Rio.

Volto contente. Alegria especial: quase uma noite inteira batendo papo com Emílio Moura, que tem tantas coisas para contar, e conta-as com doçura e humor filosófico de mineiro de Dores do Indaiá que vivesse à margem do lago Lemano.

Junho, 6 — A verdade sobre os barbeiros. O meu, enquanto maneja a tesoura, me faz confidências. A maioria da classe – diz ele — esconde a verdade sobre a sua profissão. Em geral morrem ou de úlcera no estômago ou de tuberculose. Tudo por causa de um pedacinho de fio de cabelo. Aspirado insensivelmente, ele desce, mas não desce toda vida não, vai espetar o estômago ou o pulmão, e aí... Aí o doutor imagina o resto. O fim é no hospital.

O barbeiro vive de uma ilusão. Vê o freguês com a camisa de seda creme, sapato bicolor, meias finas, e também quer usar tudo isso. Aí ele gasta o que ganha para se apresentar bem. Mas o freguês pode, ele não. De modo que nunca vai pra frente, salvo um que nasceu com estrela na testa, o freguês simpatiza com ele e diz: "Pega estes cinquenta contos e vai abrir um salão." O resto fica de barriga vazia e ainda pensa que exerce profissão liberal. O antigo dono deste salão é que fez bem. Caiu na realidade, largou tudo, comprou uma quitanda. Carrega cesta de verdura na cabeça e tem dinheiro no banco. Eu, se pudesse...

Procuro consolá-lo, sem convicção. Afinal, nenhuma profissão é um sonho, todas têm seu lado esquerdo, e você sabe que ainda não se inventou o trabalho perfeito, que é só alegria e dinheiro fácil. Ele sacode a cabeça, insiste:

— Uma porcariinha de pedaço de fio de cabelo, decidindo a vida da gente, doutor...

O BRASIL EM UM DIA

Julho, 13 — A vida no Brasil, segundo o *Correio da Manhã* de hoje:

Fechadas as padarias em São Paulo, onde os padeiros, aos gritos, denunciam o câmbio negro da farinha.

Importadores de trigo querem descarregá-lo no Rio, e não em Santos, pela vantagem do preço. Protestos.

Crise no abastecimento de açúcar em Belém do Pará. O Exército distribuiu o produto.

A Justiça Militar é que vai julgar os grevistas da Sorocabana.

Produtores ameaçam suspender o fornecimento de leite se o preço do litro não subir a 2,60. Está 1,30 no posto e 1,90 a domicílio.

Desapareceu um vagão de carne da Central. Carregado.

Iniciados os estudos para elevação das tarifas da Light.

Comissão Central de Preços pede devassa na escrita de lavradores e usineiros, para decidir sobre o aumento do preço do açúcar.

Polícias do Rio, estado do Rio, São Paulo e Minas, em articulação, apuram o caso dos remédios falsificados. Prisões e apreensões.

Poucas pessoas pagam as quantias devidas, nas tesourarias, por falta de fiscalização.

Padarias burlam o tabelamento, vendendo pão por unidade, e não a peso.

Escandaloso aumento nos preços de conserto de sapatos.

Aluguéis ajustados entre 1934 e 1940 terão aumento de 10%. Os de anos anteriores, 20%.

Nossas tarifas postais e telegráficas são as menores do mundo. Cogita-se de elevá-las.

Intervenção no Sindicato dos Bancários do Rio Grande do Sul, cuja situação é irregular.

Ministério da Agricultura decide que a carne será distribuída três vezes por semana no Rio, São Paulo, Minas e estado do Rio.

Intervenção no Pará: Electric Railways and Lighting, incapacitada para manter os serviços.

México resolve abater e incinerar gado brasileiro em quarentena ou devolvê-lo ao Brasil.

Maioria dos infratores da Lei do Inquilinato em São Paulo é constituída de mulheres.

Moradores de Bento Ribeiro, em mutirão, constroem ponte que o governo não quis fazer.

Material sem conservação é uma das causas dos últimos desastres aviatórios.

Surge nova fila: a dos aposentados e pensionistas de institutos. Chega!

Outubro, 6 — "Começo a achar que Calu não se casará", diz-me sua mãe. "É tão exigente!"

Calu está nos 30, suponho. Seu último caso: ao anoitecer, um homem passa de carro, tira-a da fila, faz-lhe declarações. Marcam encontro numa confeitaria. Ela esperava um rapaz alto, louro, voz suave; chega um velhote gordinho, calvo, de voz antipática – nenhuma das impressões colhidas na véspera fora exata. O admirador comprou uma coleção de pratas. Oferece-lhe joias. Quer casar. Calu faz-se de burra, desconversa.

Seu ex-noivo (o último) procura-a de volta dos Estados Unidos. Calu não quer saber dele. A mãe do rapaz queixa-se de que ela chamou o filho de sem caráter. Calu desmente: "Não o chamei de sem caráter, por um sentimento universal de respeito aos mortos. Ele está morto. É o falecido Matias Pascal."

O ex-noivo insiste em frequentá-la. Põe dedicatórias suplementares nos livros que escritores oferecem a Calu; são suplementos de humor duvidoso. Quando bebe, da rua atira pedras nas vidraças de Calu, num segundo andar. "É mesmo estranho", comenta a mãe de Calu. "Quando minha filha esteve na clínica, ele era todo carinho; bastou ela ficar boa e voltar para casa, ele deu o *suíte*. Agora está feito louco, querendo ficar noivo outra vez. Quem sabe, talvez desse certo, né? E talvez não. Calu vai ficar pra tia, meu Deus."

Outubro, 8 — Se quereis o milagre de vossa folha corrida em três tempos, confiai-vos a Amabílio Alecrim, que, como os seus colegas da avenida Mem de Sá, e por declaração expressa, "embora pertençam à polícia, é antifascista".

Novembro, 6 — Mais uma reunião – infrutífera – do Ateneu García Lorca. Ninguém lhe aceita a presidência, que não é remunerada e impõe deveres. E os secretários não secretariam. Fundado em julho, numa salinha da avenida Rio Branco, é uma associação civil, cultural, que pretende "identificar-se com o sentimento democrático do povo espanhol", mas, pelo que se vê, carece de identidade própria. Os sócios proprietários têm direito a três votos, correspondentes a cada cota de 3.600 cruzeiros que subscreverem, o que não deixa de ser uma incursão à utopia – ou o convite a um comendador qualquer que pretenda comprar-nos a todos, desde os móveis às consciências.

Novembro, 20 — Encontro com Otávio Brandão, comunista histórico e romântico. Assunto: as poesias de Laura Brandão, sua primeira mulher, que eu gostaria de conhecer melhor para incluir algumas na minha projetada antologia da poesia social brasileira. Ele parece ainda esmagado pela morte da companheira, ocorrida na Rússia em 1942. Cultuando-lhe a memória, deseja que os seus despojos sejam transportados para o Brasil. Os livros de Laura (quando solteira, Laura da Fonseca e Silva, frequentadora das revistas cariocas de sábado) são "verdadeiras relíquias", e é impossível obtê-los da família dela. Dá-me a bibliografia datilografada de Laura, em que é chamada de humanista, e passa-me um poema da mulher, escrito durante o ataque nazista à URSS. Tenho dúvidas sobre qualidade literária misturada com fervor de convicções.

Novembro, 21 — Afinal, nosso excelente Aníbal Machado concorda em ser eleito presidente do Ateneu García Lorca, depois de longos e difíceis entendimentos. Haviam recusado o posto Manuel Bandeira, José Carlos Lisboa e Genolino Amado, convidados sucessivamente. Aníbal salva a situação com a sua boa vontade e também com a sua dificuldade de recusar chateações. Eu exercia uma vaga presidência efetiva, de circunstância, e, para que não se interprete mal a minha não confirmação no posto executivo, sou gratificado com a presidência honorária, em atenção aos serviços que não cheguei a prestar. No fundo, este Ateneu chega fora de hora, quando a sorte da Espanha já foi decidida e a própria Guerra Mundial acabou. Somos uns candidatos retardatários. Brigamos com o general Franco à distância e encarregamos Unamuno de dizer por nós os desaforos que convertemos em versos.

Novembro, 25 — Otávio Brandão confia-me suas poesias, não apenas datadas, mas com indicação do lugar, da situação e do estado de espírito em que foram concebidas: "Cadeia de Maceió – Alagoas – 13 de março de 1919 – preso pelo crime de ter ideias e ser solidário com um revolucionário encarcerado..." Outra: "Corpo de Segurança – Polícia Central do Rio de Janeiro – 25 de março de 1920 – preso por causa da greve da Leopoldina e por ser considerado prejudicial à tranquilidade pública, isto é, à malandrice e à gatunagem burguesas..."

Ao pé de um poema escrito em Buenos Aires, 1920: "Sentado num banco à sombra de uma leguminosa, diante do *Penseur*, de Rodin, confessando-me amesquinhado pelas ironias da Internacional Comunista." Mas a confissão é riscada a lápis.

Ainda em Buenos Aires, dias depois, num poema em que se despede da vida: "Meditando pela Calle Florida – Buenos Aires – à tarde de 25 de abril de 1930 – sob a impressão de que morrerei na próxima vaga revolucionária." [*Nota de 1980*: Otávio, sempre fiel a suas ideias, faleceu com 84 anos, em março de 1980. Era visto com seu boné, no hall da ABI, em dias de eleição.]

Seus versos não são propriamente poéticos, e a custo seleciono um trecho para a minha antologia social. Mas fica-me a impressão do homem, de "antes quebrar que torcer". E puro.

Dezembro, 8 — A natureza não me inspira emoção particular. E meu êxtase obrigatório é reduzido, mesmo do alto da Mesa do Imperador, a que nos conduziu o automóvel de Cyro dos Anjos, num sábado consagrado ao ar livre. Convém dizer: Que beleza! E eu digo: Que beleza! Presentes Marques Rebelo, Otto Maria Carpeaux, o poeta argentino Raúl Navarro. No meio desse mundo de vegetação, e a propósito de tudo, ou sem propósito, Rebelo faz rir às gargalhadas com suas invenções verbais, contra tudo e todos.

Dezembro, 16 — Ontem à noite, visita a Portinari. Chegou encantado com a França, que antes não era objeto de sua simpatia. E lamenta como o receberam no Brasil. Um repórter atribui-lhe declarações falsas, e um anônimo, pelo correio, chama-o de "judeu" e de "judia" a sua mulher: palavras escritas sobre a foto de jornal no desembarque dos dois.

Dezembro, 19 — A jovem autora de *A busca* chamada à Editora José Olympio para receber direitos autorais do seu livro. Sensação imprevista: uma coisa feita com prazer e por prazer (embora o fundo amargo do tema) e que rende dinheirinho apreciável para quem nunca pensou em tirar proveito das letras. O pagamento vem em boa hora: facilita a excursão acadêmica à Argentina, planejada entre suas colegas de faculdade.

E há também o espanto meio infantil do seu rosto, ao ler os artigos de jornal saudando sua estreia, as cartas e referências de louvor. Não esperava que sua historieta despertasse tanto barulho. Esta glória literária adolescente contamina o pai da autora, que não se sente assim tão orgulhoso pelos seus próprios livros. É ótimo ser pai de autora festejada.

Dezembro, 29 — Esse diabo de Baudelaire, dizendo que a inspiração consiste em trabalhar todo dia. E onde fica a minha preguiça de intelectual, que se imagina produtora de grandes obras quando a inspiração for servida?

1947

Janeiro, 7 — Apontamento de 1941, encontrado entre papéis soltos de uma pasta: "Todas as noites, ao voltar do trabalho no Ministério, é minha filha que me abre a porta, e o faz com ar solene. Finge não me reconhecer, e cerca de precauções a identificação do recém-chegado. Hoje, em seu lugar, aparece meu sobrinho Virgílio, que passa as férias conosco. A filhinha escondera-se debaixo da mesa do escritório, como costumava fazer antigamente. Mas desta vez não foi, como antigamente, para se divertir com a minha busca pelos móveis e quartos. Foi em sinal de ressentimento porque o primo tomara a iniciativa de me receber. Não queria ser substituída. Queixou-se: 'Ele não é seu filho! Filho é que abre a porta para o pai...'"

Janeiro, 23 — Visita de Paulo Armando. Conta que, nas vésperas de casar-se, Murilo Mendes procura adiar o ato e sugere que os amigos façam um abaixo-assinado pedindo-lhe que continue noivo. "Mas Saudade indefere", conclui o próprio poeta.

*

No começo do incêndio de A Exposição, hoje à tarde, na avenida Rio Branco, as moças que trabalhavam no terceiro andar tiveram de vestir apressadamente calças de homem, para descerem de costas pela escada Magirus. Os bombeiros, para protegê-las, seguravam-lhes as nádegas. O povo assistindo, com inveja.

Janeiro, 24 — Reflexão matinal: mais de metade da vida normal já se escoou. Então era isto?

A PAISAGEM REVISTA

Fevereiro, 9 — Sensação, diante de paisagem contemplada pela primeira vez, de que já a víramos antes (as três árvores entrevistas por Marcel Proust no decorrer de um passeio de carro). Jean Pommier (*La mystique de Marcel Proust*) sugere em primeiro lugar a explicação das vidas sucessivas que tivemos, cara aos místicos. A paisagem teria sido vista em existência anterior do mesmo observador. Vem depois a explicação do sonho, que equivale a uma outra existência, não anterior à atual, mas alternando com esta. As mesmas árvores poderiam ter sido vistas antes em sonho. Terceira explicação: a paisagem fora construída antes pela imaginação, e agora é conferida ao vivo. O observador a compusera espontaneamente ou graças a repetida e poderosa sugestão – pela leitura, por exemplo. Assim, podemos reconhecer de repente a sala de jantar descrita no poema de Baudelaire, a rua que aparece num romance de Flaubert etc. Última explicação proposta: a diplopia, ou fadiga da visão, que faz ver em dobro no tempo, como às vezes se vê em dobro no espaço (Ribot, *Les maladies de la mémoire*). Acredita-se que um estado realmente novo fora experimentado anteriormente, de sorte que parece repetir-se quando produzido pela primeira vez.

Léon Daudet (*Études et milieux littéraires*) aventa outra hipótese: herdamos de nossos antepassados não só inclinações e estados de espírito, como também paisagens. A memória hereditária pode transmitir a uma geração algumas dessas emoções mais intensas, que duas ou três vezes na vida foram experimentadas por ancestrais de duas ou três gerações anteriores.

Mas para que tantas explicações, se o fato emocional, poético e perturbador, do reconhecimento insólito, é das mais belas sensações da vida?

Março, 15 — Centenário de Castro Alves. A justa celebração geral, ao chegar ao segundo time literário, é aproveitada por este para xingar os poetas modernistas, de alto a baixo. Há 25 anos que somos xingados! O que não impede, quanto a mim, de amar no poeta o autor de versos como "desce a tarde no carro vaporoso" ou "o vento do passado em mim suspira", pondo de lado a parte condoreira que o tempo se incumbiu de converter em oratória. Mas vá alguém fazer a menor restrição ao poeta...

Março, 20 — Saio de um instante de cólera e procuro indagar de mim mesmo e de autores a natureza dessa quebra de ritmo vital. Sua natureza e sua razão de ser. Por mais desatinada que seja, ela parece necessária.

Aristóteles mostra-se favorável à cólera moderada, que se manifeste em momento oportuno. E julga menos má a intemperança na ira do que nos prazeres. Os irascíveis logo se apaziguam, o que é uma espécie de compensação. Já os rancorosos... (*Moral a Nicômaco*).

Montaigne entende que não devemos castigar o erro no instante em que a cólera nos domina. Que diríamos do juiz que, num momento de irritação, condenasse alguém à morte? Quem tem fome serve-se de carne; quem castiga não deve ter fome nem sede. Esta é uma paixão que se apraz a si mesma, e que se lisonjeia; às vezes, uma explicação judiciosa ainda mais a exacerba. Montaigne, entretanto, preferia manifestar sua cólera a mantê-la recolhida, envenenando-lhe a mente.

Exprimindo-se, ela se dissolve; contida, vira-se contra nós. E conclui: "Se a cólera é uma arma, como queria Aristóteles, a verdade é que essa arma não se deixa manejar por nós; é ela que nos maneja" (*Essais*).

O moderno Jacques de Lacretelle enfileira em seu ensaio sobre a cólera razões intelectuais em favor de uma explosão ordenada, aristotélica. Mas em seguida mostra quanto é desmoralizadora do ser a crise de violência verbal ou gestual. Por fim, de certo modo se mostra simpático a esse sentido furioso, que costuma identificar-se com a prova de amor. (*Aparté.*) Não encontro nos livros a condenação formal da paixão a que me entreguei, e que me deixa aniquilado.

Abril, 10 — À noite, visita-me o romancista de 25 anos, que já foi aviador e paraquedista, e hoje é instrutor de paraquedismo, estuda psiquiatria, pratica ilusionismo, grafologia, frenologia e palmestria. Já escreveu quinze livros, diz-se meu admirador e pergunta-me se já publiquei algum.

Junho, 23 — A pobre mulher de Alfenas que me procura e, calma e ordenadamente, me expõe as perseguições de que vem sendo vítima à distância. Pessoas de sua terra servem-se de "bruxas voadeiras" para destruí-la. Enquanto dorme, extraem-lhe um osso, uma glândula, que substituem por massa. Acorda sentindo vago mal-estar, e nada pode fazer, embora tenha o dom de ver à distância os manejos de seus inimigos.

Junho, 26 — Encontro com o poeta Schmidt, por acaso. Diz que anda muito triste e com vontade de morrer. Depois, no correr da conversa, mostra-se preocupado com a questão do petróleo brasileiro.

Junho, 29 — Com Maria Julieta e Paulo Mendes Campos, agora nosso vizinho, vou à Academia assistir à entrega do prêmio de romance a Cyro dos Anjos. Lá estão amigos e parentes dos diversos premiados, oito ou nove acadêmicos e uns gatos-pingados da literatura, desejosos de aparecer em qualquer parte. O ministro-acadêmico Ataulfo de Paiva, à saída, estimula a autora da novela *A busca*:

— Vá mandando, vá mandando os seus livros!

Julho, 8 — *Passage du malin*, de François Mauriac, no Municipal, com Marie Bell. O romancista deixa-me sempre a sensação de vida agônica e perturbadora. O autor de teatro me deixa frio.

VOLTAR PARA MINAS

Agosto, 1 — Carta a Milton Campos:

Meu caro Milton:

O telefone conspirou para que a nossa conversa de segunda-feira fosse um tanto confusa. No meio daqueles chiados e zumbidos atmosféricos, eu mal ouvi algumas palavras suas, e creio que você não terá escutado melhor as minhas. Fiquei assim, ao deixar o fone, sem saber ao certo o que estaria ocorrendo, e só à noite, por intermédio de um rapaz da sucursal da *Folha de Minas*, tive conhecimento de que eu fora eleito diretor do jornal.

Não preciso dizer o que este ato significa para mim. Já por várias vezes o Rodrigo [M. F. de Andrade] vinha me falando do seu propósito de me convocar para as lides oficiais em nosso estado. A simples lembrança de meu nome, partindo de você, bastava para me encher de satisfação, pois significava a constância de uma velha amizade que se o tempo tornou menos ativa nem por isso enfraqueceu em seus fundamentos e em sua essência – e continua sendo um estímulo profundo para mim. Mas havia outro aspecto que, a meus olhos, tornava ainda mais relevante a sua intenção. É que se inicia um governo de tal elevação e pureza que colaborar com ele devia constituir não apenas um orgulho, mas também um dever. Isso mesmo disse ao nosso Rodrigo, a quem simultaneamente expus o meu estado de espírito: desejoso de atender ao chamado que me honrava, e ao mesmo tempo sem ânimo para fazê-lo. Resolvi escrever a você, nesse sentido, mas fui adiando a carta, ante a possibilidade de uma ida a Belo Horizonte, onde melhor me explicaria, conversando. A viagem se fez, mas chegando aí pareceu-me que você devia estar assoberbado em demasia com as obrigações do seu rude ofício para que eu ainda fosse tomar o seu tempo com a minha ilustre pessoa – e seu convite para jantar só me chegou tarde da noite, quando ia preparar a maleta, deixando-me, aliás, bastante envergonhado pelo não cumprimento do meu propósito. E agora eis que há seu telefonema e a eleição para a *Folha*.

Aqui estou eu, pois, meu caro Milton, na posição pouco confortável de amigo faltoso. O amigo diligente não ruminaria o assunto; acudiria sem perda de tempo. Eu, porém, julguei necessário proceder a um exame rigoroso de minhas atuais condições a fim de apurar com segurança se elas eram as mais adequadas para a colaboração que você precisa e merece ter na sua grande tarefa. E cheguei a uma conclusão negativa. As duas excelentes oportunidades com que você me acenou: o Departamento de Cultura e, agora, a *Folha* exigem sem dúvida uma atividade, uma dedicação e um esforço para os quais não me sinto muito habilitado a esta altura da vida. Na primeira, haveria a organização de um aparelho complexo e destinado a exercer uma atuação realmente viva no incremento às práticas artísticas e intelectuais; na segunda, é a direção de um jornal que precisa acompanhar também o dinamismo da imprensa de hoje, e assumir um papel na reconstrução geral da nossa Minas. Diante destas tarefas, você cogita de pôr um burocrata e um jornalista igualmente desencantados por uma tarimba de cerca de 25 anos, sem o entusiasmo criador que elas estão pedindo, e com essa carência agravada pelo desenvolvimento de um processo psicológico de misantropia, que faz dele o homem menos apto para a multiplicidade de contatos que qualquer dessas funções exige. Devo acrescentar, nesta confidência, que minha curta passagem pelos arraiais políticos, naquele começo alvoroçado de 1945, operou em minha sensibilidade um choque tão violento que me fez perder todo o interesse pela vida pública. Sua eleição para governador foi um episódio que veio surpreender o meu ceticismo, mas para depois confirmá-lo, pois, diante do ensejo de renovação que você abre para Minas, os nossos políticos, em grande parte, estão procedendo de maneira deplorável, parecendo nostálgicos do antigo cativeiro. De sorte que a perspectiva de ter de tomar conhecimento, mais de perto, dessa mexida, na direção de um jornal, mesmo alheio à luta, me deixa assustado, ao mesmo tempo que me faz admirar ainda mais a limpidez e o alcance do sacrifício que você vem realizando, com um tão grande heroísmo civil, para pôr em ordem nossa pobre terra.

A essas razões cumpre ajuntar uma última, talvez mesquinha, mas que não achei conveniente omitir numa conversa tão sem-cerimônia. É a do problema que se abriria para mim com a mudança para Belo Horizonte, onde já não disponho de casa para morar, pois vendi a da Floresta, e, a julgar pelas informações daí, é bem difícil descobrir uma. Confesso-lhe que o cortejo de complicações dessa natureza – depois de treze anos de Rio, a que a família, a princípio com sentimento de exílio, acabou por se adaptar tão bem, sem perder o jeito nativo – é uma coisa que deixa meio perplexo este seu velho companheiro.

Por tudo isso, meu caro Milton, eu, que fiquei comovido com o seu gesto, venho pedir-lhe que escolha outra pessoa para a direção do jornal. Estou certo de que você não verá nisto uma recusa de servir. Esta carta é o resultado honesto de minha meditação sobre o caso – e principalmente sobre mim mesmo. Eu serviria mal a você se procedesse de outro modo. E em qualquer circunstância, de qualquer jeito, só posso ter para você e para seu governo o pensamento mais alto e fervoroso de sucesso. Ao meu agradecimento a você se junta o de Dolores, e ambos estão envolvidos no mesmo antigo e profundo afeto. O melhor abraço do *Carlos*.

Agosto, 2 — No Cinema Rian, *Ivã, o Terrível*, de Eisenstein. Belo e fatigante. Minha filha observa que os atores representam, não como se vivessem as personagens, mas como se estivessem mesmo representando. O tom é demasiado alto, nobre e trágico. Não há, intencionalmente, a menor naturalidade. Eisenstein fez um poema plástico e musical, perturbado por intensa e tonitruante declamação. Os gestos mais simples que praticamos adquirem uma violência que os torna grotescos. O público menos educado percebe isto antes que os espectadores intelectualizados, que se aborrecem com a reação popular, mas acabam desistindo de reclamar contra o vozerio. Nunca vi imagens mais belas em nenhum filme. Os olhos vogam em mar de delícias, perturbados apenas pela teatralidade da música e pelo furor das palavras. Os coros de Prokofiev tecem um fundo admirável para as grandes cenas, e chegam a penetrá-las de tal modo que passam de fundo musical a parte integrante e comovedora das cenas. Inesquecível imagem da procissão ondulando pela planície branca e dominada bruscamente por uma forma imprevista que se agiganta: a barba de Ivã em primeiro plano. Mas o conjunto cansa bastante, e concordo com minha filha: não voltaríamos ao cinema se todos os filmes fossem assim grandiosos.

Agosto, 15 — Sonho. Estou no sobrado de minha família, em Itabira. Madrugada, céu escuro. Silêncio total. Vejo sair da casinha em frente, perto da Câmara, uma negra vestida de azul, que com certeza acaba de passar a noite com um homem. Só então reparo que estou na sacada, de onde posso avaliar a largura da rua que, quando garoto, me parecia maior, em comparação com a que lhe achei na mocidade. Teria a rua ficado mais estreita, à proporção que eu me fazia homem? Não. Agora voltara a ser larga, em face da minha idade madura. A correlação entre a rua e minha idade apareceu-me então sob forma poética, e fiz imediatamente um poema de três versos: sobre a rua da infância, larga; a da mocidade, estreita; e a da madureza, larga outra vez. Poema que me agradou muito, pois revelava secreta ligação entre o ser e as coisas. Mas, poema em sonho, lá se foi com ele. Acordei sem lembrança dos versos.

Agosto, 19 — Domingo à noite, reunião em casa de Rodrigo (M.

F. de Andrade), Manuel Bandeira conta o seu desentendimento com Augusto Frederico Schmidt. Este não lhe escreveu uma linha, quando fora do Brasil. Manuel, de brincadeira, mandou dizer-lhe, por intermédio de João Condé, que ficara zangado com a desatenção. Schmidt formalizou-se: "Não escrevi para ninguém!" – e aí Manuel zangou-se de verdade.

Tendo-se zangado, Bandeira pediu devolução do quadro de Portinari guardado em casa de Schmidt, e que pertence a ele, Bandeira (é o seu retrato). Esse quadro fora entregue antes a Jayme Ovalle porque Bandeira não queria ver-se a si mesmo, constantemente, no quarto em que residia. Tendo de deixar o Brasil, Ovalle passou a tela à sua irmã Leolina. Como Bandeira, sem segunda intenção, fizesse um poema sobre um tal Leolino, ela sentiu-se ofendida e não quis mais guardar o quadro. Coube então a Schmidt mantê-lo em depósito. Agora, brigado com Bandeira, este quer reaver o retrato, mas Schmidt, por sua vez aborrecido, não quer falar no assunto. Assim brigam dois poetas, duas crianças, que amanhã ou depois farão as pazes.

Agosto, 20 — O poeta António Botto, hospedado em hotel de Copacabana, pede-me que vá visitá-lo. Recebe-me de chambre vermelho com pintas amarelas, cachecol também de cor viva ao pescoço, no quarto atulhado de malas e objetos. Queixa-se do hotel, que não tem paisagem e serve mal. Ao chegar, dissera que "gostava de mamões" – "sou uma criança", diz sorrindo – "e não mos deram". Muda-se hoje para o Glória, que cobra o mesmo preço e dá para o mar, ou para o Internacional, onde se hospedou, há muito tempo, o seu amigo Nijinski. Fala também no amigo Serge Lifar.

O poeta queixa-se de Portugal e dos escritores portugueses em geral. Pretende naturalizar-se brasileiro e quer um cantinho obscuro entre nós. Mostra-me um seu livro para crianças, em edição irlandesa, e diz:

— Vamos trocar um livro, pois não?

Conta-me, declamando-as, duas histórias infantis, vivendo alternadamente as personagens que dialogam. Atribui a cada uma voz, olhar e mímica especiais. A boca miúda faz o possível para dramatizar. Os olhos claros movem-se entre rugas na pele fatigada. Mantenho-me firme, enquanto ele me informa que Unamuno, Kipling, Pirandello e Joyce nunca lhe negaram os louvores mais cálidos.

Agosto, 31 — Leitura de *Le zéro et l'infini*, de Koestler. Admirável explicação dos motivos que conduziram os líderes comunistas a se confessar culpados, nos processos de Moscou. Levei meses a me aproximar deste livro, prevenido contra o seu sucesso mundial de obra de atualidade. Sou forçado a reconhecer sua qualidade literária, de par com o interesse dramático que consegue manter (em mim, o quase total desprendimento da coisa política era fator hostil a esse interesse). A desagregação da fibra do revolucionário Rubashov, sua reincorporação gradativa do humano e contingente, a lógica e implacável cadeia de raciocínios em que se deixa prender, refletindo até o fim e consumando o sacrifício quando já não acreditava na utilidade desse sacrifício – tudo isso ressalta fortemente do livro e é realizado com recursos literários dignos de nota.

Há uma desconcertante imparcialidade na obra, a tal ponto que, mesmo sentindo horror pela mentalidade política que tritura desse modo a personalidade humana, não podemos deixar de considerá-la coerente consigo mesma e inspirada num interesse superior às razões da nossa moral comum. A figura de Ivanov não é odiosa, por mais que se coloque contra a do prisioneiro como alguém que não poderia agir de outro modo, tal a monstruosa subordinação a um fim que abstrai de qualquer consideração de ordem normal.

Koestler compôs uma das tragédias modernas, a tragédia do homem que se imola à política, sacrificado por aquilo mesmo que enchera toda a sua vida, e que se volta inexoravelmente contra ele.

Setembro, 8 — Visita de Oswald de Andrade e Maria Antonieta, na noite de quinta-feira. O leão está manso ("desta vez acertei a mão com o casamento", diz ele) e distribui-se em amabilidades familiares. Que diferença do homem de olhar aceso e inquieto, que satirizava o mundo inteiro com um prazer de canibal saboreando as vísceras do adversário. Às vezes, nem eram mesmo adversários que ele devorava, mas qualquer nome ao acaso, que surgisse na conversa e desse ensejo a uma piada cortante.

Hoje, Oswald mais parece um santo homem, sob as vistas da mulher, que o acompanha com doçura maternal.

*

Na tarde de chegada do presidente Truman, o inevitável congestionamento de trânsito. Na fila do Castelo, esperamos, resignados, a chegada do ônibus 2, que não aparece nunca. Uma senhora impacienta-se, o que é sempre motivo para confraternização. Como, afinal, parecesse movimentar-se o ônibus, chegado há muito e atacado de paralisia, julguei oportuno reconfortá-la com a notícia de que iríamos ter condução dali a pouco.

Ela olhou com esperança para o carro e exclamou:

— Oxalá!

Palavra que não me lembro de ter ouvido nunca em minha vida, e que supunha prisioneira dos livros.

CONGRESSO DE ESCRITORES

Outubro, 1 — Toda uma semana aplicada ao inútil esforço para conseguirmos uma boa delegação carioca ao II Congresso de Escritores, em Belo Horizonte. Volto a transformar-me em político, na área da literatura, contra o meu gosto, improvisando-me em executor quase solitário de breve e intensa campanha eleitoral. Sou ajudado quase exclusivamente por Francisco de Assis Barbosa. A princípio, eu não pretendia meter-me de modo algum nessa história, mas acabei arrastado por uma tendência obscura para a agitação, que ao mesmo tempo me atrai e me desencanta. Em casa, a família acha-me outro. Telefonando de manhã à noite, entregue ao preparo de cédulas, ao ajuste de nomes, pedindo, negociando, mexendo – e tudo por um assunto que, afinal, não me interessa muito.

Tive o prazer de causar pequenina apreensão aos comunas, com a minha resolução de lutar pelo caráter não político da Associação Brasileira de Escritores, isto é, para convertê-la em órgão profissional, que congregue os intelectuais em torno de interesses até hoje não defendidos e até negados. Minha impressão é que, com um pouco mais de calma e de método, eu os teria derrotado.

Tal como foi organizada, a delegação do Rio constitui uma vitória relativa do PC, que em quarenta nomes conta com dezoito ou dezenove. Contudo, é de crer que eles ambicionavam representação ainda maior, vendo-se afinal obrigados a moderar suas pretensões, ante a resistência encontrada.

Na guerrinha dos votos por procuração, os esquerdistas da atual diretoria foram derrotados. Resolveram, por 5 × 4 votos, que eles não seriam apurados. Tiveram de retroceder, apurando-os, ante a ameaça de renúncia coletiva dos delegados eleitos pelo nosso grupo, que não tinha nenhum preconceito anticomunista: apenas, queremos ver a ABDE liberta do controle partidário. De qualquer modo, levaremos a Belo Horizonte um bom número de escritores independentes, de formação democrática, e dispostos a impedir o desenvolvimento sectário dos debates.

*

Mietta Santiago, a escritora, expõe-me sua posição filosófica: "Do pescoço para baixo sou marxista, porém do pescoço para cima sou espiritualista e creio em Deus."

Outubro, 3 — Pequenas ocorrências que dariam prazer em outras circunstâncias (ou alguns anos antes) servem apenas para obturar um espaço que, sem elas, seria vazio e morto.

Divirto-me com as crianças que invadem a casa, visto roupas mirabolantes, e aos pulos e gritos, entre caretas, dou-lhes a impressão de que sou um animal engraçadíssimo, bem diferente daquele senhor sério que é o dono da casa. Ou o dono da casa é que é um intruso, tomando o lugar do palhaço nativo, recolhido incomunicável ao quarto dos fundos? Se conquisto a confiança dos garotos e garotas, que passam a aceitar-me como um da corriola, sinto-me vivendo outra vida, que talvez fosse a minha natural e verdadeira. Mas é coisa de uma tarde no ano, ou pouco mais do que isso: não deixa traço no tempo.

AO PINGUIM!

Outubro, 18 — Encerrou-se anteontem o II Congresso Brasileiro de Escritores, iniciado no dia 12, em Belo Horizonte. A delegação carioca, de que fiz parte, aguentou três horas de espera de voo, no Aeroporto Santos Dumont. Em Minas, passeios, encontros de amigos, clima de festa ambulante de intelectuais. À noite, baile no Automóvel Clube, onde Osório Borba dança com Eneida um samba amaxixado que faz arregalar os olhos às tímidas senhoras mineiras. Que faço num baile? Chateio-me. Alguém, pelo microfone, pede uma salva de palmas para um ilustre componente da nossa delegação: o

Barão de Itararé, "grande cidadão e amigo do povo". Os dançarinos não se abalam com a revelação.

Dia seguinte, domingo à noite, instalação do Congresso. Xaroposa oração do ex-ministro João Neves da Fontoura, que se aproxima do socialismo, depois de profligar os erros de nosso passado político, aos quais, acrescento, dera sua colaboração. O letreiro da Associação Brasileira de Escritores, em madeira pintada de azul, no fundo do salão, ameaça desabar. A luz abandona às vezes a parte do auditório ocupada pela Mesa. Palavras, palavras.

Os outros dias foram de trabalho diurno em comissões, e noturnas em plenário. Meteram-me na Comissão de Assuntos Políticos, por indicação dos mineiros. Seu presidente é Rodrigo (M. F. de Andrade). Somos ao todo 24 membros, de opiniões divididas. Destacam-se no debate Afonso Arinos, Alceu Marinho Rego, Odylo Costa, filho, Lourival Gomes Machado, Aluísio Alves e Antonio Candido. Mantenho o meu silêncio visceral, só de longe em longe interrompido.

Os trabalhos da Comissão foram facilitados por atitude recíproca de tolerância e cooperação. Nenhum debate menos cordial entre escritores de esquerda e escritores democratas. Os pontos de vista eram apresentados e defendidos habilmente, tendo-se em mira a necessidade de chegar a resultado harmonioso, que prestigiaria o Congresso e a ABDE. Assim, afastaram-se de discussão todos os pontos que pudessem extremar as correntes ali representadas.

No plenário, era tudo flores – flores naturais, como na canção de Heitor dos Prazeres. Eis que, no penúltimo dia, estoura a bomba da moção do meu querido Aires da Mata Machado Filho, lida com voz grave, na mesa, por Astrojildo Pereira. Define a atitude dos escritores contra o fechamento do Partido Comunista e a cassação dos mandatos parlamentares comunistas. Propõe que o Congresso de Escritores se dirija ao Congresso Nacional e ao Supremo Tribunal Federal – a este, para que apresse o julgamento do caso do PC.

A moção deixa estarrecidos os congressistas que participaram do trabalho da comissão política, onde nada se discutira a respeito, e é aprovada por aclamação. Como deixar de votar contra atos políticos atentatórios da liberdade de associação de mandatos populares? Mas a aprovação pura e simples de atitudes não consideradas antes pelo órgão competente, e que importavam em unilateralidade de ponto de vista, anulando todo o trabalho de preparação para que o Congresso não se tornasse órgão de um partido, levando a reboque os escritores que, amando a liberdade, a ele não se subordinavam, criou situação insustentável. Os elementos da Comissão, surpreendidos, deixaram a sala, para elaborar declaração conjunta, na qual se esclareceu que, aprovando a moção Aires, nem por isso aceitavam os princípios e métodos do PC; conservavam-se apenas fiéis à concepção democrática que implica a convivência normal de partidos políticos. Outro documento foi redigido com a mesma presteza. Por ele, os membros da Comissão, nem ouvidos nem cheirados previamente a respeito do assunto, renunciavam a seus mandatos em caráter irrevogável. Alceu Marinho Rego vai ao microfone e, com deliberada ausência de ênfase, lê os dois documentos. O primeiro, ampliado com cerca de setenta assinaturas, deixa o plenário em suspenso, pois seus termos só se tornam conhecidos após a leitura dos nomes dos signatários, muitos deles altamente representativos.

Começa aí a agitação, que não chega a virar desordem, mas que se vai prolongando e ameaça converter-se em crise comprometedora da própria continuação do Congresso. Oradores de um e de outro grupo se sucedem, procurando encaminhar soluções conciliatórias, mas qual!

Um aparte de Mário Neme, da delegação paulista, leva à renúncia o também paulista Paulo Mendes de Almeida, presidente eventual dos trabalhos. Guilherme Figueiredo, presidente efetivo, não reassume o lugar; é também renunciante, por motivo especial: a questão de direitos autorais caminha para desfecho contrário ao seu ponto de vista conhecido. A presidência vai ter às mãos de Astrojildo Pereira. É constituída comissão para pedir a Paulo Mendes que volte, depois das explicações de Neme. Ele atende, e o ambiente, de pesado, passa a ser um pouco humorístico, pelo alívio da tensão. Mas a renúncia dos elementos democratas da Comissão Política e seus adeptos, essa é mais dura de resolver. Aluísio Alves declara que eles consideram finda sua missão, embora não se desinteressem do Congresso e desejem o seu êxito. Palavras recebidas em silêncio. Dir-se-ia que o Congresso acabou. Então, nós, renunciantes, tomamos a sábia resolução:

— Ao Pinguim!

Abandonamos o recinto e partimos para o bar da rua Espírito Santo, onde, depois das sessões normais do Congresso e mesmo antes delas, a gente vivia horas amenas, estimuladas pela presença da bancada paulista, à base de canções internacionais e imitação dos congressistas, de um cômico irresistível.

O Pinguim era realmente a solução para uma noite agitada de desentendimentos. Lá não só se passavam horas tranquilas e alegres como ainda, antes do incidente, conseguíamos a confraternização de comunas e não comunas, impossível de obter em plenário. Em torno da nossa mesa, a que logo se agrupavam outras, os próprios garçons se deixavam ficar, esquecidos de servir a outros clientes. Antonio Candido entoava o caruru paulista, pela primeira vez escutado em Belo Horizonte; Sérgio Milliet atacava de "Malbrough s'en va-t-en guerre", de que, se não me engano, Mário de Andrade fez adaptação em português; Décio de Almeida Prado introduzia uma canção de amigos do copo; Luís Martins, paulista naturalizado, reforçava a animação com imitações impagáveis de artistas e escritores conhecidos (coisa também da especialidade do múltiplo Antonio Candido).

Nossos opositores presentes no bar, nessas ocasiões, iam-se aproximando pouco a pouco e aderindo ao coro. Não faltava o

"Peixe vivo" para consolidar a união extrapolítica dos congressistas. Tão melhor quedar ali, noite emendando com madrugada, em vez de debater no plenário tediosas questões de direito autoral ou, por força de enredos maquiavélicos, servir de instrumento aos comunas na defesa de princípios democráticos que eles nunca se lembram de pôr em prática nos países que governam...

E bebíamos e cantávamos e esquecíamos o chato plenário, quando uma comissão ilustre apareceu para solicitar nossa volta aos trabalhos. Otávio Tarquínio de Sousa, Lúcia Miguel Pereira e Júlio de Mesquita Filho traziam o compromisso dos comunas, de voltarem atrás, considerando nula a moção explosiva, já aprovada. Tudo ficaria como dantes, com os debates abertos a uma conclusão que exprimisse a média da opinião geral.

Recalcitramos ainda, e Antonio Candido fez uma espécie de discurso coloquial – que não chegou a ser absurdo no ambiente de bar, dada a elegância com que ele se exprimia – mostrando que o incidente fora mais grave do que podia parecer, pois tinha elementos para afirmar que a moção fora elaborada sub-repticiamente pelos comunistas, e dela só não tiveram conhecimento prévio os congressistas alheios ao PC. Orlando Carvalho corroborou a afirmação, citando circunstâncias que evidenciavam premeditação e malícia.

Mas era impossível resistir ao apelo sereno dos recém-chegados, e em automóveis fomos regressando ao Congresso, onde nos acolheu uma ridícula e constrangedora salva de palmas. Eu, pessoalmente, relutei em voltar, mais do que os outros, concluindo que o chope valia mais do que a estéril convivência com a minoria comunista, disposta a golpes daquela natureza. Cedi aos argumentos de Júlio de Mesquita e Afonso Arinos – a renúncia de um dos membros da Comissão teria fatalmente de arrastar a dos demais, partidários do mesmo ponto de vista. "O senhor nos colocaria a todos em situação constrangedora. Ficaria sendo o único homem de convicções do nosso grupo, que é a maioria", ponderou-me o dr. Mesquita. Eu não pretendia tal coisa, e lá fui, de cara amarrada.

Tudo acabou em paz. Nossa Comissão, no dia seguinte, aprovou a tão esperada declaração de princípios, redigida por Arinos, Arnaldo Pedroso D'Horta e Pedro Mota Lima. Defendi a ressalva em proveito do escritor, ao qual se reconhecia o direito de manter-se dentro do domínio estético, se assim lhe aprouver. Ressalva que a Mota Lima e Mário Schenberg parecia dispensável, mas que Antonio Candido reputou essencial. O plenário aprovou a declaração, e tudo acabou em paz, com a fórmula "posição de combate do escritor" transformada em "posição de vigilância", e o repúdio "à ditadura de classe" adoçada e ampliada para "qualquer forma ou sistema de ditadura". Como é difícil aos escritores a escolha da palavra certa! Quem não é escritor acerta logo. Conosco, é preciso atentar nas várias nuanças do vocábulo, e nas outras ainda mais numerosas do nosso pensamento borboleteante de auto-objeções, reservas e sutilezas mil.

De volta no avião da Panair, estávamos satisfeitos e insatisfeitos ao mesmo tempo, além de cansados. Discutira-se muito e nada de positivo se resolvera, de maneira prática, em defesa dos direitos do escritor, como classe em embrião. A luta doutrinária entre espírito democrático e espírito sectário prosseguia no mesmo ponto, exacerbada talvez sob os arranjos de ocasião. Nenhum de nós queria impedir o direito de os comunistas se manterem organizados em Partido e exercendo atividade política renovadora. Mas eles pouco entendiam o nosso ponto de vista, se é que, entendendo-o, preferissem fingir o contrário. A ideia de uma associação de escritores livres, sem direção sectária, parece inconcebível para eles, que, em vez de convivência pacífica, preferem assumir o domínio pleno da agremiação. Novos choques, fatalmente, ocorrerão no futuro, sem proveito algum para a frágil, imperfeita e caricatural democracia brasileira, em que os escritores, artistas e cientistas são parte mínima e desprestigiosa.

Dezembro, 17 — A Prefeitura despejou do seu barraco na favela um vereador comunista. Os móveis, poucos e pobres, estão expostos no saguão da Câmara Municipal. Motivo: na favela da Penha só pode morar quem ganhe menos de 1.500,00 e o tal vereador ganha 15.000,00. E o barraco foi demolido. Já ninguém pode morar ali, mesmo que tenha renda (?) inferior a 1.500,00.

No mesmo jornal que dá a notícia, leio que um deputado federal pela Bahia viajou de navio para sua terra levando o seu automovinho oficial.

1948

Fevereiro, 18 — Às 11h30 da manhã, na Rádio Nacional, a gentil Helena Sangirardi converte-me em "cartão luminoso" do seu programa *Bazar Feminino*. Faz-me perguntas: "Quais os artistas de cinema que prefere?" E eu, na bobeira, procurando nomes que, em geral, não aparecem na hora. "Que prato sabe fazer?" Desgraçadamente, nenhum. "Qual o seu passatempo predileto?" Como se o tempo me desse folga para passatempos, o que me deixa bastante envergonhado. Citando títulos de livros, faz-me autor de *A rosa dos ventos* e me declara colaborador do *Diário de Notícias*, onde nunca escrevi uma linha. O melhor é que as perguntas me foram comunicadas com antecedência, e as respostas também combinadas antes. Uma das frases previstas é: "Estão telefonando para perguntar qual o primeiro poema que você publicou." Helena agradece-me com o seu sorriso aberto, finda a amável conversa.

Março, 18 — Ontem à noite, visita do jovem Renato Jobim. Conta que foi recitar poemas modernistas em festa colegial. Ouvindo o tal da pedra no caminho, os assistentes riram. Renato aborreceu-se: estava fazendo algo sério. Quando chegou a vez de "Vou-me embora pra Pasárgada", aconteceu a crise. O diretor do colégio mandou-o calar-se. Não admitia "prostitutas bonitas" nem alcaloides nem processos anticoncepcionais. O moço quis explicar: tratava-se de poesia, e poesia de Manuel Bandeira, poeta amado e respeitado, professor em estabelecimento oficial de ensino. "Nada disso", retrucou o diretor, "no meu colégio, não."

Junho, 14 — Às 15h, no cartório do tabelião Leal de Sousa, antigo secretário da *Careta*, cuja literatura parnasiana li muito em criança, e me surpreendia pelo rebuscado das frases. Fui servir de testemunha ao testamento cerrado de Manuel Bandeira. As outras foram Rodrigo (M. F. de Andrade), Otávio (Tarquínio de Sousa), Prudente (de Morais, neto) e João Condé. Como jornalista-amigo, levado talvez por Prudente, compareceu Pompeu de Sousa. Eu estava curioso de conhecer o poeta-tabelião, que se convertera ao espiritismo e redigia *A Nota*, jornal de Geraldo Rocha. Ele não compareceu, e foi substituído pelo filho, oficial interino, que nada cobrou a Bandeira pelo serviço, em homenagem à poesia.

Ato rotineiro, mas que não deixou de me impressionar. O tabelião leu o termo da cerimônia, diante da mesa presidida por Bandeira, que estava calmo e superior; à sua direita, Condé, Rodrigo e Tarquínio; à esquerda, Pompeu, Prudente e eu. Finda a leitura, o escrevente, munido de agulha e de grossa linha vermelha, começa a coser o testamento. Espeta um dedo, e a gota de sangue mancha as costas do papel. Em seguida, derrete o bastão de lacre na chama de uma vela e vai fechando as pontas do documento. Por último, a carimbada. Aquela velinha acesa, sobre o castiçal ensebado, no quarto andar comercial, tinha alguma coisa de estranho... A própria rotina pode tornar-se estranha. Quando o filho de Leal de Sousa mencionou que o poeta "estava no pleno gozo de suas faculdades mentais", Bandeira teve uma expressão e um mover de rosto que despertaram sorriso nos presentes. O tabelião acrescentou que o testamento, que ele "tinha visto, mas não lido", fora escrito "em língua nacional".

Tarquínio contou-me que já fizera o dele, em Petrópolis, sem avisar Lúcia. Chegando em casa às 13h, com a esposa inquieta pela sua ausência não explicada, comunicou-lhe o fato. O próprio tabelião lhe arranjara as testemunhas de praxe. O ato não tivera, assim, a importância do testamento do poeta.

Pompeu, com espírito jornalístico, telefona-me à noite, consultando se pode "dar a notícia". Não me senti autorizado a resolver.

Junho, 16 — Choque, na Livraria Quaresma, ao saber da morte de Eugênia Álvaro Moreyra. Logo depois, num vespertino, leio que ela será enterrada às 16h. Guardo de Eugênia a imagem luminosa de há vinte anos ou mais. O charuto, que adotou mais tarde, as botas, o esquerdismo político não deformaram a figura dessa bela mulher, gravada em mim naqueles dias belorizontinos da breve passagem do casal Álvaro Moreyra por lá. E Álvaro era meu ídolo literário, de quem eu copiava até as reticências. Um incidente bobo afastou-me dele em 1928, mas ficou a ternura que me liga até hoje à admiração da mocidade, embora já agora eu considere criticamente a sua prosa, sem deixar de amá-la, tão ligada ficou à minha sensibilidade. Mudando-me para o Rio, tive a alegria de reatar relações com o casal, e devo a ambos alguma coisa: a ele, palavras de simpatia por ocasião de minha infeliz passagem pela *Tribuna Popular*; a ela, a defesa intransigente, até zangada, de meu comportamento intelectual, perante comunistas sectários. E defesa de que só vim a saber mais tarde, por um amigo comum. Foi mulher encantadora e brava; dizia as verdades na cara, e a poesia era para ela um valor essencial. Pagou caro por suas ideias. Nunca esmoreceu. Grande Eugênia.

Junho, 18 — O poeta-boêmio Paulo Armando batizou-se recentemente. Sente-se feliz com o ingresso no catolicismo e conta-me que no dia da cerimônia recebeu da senhora de Gustavo Corção um poema sem assinatura, em intenção de minha alma. O autor é D. Marcos, monge do Mosteiro de São Bento, que conduziu Paulo para a religião.

Junho, 20 — Fomos aumentados em 50 cruzeiros por matéria, nas colaborações para o suplemento literário do *Correio da Manhã* – avisa-me Álvaro Lins. Paulo Bittencourt, diretor e proprietário do jornal, inclinava-se a aumentar 250 cruzeiros, mas o gerente, que recebe anualmente cerca de 1 milhão de percentagem sobre o faturamento da empresa, impugnou essa loucura.

Junho, 24 — Missa de sétimo dia por alma da querida Eugênia Álvaro Moreyra. Mandada celebrar pela família. Religião sentimental, que torna sentimental e religioso o próprio comunismo, no estilo brasileiro. Reparei como é bonita a igreja do Carmo, e a música do órgão, como sempre, mexeu comigo.

Junho, 25 — Almoço no Albamar, a convite de Oswald de Andrade (há muito estamos reconciliados), juntamente com Aníbal Machado e José Lins do Rego, para conhecermos a condessa Penteado. Senhora francesa, loura, repleta de joias. No fundo, boa criatura – é o que se pode dizer dela, e de sua intenção de cumprir a vontade do falecido conde; ou seja, investir 70 milhões na fundação de um museu de arte e de uma escola de belas-artes em São Paulo, o que deixa Oswald entusiasmadíssimo.

A condessa impressiona-se com a conta de honorários médicos pela assistência prestada ao marido. Vinte visitas por 350 mil cruzeiros – *c'est trop fort*. Propôs pagar 70 mil. O médico recusou: preferia não receber nada.

Na conversa, Aníbal a Oswald:

— Você é um polígamo espetacular.

— Não – respondeu ele. — Sou um monógamo em série.

E conta que no Congresso de Escritores, em São Paulo, percorreu todo o recinto, que estava repleto, à procura de sua mulher atual, Maria Antonieta, mas por falta de sorte só divisou as cinco anteriores.

Ouvimos discursos e versos, ditos de uma mesa vizinha, onde amigos se despedem do companheiro que vai viajar. Estão ali como numa academia. José Lins lembra que, ao chegar de viagem ao estrangeiro, Gilberto Freyre foi alvo de discurso que lhe pespegou Luís da Câmara Cascudo, também num restaurante, os dois sozinhos à mesa.

À noite, Oswald me telefona sobre a condessa:

— Precisamos remover-lhe os preconceitos artísticos. São 70 milhões a aplicar.

LEMBRANÇAS DE ÓRRIS SOARES

Órris Soares, excelente conversador, na Livraria Civilização Brasileira:

— A família de Augusto dos Anjos aborreceu-se porque, ao prefaciar o *Eu*, aludi à tuberculose, sua doença. Não admitem que ele tenha morrido tuberculoso. Sua mãe era uma senhora nervosa, que passava dias trancada no quarto. Certa vez, encontrando a empregada em conversa com um soldado de polícia, chamou o filho Artur e recomendou-lhe: "Diga a este homem que se retire. Não o faço diretamente porque não ficaria bem a uma dama da minha categoria."

Órris conta que o poeta, quando mocinho, teve uma filha natural no Engenho Pau-d'Arco. Ela deve ter hoje uns quarenta e tantos anos, mas não sabe por onde andará.

Outras reminiscências de Órris:

— Quando eu era funcionário do Tribunal de Contas, servi junto ao Ministério da Guerra. Um dia, o ministro foi visitar a repartição. Era o general Eurico Dutra. Ao lhe ser apresentado, falei assim: "O general Dutra não me conhece, mas o antigo capitão Dutra talvez se recorde de mim, pois quando o senhor morava numa pensão da Tijuca..." "Ah, o senhor também morou lá?", perguntou-me ele. Respondi: "Não morei, mas ia lá todos os dias visitar o meu amigo Augusto dos Anjos, o poeta..." E Dutra: "Ah, sim, eu me lembro dele. Que fim levou esse rapaz?" "Morreu, general."

A propósito do seu e meu amigo Américo Facó:

— Ele encontrou um elemento para encher a sua velhice: a poesia. Quando moço, foi parnasiano discutível. Agora, amadurecido, vivido, achou a verdadeira poesia, aprofundando o mistério das palavras. Seu poema "Narciso" é admirável. Ninguém poderia fazê-lo tão bem, pois o autor é o próprio Narciso. Uma vez eu disse a ele: "Facó, a natureza foi sábia fazendo você feio; se o fizesse bonito, você seria insuportável..."

1950

CARTAS MATERNAS

Janeiro, 3 — Amar, depois de perder.

Estive relendo suas cartas, de 1925 a 1947 (a última escrita por sua mão é de 1º de fevereiro de 1947; as demais foram ditadas). Há em todas um profundo lamento: do ser apegado à família por intenso amor, aguçado pela separação ou experimentado no desentendimento passageiro; e da criatura acometida pelos sofrimentos físicos, mas encontrando na devoção religiosa o consolo e o remédio para todas as provações.

É a queixa da viuvez; o culto minucioso da memória do marido; a saudade dos filhos distantes; o choque com aqueles que, estando perto, não se ajustam à sua extrema e refinada sensibilidade; a preocupação de todos os minutos com a saúde, o bem-estar, a felicidade e a salvação de cada um. Fico observando, aqui e ali, a delicadeza de suas expressões, o subentendido discreto de umas, a veemência afetiva de outras, o espírito bem-formado e seguro das razões morais de sua vida, em que eu ainda não atentara bem, acostumado como estava a encontrar nela apenas o ente sensível e romântico.

"Perdoa os erros, filhos do pouco saber..." Tendo estudado apenas em modesto colégio do interior, sabia entretanto dar ao pensamento a forma justa e impressiva, que também acabei por admirar, em outra nuança, esta viril, nas cartas de seu marido.

Fevereiro, 5 — Ganho de presente um pequeno cacto amarelo, que pede só duas colherinhas d'água cada trinta dias. E não sobre si mesmo: sobre a areia em redor. Sem aspirar ao sol senão muito raramente.

— Me deixem ficar aqui no meu canto – parece dizer-nos —, dispenso carinho.

Se não é belo, mostra-se pelo menos "áspero, intratável", como o grande exemplar de que fala Manuel Bandeira. E assim miúdo, assim agarrado à secura e ao isolamento voluntários, a gente já começa a sentir peninha dele, e a querer dispensar-lhe atenções mortais.

*

Contado por prima Pitu (história dos velhos tempos mineiros):
— O dr. Domingos Guerra, marido de D. Leopoldina, costumava queixar-se da mulher junto à sua cunhada D. Olímpia: "Se o inferno não existisse era preciso inventá-lo, para botar lá sua irmã."

Excelente homem, o dr. Guerra. Médico de espírito humanitário, homem de iniciativas, fundou uma escola agrícola e duas fábricas de tecidos. Na tese de doutorado, preconizou o arrasamento do Morro do Castelo, para higienização do Rio de Janeiro. E não era feliz.

Fevereiro, 8 — Levanto-me cedo, para ir à missa por alma de Rosa na igreja da Santa Casa. Não houve missa, apesar de marcada. Explicação? Nenhuma. Saio e passo pelo Mercado Municipal, onde me horroriza o grito das galinhas degoladas, no recinto de onde se desprende a fumaça do matadouro de aves; os corpos depilados e abertos dos coelhos pendentes; as rãs amontoadas umas sobre outras, executando movimentos lerdos e inúteis; os porquinhos encurralados em caixote onde nem sequer podem virar-se; todos os animais à espera da morte ou já mergulhados nela, publicamente.

Abril, 2 — Olívio Montenegro, em conversa com Paulo Mendes Campos:

— Sabe que só agora descobri dois grandes escritores: Tristão de Athayde e Mário de Andrade? O segundo, porque Gilberto Freyre não me deixava conhecê-lo.

Abril, 18 — Luís Martins, vindo de São Paulo, convida-nos, a Rodrigo (M. F. de Andrade) e a mim, para um papo no Alcazar. Lá está a "bancada" paulista: Lourival Gomes Machado, Maria Eugênia Franco, Sérgio Milliet. Chega depois, com animação de teor característico, Ciro Mendes, que me diz:

— Copiei à mão seus dois primeiros livros, que não eram encontrados nas livrarias. Depois deles, você acabou. A poesia fugiu de você. É o que me consola, pois por sua causa deixei de fazer versos: tudo que eu pretendia dizer já estava dito por você. Entendeu?

Entendi.

Maio, 20 — Faria hoje 81 anos, no seu pequenino apartamento na casa de saúde. De manhã, eu tomaria o avião para jantarmos juntos. Entre os muitos pratos, haveria uma enorme gelatina. A volta, no dia seguinte, importava em despedida difícil. Seria a última vez? Valia a pena viver longe dela?

Faria 81 anos? Faz. Eles existem *mais* depois que se foram.

Maio, 21 — Perspectiva de trabalhar com Cristiano Machado, candidato do PSD à presidência da República. Eu que nada tenho com esse ou outro qualquer partido, e sinto tédio da burocracia e da política. Mas os deveres da amizade... – alguém me lembra.

Maio, 25 — E vamos para a campanha presidencial de Cristiano. Ontem pela manhã, em casa do candidato, cheia de gente que preliba o poder. Hoje à tarde, na sede do PSD. Um velho porteiro *borgne*, um secretário jovem com o seu próprio retrato na parede, a moça loura que é cantora lírica e veio ajudar na burocracia, o fino e silencioso Cristiano Martins, importado de Belo Horizonte. Israel Pinheiro, mandachuva do PSD, distribui o serviço em três setores: secretaria (Cristiano Martins); publicidade (Luís de Bessa); oratória escrita, este burro-cansado. Expliquei-lhe que só disponho de poucas horas por dia e não quero prejudicar meu trabalho no PHAN. Israel, grande executivo, parece não levar nada a sério, e ri de qualquer objeção ou ressalva.

Maio, 27 — Tive a ideia gentil de telefonar a Marques Rebelo, para felicitá-lo pela sua palestra no rádio, e ele me diz que detesta rádio.

Junho, 4 — Almoço em casa dos Gondim de Oliveira, da revista *O Cruzeiro*. Projeto de criação de uma revista infantil moderna, dirigida por Lúcia Machado de Almeida. Sinto o interesse de ganhar a vida fora do círculo paternalista da burocracia. Mas a dona da casa mantém comigo uma conversa de caráter moral e religioso que me deixa pensativo. Acho que não será propriamente do meu gênero fazer uma revista assim.

*

A bela tarde, em Ipanema, cai docemente sobre os ombros maduros.

REAÇÕES DE OLAVO BILAC

Julho, 19 — Na Livraria José Olympio, a conversa com Órris Soares recai sobre Da Costa e Silva, falecido há pouco. Pergunto-lhe se conheceu o poeta, e ele responde:

— Fomos amigos e contemporâneos no Recife. Em 1906 ou 7, presenciei uma cena que jamais contei a ele. Naquele ano passaram pelo Recife três celebridades a bordo de um navio que vinha da Europa e seguia para Buenos Aires. A primeira era um cavalo de raça, que custara 800 contos de réis. A segunda era Sarah Bernhardt, ainda sem perna artificial, pois a amputação se deu em 1915. E a terceira era Olavo Bilac. Então, disse-me o diretor do *Jornal Pequeno*: "Seu Órris, você que arranha francês, vá a bordo e procure entrevistar a divina Sarah." "Pois não." Entrei no navio e barraram-me o acesso à atriz. Insisti, e o secretário dela foi inflexível. Desanimado, tentei ver o cavalo. Mas ele também estava rodeado de admiradores e de cuidados, e não pude aproximar-me. Restava o poeta. João do Rio, também de passagem pelo Recife, e a quem eu já conhecia do Rio de Janeiro, levou-me até ele. Estávamos os três conversando quando chegou um rapaz de olhos divergentes e disse a Bilac: "Mestre, eis aqui o meu livro *Sangue*, que acaba de aparecer." Disse mais duas ou três palavras e retirou-se, deixando o volume nas mãos dele. Bilac adiantou-se, ergueu a mão e, dizendo: "Poetas e bananas só produzem doenças no Brasil", lançou o livro ao mar.

De passagem, retifico que o fato deve ter ocorrido em 1908, ano de publicação de *Sangue*.

— Em 1915 – prossegue Órris — publiquei uma peça de teatro, *A cisma*. Peguei alguns exemplares e fui oferecê-los aos grandes do tempo. Encontro Bilac na rua e entrego-lhe o volume. Ele o recebe amavelmente e diz: "Vou ler este seu livro com o mesmo apreço e simpatia com que li os anteriores..." Eu nunca tinha publicado nada antes.

— Em 1917, plena guerra europeia, estávamos Paulo da Silveira e eu na Lopes Fernandes – uma casa de refrescos que havia na avenida Rio Branco. Chega Bilac, e Paulo convida-o para sentar-se à nossa mesa. Ele aceita, e Paulo interpela-o sobre a guerra. "Não me fale de guerras se por acaso você for partidário da Alemanha", retruca o poeta. "Eu detesto a Alemanha. Detesto Goethe, detesto Wagner, detesto chucrute..."

Última e implacável revelação de Órris sobre o Príncipe dos Poetas:

— Um dia, eu e Heitor Lima conversávamos sobre Augusto dos Anjos, de cuja morte eu acabara de ter notícia por um telegrama. Aparece Bilac e pergunta sobre o que estávamos falando. Heitor conta-lhe que era sobre a morte do poeta Augusto dos Anjos. "E que poeta era esse?", indaga Bilac. Como resposta, Heitor diz um poema de Augusto. Bilac ouve e comenta: "Pois eu acho que ele devia ter morrido antes de escrever uma barbaridade dessas."

Finalmente, Órris Soares lembra Alberto de Oliveira:

— Certa ocasião, na Livraria Garnier, aventurei-me a dizer-lhe que achava Machado de Assis digno de figurar entre os grandes poetas brasileiros. Alberto, que me ouvia pacatamente, arregalou os olhos escandalizados: "Entre os *grandes* poetas brasileiros? Não é possível. Entre os grandes prosadores, concordo; entre os grandes poetas, não!" Parecia sentir-se lesado pessoalmente com este juízo.

(Chegando em casa, abro as *Páginas de ouro da poesia brasileira* e vejo que Alberto de Oliveira não desdenhou de incluir nessa antologia três composições poéticas de Machado: "A mosca azul", "Versos a Corina" e "Círculo vicioso".)

Julho, 21 — Já pela manhã sonho com meu pai. Tão raro, isso. Ele acaba de reformar o seu escritório, em nossa casa de Itabira, e dispõe-se a arrumar as coisas. Não sei por que, o empregado a quem incumbira de ajudá-lo começa a chorar no meio da rua (o escritório está situado em cômodo do andar térreo, que dá para a rua Municipal). Juntaram-se curiosos. Atravesso a pequena multidão e entro no escritório. Digo a meu pai, para agradar-lhe: "Ficou esplêndido! Parece que ficou maior, o senhor não acha?" Mas sinto que eu não soube exprimir bem a sensação de espaço amplo que o escritório me deu. Meu pai, sem responder, vai à rua e logo volta carregando alguns objetos de que não me lembro bem. Vou secundá-lo nessa tarefa, e vou começar a fazê-lo, quando me acordam para o café.

Eu conversava naturalmente com o Velho, me sentia muito cordial, e foi uma pena ter acabado esse encontro.

Julho, 29 — Cyro dos Anjos e eu empenhados em ajudar a candidatura de Cristiano Machado à presidência da República. Há laços mineiros que anulam o nosso natural retraimento. Eis-nos fabricantes de discursos políticos sobre os mais variados assuntos, desde a instrução pública até o cacau. Os especialistas sobre temas econômicos são convidados a fornecer subsídios técnicos e nós preparamos e recheamos o empadão retórico. Tarefa divertida? Nem sempre. Às vezes recusamos dados, pela insuficiência ou impropriedade deles, e temos que nos converter em entendidos de *omni re scibili et quibusdam aliis*. O candidato, gentil e ocupadíssimo com as conversações políticas e sigilosas articulações partidárias, em geral aprova nosso trabalho, introduzindo esse ou aquele traço de estilo pessoal.

Já tenho seis discursos no papo e a campanha parece de resultado incerto. Em Campos, faltou entusiasmo ao comício e jogaram uma bomba de fabricação caseira, que produziu queimaduras numa perna de Cristiano.

Ouve-se dizer que políticos governistas mostram-se frios quanto à sorte do candidato oficial e inclinam-se para o lado de Getúlio, que vem despertando o interesse das massas. Cristiano, imperturbável, vai seguindo o roteiro traçado. Parece confiar em sua estrela, apesar de tudo. Ou não deixa perceber as suas dúvidas.

J. CARLOS

Outubro, 2 — Senti a morte de J. Carlos como se fosse a de um amigo. Um de meus desejos, ao mudar-me para o Rio, em 1934, era conhecê-lo. Isso não aconteceu. Nem sequer o vi algum dia na rua, por acaso. E ele foi das pessoas mais importantes para mim, desde que, menino de calças curtas, comecei a ler a *Careta*.

Na década de 20, quando Álvaro Moreyra publicava minhas coisas no *Para Todos...* e na *Ilustração Brasileira*, eu vivia esperando que ele ilustrasse uma dessas bobagens. Nunca ilustrou. Só muito mais tarde isso aconteceu, com um poeminha que Elcias Lopes, redator da *Fon-Fon* e inspetor federal de ensino, me pediu para a revista (e deve ter pedido a ele para ilustrar, tenho certeza).

Herman Lima era seu grande amigo, e eu podia conseguir, por seu intermédio, ser apresentado ao caricaturista da minha devoção. Fiz mal em não me mexer. Uma admiração de infância, que continua pela vida afora, merecia ser satisfeita nos dois desejos.

A ELEIÇÃO PERDIDA

Outubro, 12 — Quase meia-noite. Venho da casa de Cristiano Machado. Foi fragorosamente derrotado por Getúlio Vargas, no dia 3. Fenômeno impressionante de cristalização da fé popular no velho ditador derrubado em 1945 e agora ressurreto com uma força que antes não chegara a ter. Viu-se a massa, pelo Brasil afora (dizem que até os trabalhadores rurais), inteiramente sob o fascínio de Getúlio, "pai dos pobres", "pequenininho", "barrigudinho", todos apelidos simpáticos.

Verdade seja que a inépcia do atual governo, que desejava a derrota de Getúlio, contribuiu notavelmente para este resultado. Além disto, a incrível desorganização do PSD e, por fim, a vergonhosa transferência de muitos de seus maiorais para o campo *queremista* ("queremos Getúlio"). Espécie de nostalgia do tipo de poder e de chefe a que estavam longamente habituados. Para se elegerem governadores, senadores e deputados, abandonaram Cristiano e sufragaram Getúlio, que em troca mandou votar nesses candidatos do partido adversário. Por último, pequena receptividade da campanha de Cristiano, menos conhecido no Brasil, em face dos outros disputantes: Getúlio e brigadeiro Eduardo Gomes. Coube-lhe um melancólico terceiro lugar na votação. Mas até a distância entre o brigadeiro e Getúlio, nas urnas, é considerável. Vitória total do queremismo, com o apoio dos supostos antiqueremistas do PSD...

Sente-se a total incapacidade da burguesia dominante em perceber o avanço das forças proletárias. A própria cúpula do Partido Trabalhista, de inspiração e origem oficiais (em 1945, com Getúlio no poder), decerto não se dá conta de que o mito getulista só poderá resistir ao tempo mediante uma política social cada vez mais avançada, e não de simples compromisso entre reivindicações trabalhistas e interesses conservadores, pendendo ora para um lado ora para outro...

Nosso candidato vencido manifesta excelente aspecto físico. Seu apartamento estava cheio. Cyro dos Anjos observou-me que certas pessoas fazem questão de procurar o político malsucedido, para ficarem pensando bem de si próprios. Estão limpando a consciência.

Outubro, 15 — Conversa com Manuel Bandeira. O poeta me diz:

— Quando me procura um desses "pardais novos" (poetas da nova geração), pedindo-me que leia os seus versos, costumo perguntar que idade ele tem. A resposta chega, no máximo, a 23 anos. Aí eu digo: "Pois olhe, seus poemas são muito ruins, mas não desanime. Eu não escrevi nada que prestasse antes dos 27. E o Drummond também." – E pondo-me a mão no ombro: — Como vê, você tem me ajudado muito.

BALANÇO DE UMA CAMPANHA

Outubro, 16 — Continuo arrumando papéis – o dossiê da campanha política malograda, na parte de discursos – para devolver tudo ao nosso ex-candidato. Vejo que, na correria, perpetrei, sem pronunciá-los, os seguintes discursos, levemente retocados pelo orador:

Rio: convenções do PSD e do PST; almoço na Central do Brasil. Estado do Rio: comício de Campos. São Paulo: comícios em Vila Queimada, Guaratinguetá, Barretos, Presidente Prudente, Ribeirão Preto, Bauru, Santos e São Paulo (o último, não pronunciado). Paraná: Curitiba. Santa Catarina: Florianópolis, Itajaí. Rio Grande do Sul: Porto Alegre, Pelotas, Erexim. Goiás: Goiânia. Mato Grosso: Cuiabá, Corumbá, Campo Grande. Minas: Belo Horizonte (dois), Sabará, Uberlândia, Ubá. Espírito Santo: Vitória. Bahia: Salvador, Ilhéus, Conquista e Feira de Santana (este, não aproveitado). Sergipe: Aracaju. Alagoas: Maceió. Pernambuco: Recife. Ceará: Fortaleza. Maranhão: São Luís. Pará: Belém. Amazonas: Manaus. Ao todo, quarenta, sendo vários no gênero catatau. Palavras, palavras... Uf!

Que eu saiba, Cyro fez discursos para Teresina, Natal (não pronunciados), Araguari (MG), Campinas (SP) e São Paulo. Ajudou ainda Cristiano em diversas viagens. Cristiano Martins, diretor de secretaria da campanha, incumbido da formidável correspondência, também escreveu um discurso final, de despedida pelo rádio. Os demais discursos proferidos foram improvisos do candidato, exigidos pelas circunstâncias. Como parlamentar experiente dotado de grande charme pessoal, não lhe foi difícil atender a essas situações. Mas tudo foi inútil, porque discurso não ganha eleição; o que as vence é algo misterioso, nos bastidores.

Eu vi o próprio Cristiano, tão fino, tão polido, paciente, despedir-se de um alto correligionário do PSD, que o traía. Correspondeu ao abraço ritual do homem, e quando este ia transpor a porta de saída do apartamento, fez-lhe, pelas costas, o gesto definidor da *Musa paradisiaca*. Bem merecido, aliás.

FOLCLORE GETULIANO

Outubro, 18 — A vitória de Getúlio Vargas na eleição presidencial incentiva o folclore político que o envolve. As piadas realçam-lhe a simpatia, a esperteza, o carisma. E voltam-se contra os candidatos que o enfrentaram e que foram derrotados por ele. Sobre Eduardo Gomes, está circulando esta anedota, na cidade:

Insatisfeito com os primeiros resultados da apuração, que lhe eram desfavoráveis, o brigadeiro vai a uma igreja para apegar-se com a corte celeste. Nossa Senhora não atende aos seus rogos:

— Você sempre desprezou as mulheres. Não posso fazer nada em seu favor.

Ele volta-se para o altar de São Benedito:

— Mas se você era contra os negros, como é que eu posso ajudá-lo?

Afinal, recorre a São Sebastião:

— Ah, meu filho, estou preso a este tronco de árvore, e crivado de setas...

— Por isso, não – responde-lhe o brigadeiro, e liberta-o da árvore, tirando-lhe as setas.

O santo, vendo-se livre, põe-se a correr, gritando:

— Viva Getúlio! Viva Getúlio!

Em parte, as anedotas deste tipo, e as piadas políticas em geral, resultam do entusiasmo que o vencedor sempre desperta nos que consideram a vitória uma prova de grandeza, uma coisa boa e bela em si, sem qualquer preocupação ética. Venceu, é o maior. Mas há também a parte calculada dos que desejam explorar o triunfo por todos os meios, visando a tripudiar sobre os vencidos. O folclore getuliano dá às vezes a impressão de ser laboriosamente fabricado e distribuído.

Outubro, 19 — Pelo telefone, Cristiano Machado pede-me que vá ao seu apartamento, para conversarmos "sobre algumas hipóteses". Pensa em fazer declarações sobre o pleito, uma vez terminada a apuração, e deseja fixar alguns pontos comigo, a fim de que eu possa redigir o documento. Lá compareço à noite, mas a sala está cheia de gente, e a conversa é adiada para amanhã cedo. Por mim, gostaria de sugerir-lhe que não declare nada, a menos que esteja disposto a revelar a verdade das traições de que foi vítima – e, neste caso, muita roupa suja será lavada.

Outubro, 21 — Ontem pela manhã, em casa de Cristiano. É a primeira vez que conversamos a sós, depois da eleição. Não me dá uma impressão geral dos acontecimentos, e a conversa oscila entre esse e aquele aspecto do quadro. Pouco a pouco, revela-se-me esta coisa surpreendente: o candidato, que devia estar completamente desiludido de tudo e de todos, ainda admite a possibilidade de anulação do pleito. Há por aí um vago movimento visando a esse fim, com base na apuração feita em desobediência a certos dispositivos do código eleitoral. Isto me parece totalmente fora da realidade. A vitória de Getúlio foi esmagadora. Se anulada, em outra eleição será ainda mais estrondosa. E se não houver nova eleição, será a ilegalidade, a ditadura, o caos.

Depois de admitir a hipótese de anulação do pleito, o ex-candidato fala no manifesto, declaração ou que nome tenha, a ser redigido. Pondero-lhe que a matéria a ser ventilada nesse texto será de natureza escandalosa, tais as manobras indignas de correligionários, que determinaram sua derrota; valerá a pena expor tudo isto? A atitude dele, Cristiano, durante toda a campanha, foi a mais correta possível. Assim, nada tem a explicar nem por que justificar-se.

Ouve-me sem dizer algo de positivo. Apenas acha que é um assunto a ponderar – e saio depois de prometer-lhe que escreverei um esboço de declaração.

Rabisquei hoje de manhã o tal papel e entreguei-o logo a Cristiano, com esperança (e quase certeza) de que não será aproveitado.

Outubro, 22 — Otávio Tarquínio de Sousa conta-me que o poeta Severiano de Resende se casou com uma francesa, omitindo o fato de que fora padre. E todas as manhãs, em Paris, onde morava, saía de casa sem dizer à mulher o que ia fazer. E entrava sorrateiramente numa igreja, para ouvir missa, já que não poderia mais celebrá-la.

O mesmo Severiano tinha em casa um enorme sapo feito de couro, e costumava dizer:

— Sou como este sapo. Estou plantado no chão, mas tenho os olhos no céu.

1951

Janeiro, 22 — Tarde de chuva fina, no centro. Junto à livraria, observo minuciosamente as ruínas do tempo, que me sorriem. Para não sofrer com o espetáculo, preferia fechar os olhos. Eles, porém, inspecionam por conta própria, máquina fotográfica a funcionar independente de mim. Chove no passado, chove na memória. O tempo é o mais cruel dos escultores, e trabalha no barro.

MANUEL BANDEIRA ENFERMO

Dezembro, 29 — Rodrigo (M. F. de Andrade) leva-me à casa de saúde da rua Bambina, para onde ele conduziu hoje, às 11h, Manuel Bandeira. Além de úlcera no estômago, o poeta vem sofrendo dos rins, e desde anteontem sentia dores horríveis. Minha primeira impressão, ao entrar no quarto, foi má. A enfermeira dava de comer a Manuel, pondo-lhe a colher na boca. Ele se mostrava muito abatido, mas no decorrer da visita foi-se animando e entrou a conversar. A sonda o imobiliza. A radiografia acusou um cálculo entre o ureter e a bexiga. O radiologista inspira-lhe confiança, e Pedro Nava tem influência na casa.

Manuel faz confidências, coisa que eu nunca lhe ouvira antes. Talvez não sejam novidades para Rodrigo, seu mais íntimo amigo. Ouço com discrição, às vezes com um leve sorriso. Dir-se-ia que a idade o anima a essa abertura. Finalmente, a conversa se desvia para os novos poetas. E Manuel comenta:

— Nós todos levamos muitos anos para ser conhecidos. Apenas um grupo pequeno prestava atenção na gente. Só depois dos 50 anos é que comecei a ganhar dinheiro com os meus livros. Mas os novos se apresentam com uma sede de glória imediata, que me espanta.

Saio com a impressão de que a visita levantou o tônus do poeta.

Dezembro, 30 — Manuel com aspecto muito melhor, na visita que lhe fizemos hoje ao entardecer. Lá estava João Condé. O poeta levanta-se sozinho para jantar na mesinha do quarto. Rodrigo, sempre atento, acha insuficiente a sopa que lhe dão como alimento único.

Manuel conta que o urologista encontrou não um, mas três cálculos em descida pelo ureter. O que ele não sabe é que talvez seja necessária uma cirurgia para eliminação deles. A hipótese é grave e preocupa Rodrigo, que pensa em avisar os sobrinhos de Bandeira.

1952

Janeiro, 11 — Nosso bardo deixou hoje a casa de saúde, depois de intervenção cirúrgica com anestesia geral. Revelou espantosa capacidade respiratória, ao contrário do que se receava. E foi para a casa da Estrela Vésper, que o recebeu com carinho.

Março, 28 — Saiu *Viola de bolso*, que me rendeu oportunos 2 mil cruzeiros em direitos autorais.

*

Leituras. Pinço em Victor Hugo um verso que parece me definir: *Une immobilité faite d'inquiétude*. E outro, idem, em Mário de Sá-Carneiro: "Fartam-me até as coisas que não tive." Aprendemos muito com aqueles que jamais souberam de nossa existência.

Maio, 16 — Portinari vem conosco de automóvel para casa. Como sempre, ele faz toda a despesa da conversação, sobre pintura. Não leva a sério a Semana de Arte Moderna, e diz:
— Em 1922, Picasso já estava enjoado de modernismo e mergulhava na fase grega. Aí apareceram os nossos modernistas. Que é que a gente diria se um camarada falasse numa semana de arte moderna realizada em Assunção? No Brasil, o cara que aplica uma injeção em Uberaba vira logo Pasteur...

*

Coquetel de lançamento de *Comício*, ontem, num 21º andar (redação). Repleto. Um rapaz que se diz meu admirador e é bancário induziu o banqueiro seu patrão a admirar-me também, a tal ponto que este me diz com ar promitente: "Será que a gente não poderia ajudar um pouco esse moço, dando-lhe um emprego de 15 mil lá no banco?..." Sorrio, achando graça, mas devia ter respondido: "Topo." E queria ver a cara dele, obrigado a retirar a promessa.

O rapaz me chama de parte e explica: "Ele está muito infeliz de amores, e você sabe que nesta situação a gente faz qualquer besteira. Talvez desse mesmo o emprego."

Novembro, 26 — Aldo Borgatti, fotógrafo boêmio e hábil restaurador de livros e painéis, encontrou a antiga namorada, depois de muitos anos sem se verem. Acabada. Ao despedir-se, ela deu o endereço:

— Moro na rua General Polidoro, aquela rua do cemitério. Apareça lá.

— Qual o número da cova? – perguntou-lhe Borgatti, quase sem sentir.

Dezembro, 31 — Escusa fazer balanço do ano. O tempo é contínuo, e a divisão em meses, convencional. Por que ter esperança no ano próximo e desacreditar o que passou? Eu é que passei, não ele. Fiz cinquent'anos. Perdi um irmão discreto e simples. Tive ímpetos e descaídas. Não me sinto habilitado a julgar a vida nem a mim mesmo. E seria preciso? Num conjunto colossal como o universo, que importância teria destacar um ano, uma vida, uma pessoa?

1953

MORRE AMÉRICO FACÓ

Janeiro, 9 — Agonizante há três dias, meu amigo poeta Américo Facó expirou às 20h30 de sábado, 2 de janeiro, após quase cinco meses de doença. O primeiro mês, passou-o numa casa de saúde da rua Conde de Irajá; os demais, em sua casa da rua Rumânia, instalado numa poltrona comprada alguns dias antes de internar-se.

Suportou estoicamente os sofrimentos e incômodos da moléstia, jamais se queixando ou perdendo o natural comedimento e cortesia para quantos o visitavam ou os que dele tratavam. Os mais chegados eram Gastão Cruls, Órris Soares, o médico Luís Lavigne e a portuguesa Josefa, sua empregada. Facó alimentava projetos para este ano: segunda edição da *Sinfonia negra*, publicação de um volume de ensaios, viagem ao Ceará natal. Não entendendo de medicina nem pretendendo entender (no que me pareço com ele), fiava-se na palavra dos médicos e amigos. E mesmo a estes, com pudor, ou pelo desejo inconsciente de ignorar a situação, ocultava as ocorrências inquietantes.

Contudo, três dias antes de morrer, convocou os amigos Lavigne e Gastão para uma conversa. Sabia que seu estado era grave e tinha recomendações a fazer. Em dois envelopes guardados numa estante havia dinheiro a ser utilizado no enterro; do que sobrasse, seria dado um auxílio a Josefa e outro a uma irmã dele, Facó. Embora procurando animá-lo, Gastão aproveitou a deixa e perguntou-lhe pelo destino a dar à biblioteca: se pretendia mesmo oferecê-la a uma instituição do Ceará, como falara há tempos. "Não, no Ceará ela não poderá ser conservada. Dou minha biblioteca a vocês três: Gastão, Lavigne e Órris." Os três decidiram, por sua vez, doá-la à Faculdade Nacional de Filosofia, do Rio, onde ficaria constituindo a Coleção Américo Facó, rico acervo de obras clássicas da língua portuguesa. Mas esta doação ficará dependendo de aquiescência dos herdeiros – dois irmãos e duas irmãs residentes no Ceará, pois o ato foi de boca, não havendo testamento que o confirme.

[*Nota de 1985*: Os amigos de Facó nada puderam fazer, e a biblioteca foi vendida pela família, ao que soube depois, para assistir sua irmã necessitada.]

Facó disse mais, nessa ocasião:

— Não tenho religião, mas se parentes quiserem celebrar alguma cerimônia religiosa por ocasião de minha morte, podem fazê-lo.

A dedicada Josefa, certo dia, trouxe uma estampa religiosa para junto de sua cama.

— Leve isso daí – disse-lhe o poeta.

Avisado às 21h de sua morte, por um telefonema de Rodrigo (M. F. de Andrade), tentei comunicar-me pelo telefone com o pintor Enrique Castello, seu grande amigo, em Belo Horizonte. Não consegui ligação. Fui, então, com Rodrigo, velar o corpo na capela da rua Real Grandeza. Dois generais reformados, primos de Facó, lá ficaram pouco tempo, continuando, porém, o grupo de amigos. Os mais íntimos, derreados pelas noites de vigília, iam pouco a pouco se despedindo. Lélio Landucci, que Rodrigo receava viesse a sofrer acidente cardíaco, pois sua saúde é precária, não pôde varar a noite. Também Jayme Adour da Câmara acabou se retirando. A pintora Maria Margarida, heroica em sua fragilidade, saiu depois das 5 da manhã. Rodrigo e eu fomos rendidos por Órris Soares, às 8.

Voltei para o enterro, marcado para às 11 e efetuado ao meio-dia. A notícia do falecimento, submersa nas fartas edições de domingo, não foi percebida por muitos amigos, ou eles só a leriam mais tarde. Tudo foi simples, mas não faltou a encomendação do corpo, que Facó previa e autorizara por delicadeza ou ceticismo.

Minha convivência com Facó vinha dos últimos anos do meu trabalho no gabinete de Capanema. A princípio, contatos cerimoniosos, embora na década de 30 eu fosse, em Belo Horizonte, correspondente da Agência Brasileira, dirigida por ele. Depois, maior convívio, e a cortesia, mantendo-se, estendeu-se em confiança e amizade. Na casa da rua Rumânia, durante três noites, confiei-lhe os originais do meu livro *Claro enigma* e ouvi suas opiniões de exímio versificador. Eu "convalescia" de amarga experiência política, e desejava que meus versos se mantivessem o mais possível distantes de qualquer ressentimento ou temor de desagradar os passionais da "poesia social". Paciente e gentil, Facó passou um mínimo de nove horas, contando as três noites seguidas, a aturar minhas dúvidas e indecisões. Se não aceitei integralmente suas observações, a verdade é que as três vigílias me deram ânimo a prosseguir no rumo que me interessava. E me fizeram sentir a nobreza do seu espírito de autêntico homem de letras, mais preocupado com a linguagem e seus recursos estéticos do que com a fácil vida literária das modas e dos bares.

Janeiro, 13 — Maria Isabel traz-me os originais do seu novo livro de versos. Pela primeira vez, uma mulher que faz poesia e que é simples de aparência, de roupa, de tudo. Fala-me longamente de sua experiência religiosa. Irmã terceira do Carmelo (carmelita descalça), ela se diz encantada com a convivência no meio, que é cheia de poesia. Descobriu São João da Cruz, Santa Teresa de Ávila, Isabel da Trindade. Explica-me que a união da alma com Deus é tratada pelos místicos como verdadeiro casamento, nem há outra maneira de concebê-la, para nós seres humanos. São João da Cruz é tão vivo e ardente como o Salomão do Cântico dos Cânticos, embora de expressão mais refinada que este. E ambos exprimem uma união inefável.

Vivemos na solidão, continua ela, e não devemos esperar ajuda dos outros; nosso apoio é Deus, e a Virgem do Carmo nossa maior intercessora junto a ele. Nas pinturas carmelitanas, há sempre um anjo da poesia. Ela encontrou em São João da Cruz a "visão de paz", que, sem pressentir a qualidade da expressão mística, havia escolhido para título do seu livro de poemas. Tudo que sentia, sem se explicar, viu explicado na prática religiosa. Mas – acrescenta – não podemos contar com o arrebatamento contínuo. Lá uma hora sobrevém o período de secura espiritual, com que Deus experimenta a nossa felicidade...

Janeiro, 18 — Paciência! Paciência! O sininho interior badalando esta ordem. Eu sei que sua observância exige mais coragem do que a da revolta, ou a simples impaciência. E sabendo isso, cultivo a ilusão de que se torna mais fácil ser paciente: dou a mim mesmo um diploma de virtude valente. Mas será válido esse diploma? Gostaria tanto de exercê-la na acepção do *Pequeno dicionário*: "perseverança tranquila". Pois sim.

GETÚLIO NA JOSÉ OLYMPIO

Janeiro, 23 — Homenagem dos escritores editados por José Olympio, ao grande amigo da classe. Está repleto o seu escritório na praça Quinze de Novembro. Todas as tendências intelectuais e políticas confraternizam em torno de J. O., ou pelo menos estabelecem armistício tácito. Há um vozear descontraído, alegre, entre pessoas que raramente se encontram, enquanto os mais íntimos da casa formam seus grupos inseparáveis.

Sou mais uma vez apresentado ao escritor Getúlio Vargas, que exerce novamente a presidência da República. É o autor nominal de *A nova política do Brasil*, em nove volumes, e membro da Academia Brasileira de Letras, eleito mediante processo especial. Ao trocarmos cumprimentos, ele diz:

— Ah, o Drummond. Há muito tempo que não o vejo.

Respondo com pouca imaginação:

— É verdade, presidente. E o senhor, como vai?

Mais adiante, vejo-me ao lado de Otávio Tarquínio de Sousa e Afonso Arinos. Comenta o primeiro:

— É de justiça reconhecer que o Getúlio não quis trazer o Gregório, seu capanga, para junto dos escritores.

Ao que Arinos retruca:

— É, mas trouxe um capanga intelectual, o X...

O escritor Vargas, por sua vez, foi engraçado ao saudar José Olympio:

— Na minha conta-corrente com José Olympio estou sempre em débito. Se é verdade que nada recebo de direitos autorais pelos meus livros, não o é menos que José Olympio arca com o prejuízo do encalhe...

Todos riram.

A cordialidade de Getúlio exprime-se em perguntas sobre parentes, viagens, coisas da vida de cada um. Não há conversa sobre livros.

Fevereiro, 28 — Um verso de Victor Hugo, em *Les rayons et les ombres*: "*Une colombe et moi longtemps nous nous aimâmes.*"

Fez-me lembrar antiga conversa com Jayme Ovalle, o compositor de "Azulão". Ele confessava que as pombas lhe despertavam profunda atração.

1954

Maio, 20 — Pouco pensei em ti, hoje, do muito que gostaria de pensar. Tua lembrança caminhou algum tempo comigo, nas ruas, mas era antes o desejo dela, de uma convivência mais íntima, repetida e tranquila, com a tua essência, e que mantenho tão abafada sob interesses imediatos.

Perdoa-me não amar-te como queria, tanto mais quanto sou eu mesmo que me reduzo e me empobreço com esta falta. Pensei, sobretudo, na distância de tempo que nos separa do dia do teu nascimento, há 85 anos. Nesse espaço, uma criança vem ao mundo, torna-se órfã e se faz moça, casa-se, os filhos vêm chegando, a maior parte deles morre cedo, outros crescem para ligar suas vidas com a tua e depois separá-las, cada um no seu rumo. Por fim, és tu mesma que te retiras, enquanto um ramo de tua vida aqui está, nesta cidade que nunca viste, e poucos são os que te conhecem e sabem sequer que exististe. Um ramo a lembrar o curso humilde de tua vida caseira, à sombra do homem forte que também lá se foi antes de ti, os dois hoje integrados no mesmo pó que me espera.

Foi há 85 anos, mas a cadeia de fatos e sentimentos liga este dia à atualidade, ou transporta àquela hora remota o momento em que te falo. O que passou – não passou? Ou tudo que vivemos é simples passado sem a impureza do suposto presente?

Vou-me aproximando de ti porque envelheço, e minha vida volta às origens. Abençoa-me e acaricia-me, porque sou sempre criança a teus olhos, enquanto o velho em mim se confirma. E se dentro de mim existes, em ti também vou existindo, e nossas vidas se confundem, apesar do muito que te esqueço.

COM ADOLFO CASAIS MONTEIRO

Agosto, 2 — De manhã, Manuel Bandeira me telefona convidando para ir ver em seu apartamento Adolfo Casais Monteiro, em trânsito para São Paulo. Lá estão também um rapaz português, Lemos, e Marques Rebelo. Casais é um homem alto, cabelos começando a embranquecer, e bastante parecido com o meu irmão Altivo. Falou quase o tempo todo, confessando-se excitadíssimo por uma noite sem dormir. Refere-se a escritores portugueses. De José Régio, clausurado em sua casa de Portalegre, de onde sai apenas para dar aulas, diz que é orgulhoso e tímido; nunca fez uma conferência. Já Miguel Torga, também orgulhoso, nada tem de tímido.

Rebelo aconselha Casais a não falar no Brasil em política portuguesa, Salazar etc. Mas ele não resiste. No caso de Goa, entende que toda a responsabilidade do que está acontecendo cabe ao ditador português, que levou o seu Estado Novo até a Ásia, em lugar de promover a independência crescente dos goeses. Nehru, reivindicando o domínio sobre o território, apenas tirou proveito, politicamente, do erro de Salazar. Quanto ao povo português, não reage de modo algum diante das ameaças indianas, porque Salazar lhe tirou toda consciência política; só discute futebol, que é permitido pelo governo. A comunidade em Goa é de maioria portuguesa, mas antes de estar contra Nehru, ele, Casais, está contra Salazar. Isso mesmo António Sérgio lhe recomendou que explicasse a Paulo Duarte, para que este, ao tomar partido pelos portugueses em Goa, não se solidarize involuntariamente com Salazar.

Agosto, 3 — Na Livraria São José, Eneida conta-me que, chamada à casa de Chiang-Sing, moça mineira que adotou esse pseudônimo, esta a recebe nua em pelo. "Que é isto, com esse frio a gente não anda assim, minha filha." "Você não gosta?" E não acontece mais nada, com a reação da visita pondo termo ao espetáculo.

Dezembro, 29 — Versos de um aniversário silencioso:

Hoje que és menos que carne,
e espaço algum ocupas no ar,
quisera eu saber
onde, em ti, perdura nossa lembrança.
Pois decerto nos lembras a todos:
aos que te esqueceram
e aos que dormem do teu mesmo sono.
Penso
nessa mínima porção de fibras esvaecidas...
e em teu amor, prisioneiro da urna.

1955

Janeiro, 9 — Sexta-feira, à noite, visita do poeta Décio Escobar. Simpático, bem-educado, procura levar a conversa para o seu caso. Lembra como declamou meu poema "José", na sala do júri em Belo Horizonte, após a sua absolvição. E comenta as dúvidas levantadas na cidade sobre se o poema era dele ou meu.

No momento em que fica a sós comigo, ele conta:

— Sou muito grato ao meu advogado, que tudo fez pela absolvição. E olhe que era difícil, pois eu disse a todo mundo que fora eu o autor do homicídio. Minha mulher, certa vez, ouviu-me contar isso a uns amigos. E eu caprichava em detalhes, aludia aos costumes sexuais da vítima...

Reconhece, entretanto, que a prisão o tornou mais humano. Os amigos faltaram-lhe, é natural: todo mundo tem medo de solidarizar-se e comprometer-se; a justiça apavora. Pretende escrever mais tarde sobre sua experiência, e será uma sátira.

No momento, seu projeto é casar com uma jovem da Bahia e ganhar a vida. Anda à procura de emprego. Fez sucesso na Bahia, dizendo poemas no escuro, com entrada paga.

O seu lado "ator" não lhe tira a simpatia. A bela barba negra e nazarena o envelhece. Dentes e olhos brilham quando sorri, despreocupado.

Janeiro, 17 — Visita breve de Luís Martins, no meu canto de trabalho no PHAN. Conta que o casamento com Ana Maria o salvou da triste velhice reservada aos boêmios. A filha de um ano e poucos meses torna-o feliz. Trabalha barbaramente para viver. Chegou a escrever três crônicas diárias, e já lhe aconteceu ficar duas horas fumando angustiado, à procura de um assunto que depois aproveitaria em vinte minutos. Sinto com ele a tristeza de escrever para jornal, como os condenados cumprem pena.

Janeiro, 18 — Almoço com Gilberto Amado em seu apartamento da rua General Glicério: Gastão Cruls, Rodrigo (M. F. de Andrade) e eu. Conta-nos que já ganhou dinheiro dando pareceres jurídicos em questões antes examinadas pelo grande Clóvis Bevilacqua. Não que divergisse da opinião do mestre: apenas, dava-lhe forma literária. Clóvis escrevia tão mal que os juízes davam preferência à prosa de Gilberto – afirmavam-lhe os clientes.

Chega Hermes Lima, e a conversa deriva para a incapacidade demonstrada pelas Forças Armadas no controle da política nacional. Um Exército como o nosso, numeroso e caro, sem problemas internacionais por que se interessar, acaba se tornando um pesadelo – diz Hermes.

1956

Janeiro, 1 — Meu neto Carlos Manuel, depois de assistir ao programa de circo, na televisão:

— Se a gente tivesse um elefante, que alegria, hein?

Janeiro, 3 — Inácio chegou ontem de manhã, trazido pelo pintor Reis Júnior. Muito jovem (3 meses de idade), tranquei-o no banheiro, para que não fugisse. A princípio, esquivo e assustado; já à noite, dignou-se brincar comigo, discretamente a princípio, depois à vontade. Hoje, tomou posse da casa. É amarelo, com listas brancas, e o nome lhe foi dado pelo pintor. O cachorro Puck recebeu-o com indiferença de senhor maduro, ao passo que ele revelou, no encontro dos dois, a correta agressividade da espécie. Uma bolinha de papel, presa ao abajur da mesa do escritório, serve para seu exercício e divertimento.

*

Na TV Rio, adaptação do meu conto "Flor, telefone, moça" com Glauce Rocha, Napoleão Muniz Freire e outros. A boa vontade do produtor do programa deve ser levada em conta, em face das deficiências materiais da estação. Logo depois, dois telefonemas anônimos. Um, de trote, inspirado na trama, que fala da moça morta em consequência de um trote contínuo e implacável. Outro, surpreendente: a pessoa quer saber se eu inventei ou se ouvi a história contada por terceiros, pois a moça existiu realmente e morreu em 1938, perseguida por telefonemas, tal como no meu conto:

— Eu conheci a moça, acompanhei o seu drama. Uma noite, a voz falou assim: "Dentro de trinta dias você virá para este cemitério." E ela foi.

Há sempre uma história real, gerada pela história inventada.

1957

Fevereiro, 5 — Está na moda a poesia concreta, que devia chamar-se concretista. Manuel Bandeira, com benevolência brincalhona, dá sinais de simpatia pelo movimento dos rapazes.

Nunca vi tanto esforço de teoria para justificar essa nova forma de primitivismo, transformando pobreza imaginativa em rigor de criação. Consideram-se esgotadas as possibilidades da poesia, tal como esta foi realizada até agora, quando infinitos são os recursos da linguagem à disposição do verso, e um criador como Guimarães Rosa efetua, paralelamente, a reinvenção contínua do vocabulário português. Por que os poetas não tentam um esforço nesse rumo?

Confesso o meu desinteresse pela onda concretista, que daqui a pouco rolará pelos estados, gerando um cacoete poético de fácil propagação.

Fevereiro, 16 — No dia seguinte ao de minha conversa com Thiago de Mello sobre os concretistas, certamente informado por este a respeito de minha opinião, Manuel Bandeira procurou-me no PHAN e falou sobre o movimento, que lhe parece interessante. Acha os rapazes do grupo superiores aos de 45, que nada fizeram de novo e são, em geral, malcriados. Bandeira animou-se a compor um poema concreto, a ser publicado no *Cruzeiro*, que lhe pagou 5 mil cruzeiros por ele. Li (melhor: vi) o poema, que não me convenceu.

Domingo, ofensiva concretista pelo suplemento do *Jornal do Brasil*, com Mário Faustino personalizando o debate e exigindo dos poetas mais velhos que sejam também críticos de poesia.

— Esses rapazes estão cuidando da sobrevivência antes de terem vivido – diz-me Cecília Meireles, pelo telefone.

Um de nossos jovens talentos críticos (e poéticos) tem a mania de medir os poetas. Esse é maior do que aquele, estes dois são menores, cada categoria tem os grandes e os pequenos.

Nunca vi metro para medir poeta, e espanto-me quando alguém procede a essa medição, comparando qualidades e temperamentos tão diversos. Minha capacidade de admirar exclui o confronto. Amo em um poeta certa vibração que lhe é peculiar, sem inquirir se essa vibração vale mais do que a doçura particular que encontro em outro poeta, ou a musicalidade de um terceiro, a secura vigorosa de um quarto. A ficção do "maior poeta" lembra anúncio do melhor produto – sabonete, refrigerante, calçado anatômico... Todos são melhores, mas um deles é o melhor de todos, sem análise e comprovação.

Junho, 5 — Sacrifício (?) de Puck, às 9h30 da manhã de hoje, na clínica veterinária da avenida Atlântica. Levei-o enrolado numa toalha de plástico e num lençol, em companhia de Dolores, que aconselhara esse final. Com 15 anos de vida, seu estado era lastimável, e não havia esperança de recuperação. Os últimos dias foram penosos. Agonizava quase imóvel, só a língua se mostrava ativa, quando o suspendíamos para lhe dar um pouco de leite.

Uma injeção – e mais nada. Deixamos o corpo na clínica, e trago para casa, com o sentimento de perda, o de ingratidão.

1958

Janeiro, 3 — Surge a primeira poetisa do ano. Usa de ardil para ser recebida: pelo telefone, pede orientação para um trabalho que tem de apresentar numa reunião de colégio. "Mas os colégios não estão em férias?", pergunto. "No meu, o grêmio literário funciona independente do período de aulas." Vai à tarde na repartição e encontra-me conversando com Gastão Cruls, que lhe apresento. "Os seus livros são muito difíceis de ler", diz a Gastão. Como este, surpreendido, lhe pergunta se já leu os seus contos ou algum romance, ela pede desculpas pelo engano, julgara-o sociólogo. "Qual?", o romancista quer saber. Ela se esquiva, pede novamente desculpas e muda de assunto.

Tem 19 anos, é noiva, mas sofre de uma angústia especial, a angústia da poesia. Quer que eu lhe diga se deve continuar a fazer versos – a "sofrer esse sofrimento diferente dos outros". Se há esperanças de realização pela poesia, no seu caso. Respondo-lhe que não sei nada, não posso aconselhar-lhe nada. Entrega-me poemas ("olhe que não tenho cópia, hein?") e virá buscá-los na semana que vem. Claro que o grêmio do colégio não existe, nem mesmo o colégio – confessa.

O diabo é que não se salva sequer um verso, na papelada dos "poemas". O outro nome de poesia é ilusão.

Maio, 8 — Conversa com Osório Borba, na Livraria São José. Conta-me que os carros de boi, levando à cidade as famílias dos senhores de engenho, não chiavam. Carro chiando, em Pernambuco, indicava gente de classe inferior.

Ainda na São José, Órris Soares, conversador inesgotável, está murcho, deprimido: "Sou um defunto que anda." Magoara-se quando a nova direção do Instituto Nacional do Livro suspendera a publicação do segundo volume do seu *Dicionário de filosofia*. Agora, ante a insistência de José Olympio, que deseja editar a obra, não tem coragem (ou gosto) de continuá-la. A filosofia não o consola.

Julho, 17 — Aurélio Buarque de Holanda, conversando comigo, refere-se a um de nossos intelectuais: "Assim como há o inglês e o francês básicos, há também, para ele, um vocabulário português sub-básico."

1959

Junho, 7 — Gastão Cruls, a discrição em pessoa, o amigo mais devotado, é uma outra perda para o coração da gente. Rodrigo (M. F. de Andrade), à sua maneira sóbria, mostra-se particularmente consternado.

— Há vinte anos que ele me telefonava diariamente. E uma vez por semana jantava conosco lá em casa. Fazia parte da minha vida moral e afetiva.

Pergunto-lhe se Gastão pediu conforto religioso, ao sentir que ia morrer.

— Não. A família trouxe um padre, ele não se opôs. Creio que não tinha sentimento religioso, mas nunca pude apurar isso, pois Gastãozinho sentia grande pudor de falar sobre este assunto, e eu não me animava a abordá-lo, apesar de nossa amizade fraternal.

Junho, 14 — Missa de sétimo dia em memória de Gastão. Ou antes: missas, uma delas mandada celebrar pelos amigos. Otávio Tarquínio de Sousa me telefona, convidando-me a participar da iniciativa. Constrangido, e mesmo pesaroso de não atendê-lo, esquivei-me a isso, pois não tenho religião, e não me parece correto, nessas condições, mandar rezar um ofício religioso a que não atribuo a significação dada pelos fiéis. Otávio diz que sua mulher, Lúcia Miguel Pereira, também não pratica nenhum credo religioso, mas adere ao convite da missa. Ele aceita a minha razão.

Ainda sobre Gastão, conta-me Órris Soares:

— Ele gostou muito de certa moça. Mais tarde se interessou também por outras duas. Minha mãe chegou a tocar no assunto com ele, mas Gastão respondeu-lhe: "Nunca me casaria por amor. Só por uma amizade profunda, e essa eu não sinto por nenhuma dessas moças."

*

Junho, 25 — Monsenhor Primo Vieira, da Academia de Letras de Santos, e amigo de Guilherme de Almeida, perguntou a este como ia a sua eleição para Príncipe dos Poetas Brasileiros, no concurso do *Correio da Manhã*.

— Há uma pedra no meio do caminho – respondeu ele.

Pedi a Monsenhor que tranquilizasse Guilherme. Não há nenhuma pedra, embora haja uma bandeira. Mesmo esta, porém, não impedirá sua eleição, na qual muitos de nós estamos empenhados. Com um voto ele pode contar: o meu, pois a linha aristocrática e o apuro estético de sua poesia condizem bem com a ideia de um principado literário.

Agosto, 21 — Findo o concurso do *Correio*, e eleito Guilherme de Almeida, Manuel Bandeira pondera:

— Pensando bem, devíamos ter votado em Cecília Meireles para Príncipe dos Poetas.

O JAZIGO DE MACHADO DE ASSIS

Setembro, 7 — Ontem, encontro casual com Austregésilo de Athayde, na rua Primeiro de Março. Abraça-me, festivo, e entra logo no assunto: a trasladação dos despojos de Machado de Assis e Carolina para o mausoléu da Academia Brasileira. Assegura-me que não há qualquer declaração de acadêmico no sentido de promovê-la. Respondo-lhe citando a entrevista de Elmano Cardim ao *Jornal do Commercio*. A ideia seria colocar um monumento a Machado em lugar de honra do mausoléu coletivo, e marcar a transferência dos despojos para 21 de junho de 1989, data do sesquicentenário do nascimento do escritor – diz-me Athayde. Daqui a trinta anos... Quem estiver vivo comparecerá. Certo? – pergunta ele, contando sem dúvida com a esperança fundada de eu não estar vivo até lá para impugnar, embora sem êxito, a absurda transferência. (Machado manifestou, em testamento, o desejo de ser sepultado no túmulo de Carolina, o que exclui, naturalmente, qualquer veleidade de transferência de local.)

Despedimo-nos com risadas de paz, mas eu continuo disposto a topar esta briga pelo respeito à vontade final do nosso escritor máximo, ameaçada de anulação pela fútil vaidade acadêmica. Nem Machado é propriedade da instituição que fundou.

Setembro, 20 — De Órris Soares:
Quando Órris Soares disse a Américo Facó que Deus, ao fazê-lo nascer feio, sabia o que estava fazendo, o poeta respondeu-lhe:
— É possível que você tenha razão.
Esquecia-me de anotar a última conversa de Facó com os amigos:
— Não receio a morte, e acho mesmo que ela é mais natural do que a vida. Todos os que nos cercam têm de morrer, ao passo que nem todos têm de nascer.

Novembro, 12 — Crispim é o novo habitante do apartamento, desde 25 de outubro. E nos faz boa companhia. No primeiro dia, mostrou-se assustado e infeliz, estranhando tudo e todos. Depois, sua doçura natural prevaleceu: acostumou-se. Tenho hoje um grande amigo no escritório. Só que nem sempre me deixa escrever. Como Inácio anteriormente. Mas Inácio era esquivo e seco, e Crispim mostra-se disposto à confraternização. É preto, barriga e pescoço brancos, focinho branco e preto. Foi-me oferecido por Béatrix Reynal, protetora nacional dos gatos. No momento, aos três meses e meio de idade, ele me acaricia o queixo.

*

Telefonema de mestre Afonso Pena Júnior:
— Costumo viajar em Minas pela imaginação. Ainda outro dia estive em Catas Altas, um lugarzinho tão bonito. Andei pela rua principal, conversei com todo mundo, inclusive o vigário português, um bom homem que fez a população local plantar vinha. Não preciso comprar passagem de trem para ir a Minas. Também não preciso escrever cartas para me comunicar com os amigos de lá. Aliás, esse nome de Pena foi dado à nossa família para ver se nos acostumamos a fazer uso dela.

Novembro, 29 — Jacques Tati, *Mon oncle*, no Cinema Astória. Assisto ao filme com desejo de gostar, tal a simpatia despertada por *Les vacances de M. Hulot*. Este de agora é mais ambicioso, mais requintado e diverte menos. Longo, monótono, nem sempre atinge o alvo. Mas a glória jornalística em redor de Tati é tão grande que a gente fica receoso de não ter compreendido o que haja de sutileza na obra.

De novo o dr. Afonso Pena, pelo telefone. É um gosto ouvi-lo. Refere-se ao provérbio que inventei numa crônica, "Burro velhote não acerta o trote":
— Lá em Santa Bárbara, o adágio é: "Burro velhinho não acerta caminho."

1960

Janeiro, 2 — A filha pequena de Athos Pereira, para a irmã um pouco mais velha, que a acusa de egoísta porque não lhe quer emprestar uma boneca:

— Egoísta, eu? Você leu na minha alma para ver se lá está escrito que eu sou egoísta?

Março, 14 — Jorge de Sena, de passagem pelo Rio, visita-me no PHAN, com sua senhora. Fala sobre vários assuntos, entre eles o livro póstumo de António Botto, onde apenas alguns versos se salvam. Jorge é de opinião que Botto "apenas teve talento" quando Fernando Pessoa era vivo. Não que este corrigisse propriamente os poemas do amigo, mas opinava sobre eles e, esclarecendo o autor, o levava a compor melhor. Morto Pessoa, declinou a qualidade da poesia de Botto, e depois veio a doença, que o afetou profundamente.

Poetas paulistas convidaram Jorge a escrever com eles um "rosário de sonetos" (sic). Sem aceitar, sugeriu o meu nome como o de um possível colaborador. Ouviu a resposta: "O Drummond, não. Os sonetos dele não são sonetos."

Março, 24 — Carta ao presidente da Câmara Municipal de Itabira, dizendo-lhe que não tenho condições para defender os interesses de nossa terra junto ao governo e à Companhia Vale do Rio Doce, por haver tomado atitude contrária a ambos. Incompatibilizei-me.

A verdade é que, tendo lutado em pura perda pelas aspirações da comunidade, não me sinto animado a recomeçar. Na ocasião em que poderíamos ter vencido – ou, pelo menos, em que se impunha um esforço coletivo para vencermos –, o pessoal de lá votou em massa nos candidatos indiferentes ou contrários à causa de Itabira com relação à Vale (Juscelino e Jango), desprezando os que nos eram favoráveis – Juarez e principalmente Milton Campos. Agora é tarde, Inês é morta.

Março, 27 — Meu compadre Cyro dos Anjos anuncia-me sua próxima partida para Brasília. Devemos aposentar-nos no fim do ano, e eu lhe falo de um possível "rumo novo" para depois. Temos tanta experiência acumulada em gerir interesses de outrem, por que não aplicá-la em proveito de nós mesmos? Qualquer coisa assim como uma pequena agência de publicidade intelectual, que fornecesse a interessados o de que eles necessitassem: discursos, artigos, contos, poemas, cartas... Redigir é o nosso forte, e ganhar dinheiro o nosso lado incompetente. Cyro tem o projeto de um manual enciclopédico de nível primário, com Darcy Ribeiro, e me acena com a possibilidade de eu participar de equipe que o executará, mas parece também interessado na minha ideia. Embora, provavelmente, ela não chegue a passar de ideia. Confesso que, para mim, ter ideias é mais do que suficiente. Dá certa alegria ao espírito, e fica por isso mesmo.

O SACRIFÍCIO DE MAX GROSSMANN

Abril, 11 — Morte do escultor Max Grossmann, meu colega de trabalho no PHAN, onde servia há quase vinte anos como desenhista, esperando efetivação que não lhe pôde ser concedida em face de sutilezas burocráticas. (Ainda na semana passada, teve notícia de que o aproveitamento legal era inviável.) Homem de 62 anos, calado, seco, tímido, mal falando português, enviuvara há seis anos, com o suicídio da mulher. Ontem, domingo, apesar do tempo chuvoso, foi à praia de Ipanema. Vendo que alguém se afogava, correu a salvá-lo. Salvou-o, mas, ao regressar à praia, sentiu-se mal, e quando a ambulância chegou para socorrê-lo, morreu a caminho do hospital, baqueado no coração. Compareci ao saimento do enterro, no feio Instituto Anatômico da Santa Casa. O corpo escapara de servir para estudo de acadêmicos de medicina, graças às providências do PHAN, que o livrou da classificação de indigente, dada sumariamente pela polícia. Foi um custo para o nosso diligente João Pacheco persuadir as autoridades que se tratava de pessoa qualificada, e que não precisava ser enterrado de short. Para vesti-lo, era necessário buscar roupa em seu apartamento, interditado pela polícia (era só no mundo, não deixou parentes e herdeiros). Um detetive acompanhou os rapazes da repartição na ida. Afinal, o corpo foi composto e coberto de flores. Quatro mulheres estavam presentes ao velório. A moça alta, desolada, segurava as mãos de Max e beijou-as quando o caixão foi fechado. Uma das mulheres telefonara hoje para o PHAN, para falar com o amigo, e só então soube de sua morte. Enterro na tarde melancólica, chuvinhenta, poucos automóveis acompanhando o carro fúnebre, e a coroa da repartição na mala de um deles.

Um homem que dera sua vida para salvar a de um desconhecido acabava assim, anônimo, ignorado pela cidade imensa, e quase tratado como um pária, quando, como observou João Pacheco, merecia todas as honras do mundo.

Abril, 20 — Sinto no ar a tristeza da Cinelândia e da avenida Rio Branco, iluminadas e emperiquitadas para a festa da criação do estado da Guanabara – que festa? que estado? – quando a mudança da capital do país para Brasília seria antes motivo de mágoa geral. Eu pelo menos me senti deprimido, e aquele ambiente de alegria artificial, promovido pelo governo para enganar e influenciar a população, ainda me punha menos confortado. Pessoalmente, não perdi nada com a transferência da capital, mas o sentimento carioca de quem vive há tanto tempo na cidade e, continuando provinciano, aprendeu a amá-la, reage contra o despojamento e contra a tentativa de transformar em festa o que é, no mínimo, razão de calar. Pobre Rio, aviltado pelos interesses políticos que te espoliam e não te deixam senão esse ar de velha apalhaçada e bêbada.

(Um bêbado, junto à fila do lotação, fazia precisamente o elogio da mudança.)

Abril, 22 — Tônia Carrero telefona-me de São Paulo. Pede o texto da minha "Canção do Fico", publicada há meses no *Correio da Manhã*, para dizê-lo na televisão paulista. "Sou carioca e estou sentida", explica. Então não fiquei sozinho, ao declarar minha fidelidade ao Rio:

Rio antigo, Rio eterno,
Rio-oceano, Rio amigo:
O governo vai-se? Vá-se!
Tu ficarás, e eu contigo.

Maio, 1 — Luís Jardim, conversador inigualável, conta-me com finura uma história chapliniana de Prudente de Morais, neto. Saindo da redação do jornal pela madrugada, ele vai cear em restaurante modesto, e é abordado por uma velha mulher, que puxa conversa. Senta-se à mesa com ela. Finda a refeição, como a hora é tardia, concorda em acompanhá-la até certo ponto do percurso; depois, até o endereço dela. Só não concorda em ser seu companheiro de cama. Ainda assim, a velha, comovida com o seu cavalheirismo e benevolência, pede-lhe um último favor:

— Queria que me beijasse na boca. Há muitos anos que não sou beijada...

— Sim, minha senhora – e Prudente beija-a, despede-se, levando nos lábios um perfume também avelhentado.

Maio, 20 — Recebo o primeiro pagamento pela colaboração semanal em *Mundo Ilustrado*. São tantos cruzeiros para escritos tão fúteis, que fico na dúvida se os mereci. Por outro lado, há colegas que ganham ainda mais do que eu, por escritos igualmente sem importância, e o dinheiro vale tão pouco hoje em dia que talvez eu esteja escrevendo barato.

Outubro, 25 — Manuel Bandeira mostra-me poesias de alunos da Faculdade de Filosofia e Letras, apresentadas em concurso julgado por ele. Nossos julgamentos coincidem a respeito de um dos trabalhos.

— Estou convencido de que não é possível decidir com justiça nos concursos – observa ele. — É muito mais fácil avaliar um poema quando o lemos sem intenção de julgá-lo.

Comento o poema altamente erótico, de 1935, que só há pouco ele publicou no suplemento literário do *Estado de S. Paulo*. Contou-me que muito de indústria o conservou secreto até agora, só o publicando em São Paulo para evitar complicações que esses versos lhe trariam aqui no Rio. Pensa em suprimir a última estrofe, que aliás ele modificou expressamente para publicação. É a seguinte:

Se não queres que eu dê minh'alma
Ao rei de todos os demônios
Em troca da felicidade
Da menina, tua filha única!

No texto exato, o terceiro verso é "Em troca da infelicidade".

Bandeira queria publicar o poema sob pseudônimo, porém o *Estadão* não consentiu: tinha de ser assinado pelo vero nome do poeta.

FIM DA CARETA

Novembro, 10 — Fui levar livros a um preso, na Penitenciária Lemos Brito. De volta, procurei na rua Frei Caneca a sede da revista *Careta*, que acaba de desaparecer, e que eu adorava, quando criança, pelas caricaturas de J. Carlos, seu ilustrador na fase áurea. Andei longamente na triste e suja rua vizinha da revista e da penitenciária. Ninguém sabia informar nada, e não havia placa indicadora. Afinal, um sapateiro me orientou. À porta da casa, um preto velho me atendeu e conduziu-me a uma espécie de portaria, onde dois empregados de mão no queixo meditavam no vazio da situação. Um deles, moço, a quem manifestei o desejo de adquirir números antigos da revista, abanou a cabeça, resmungando que não havia nenhum.

Saí impressionado com o fim da *Careta*, onde a caricatura política e mundana teve o seu apogeu. Era a alegria de muita gente pelo Brasil afora, teve prestígio popular comparável ao da antiga *Revista Illustrada*, de Ângelo Agostini, e representou, durante o governo Hermes, o pensamento liberal brasileiro, lançando mão da sátira para se afirmar contra os desmandos políticos.

1961

Fevereiro, 19 — Newton Freitas já estava com o decreto de sua nomeação para diretor do Instituto Nacional do Livro preparado para subir ao presidente Jânio Quadros. Recebera mesmo do ministro da Educação um pedido de aproveitamento de funcionário em seu futuro gabinete. Mas um editorial do *Globo*, redigido por João Neves da Fontoura, fez o governo mudar de ideia, e reconduzir Augusto Meyer à direção do Instituto. Newton mostra-me, às gargalhadas, a notinha do ministro, encaminhando-lhe a pretensão do tal funcionário, que certamente será transmitida a Meyer. O bom humor do quase nomeado anula qualquer decepção.

Fevereiro, 21 — Pranto e ranger de dentes, em consequência do horário dos servidores federais, estabelecido por Jânio Quadros. São duas fatias de tempo, com intervalo para o almoço. Mas que almoço, se os mais pobres não têm dinheiro para comê-lo em restaurante, e a ida e volta à casa, em locais distantes, seria despesa extra, a agredir-lhes o bolso vazio? Tenho observado que os da minha repartição, obrigados a sair do serviço entre os dois horários, ficam vagando na rua, sem ter que fazer. O Estado não lhes dá refeitório, sala de lazer nem nada. Manda-os sair, dizendo a cada um: "Come!" O quê? Onde? Com que dinheiro? E o serviço público rende mais, com essa divisão de horário? Pois sim. Passou a render menos. Os humoristas (e todos os cariocas o são) começam a dizer que Jânio vai estabelecer horário de fazer pipi.

Março, 2 — Newton Freitas não chegou a ser diretor do Instituto Nacional do Livro, mas o governo quis aproveitá-lo como diretor da Agência Nacional. Posse movimentadíssima, pois não há quem não goste dele nos meios de jornalismo e de literatura. Verdadeira multidão nas salas de onde, há dezesseis anos, Américo Facó, Prudente de Morais, neto, Gastão Cruls e eu saímos debaixo de foguetes de regozijo lançados pelos piratas da casa – o grosso dos quais, ao que parece, ainda se conserva por lá. Newton, com sua risada monumental, conseguirá botar jeito naquilo?

Março, 7 — Encontro casual com Guimarães Rosa, na rua. O assunto, no começo, é literatura, mas logo deriva para o mistério de tudo, que ele considera com um misto de gravidade e alegria. Sorri, ao dizer coisas assim: "A realidade, para mim, é mágica. Este simples encontro que estamos tendo agora não aconteceu por acaso; está cheio de significação." Sorrio também, ignorante.

Março, 13 — Falta d'água no bairro. É crônica, e não sei se devemos encará-la com resignação, já que desespero não resolve. Serve de assunto para a coluna de jornal, e eis-me explorando profissionalmente a nossa miséria urbana. Dão-nos água de favor, nos edifícios da vizinhança que dispõem de bombas possantes e grandes depósitos. Água ficou sendo uma aspiração, um sonho, um bem mais precioso do que ouro.

Há reuniões cômicas de vizinhos, na calçada. "Entrou água em sua casa essa noite?" "Muita?" "Ouvi o seu motor roncando." "Culpado é o manobreiro Delfim; solta água para os privilegiados, dinheiro correndo pelo encanamento..." "Vamos abrir o registro?" "É perigoso." "Crime contra a comunidade." "A comunidade que se dane; não tomo banho há uma semana." "Vamos lá."

Vamos. É noite alta, quem arranja ferramenta? E se o fiscal aparece? Somos conspiradores, vagamente subversivos, tentando roubar água na esquina. A atriz Aurora Aboim adere ao pequeno grupo de revoltados. Suamos para abrir o registro. Não conseguimos. Voltamos para nossas casas, e será mais uma noite sem dormir, corpos sujos, almas derrotadas. Esta é a crônica de uma rua do Posto 6, em Copacabana-me-engana.

CONSELHO NACIONAL DE CULTURA

Março, 23 — Os jornais noticiam a escolha dos membros do Conselho Nacional de Cultura. Fui incluído na Comissão de Literatura, ao lado de Alceu Amoroso Lima, Antonio Candido, Jorge Amado e Austregésilo de Athayde. Durante o dia, rumino minhas dúvidas sobre se devia ou não aceitar a designação. Acho o Conselho inútil, para não dizer inconveniente. O Ministério da Educação e Cultura já conta com vários órgãos incumbidos de atuar no processo cultural, e há sempre o risco de que o excesso de preocupação do governo em benefício da cultura dê resultados nocivos. O ministro é geralmente político, interessado em soluções políticas; em um órgão como esse, desejoso de atuação descompromissada, não terá autoridade ou se chocará com a orientação governamental. E em que consistirá a "política cultural" do governo, que incumbe ao Conselho propor? Esta expressão é suspeita e dá margem a equívocos. Mesmo se lhe concederem liberdade de movimentos, resta a questão da eficácia do órgão.

À tarde, em conversa com Arnaldo Pedroso D'Horta, este se manifesta esperançoso na ação do Conselho, à vista de experiência similar, feita em São Paulo, que teve rendimento no campo do cinema e do teatro, graças à assistência financeira dos bancos, obtida pela organização estadual.

Março, 30 — À noite, depois do jantar, passeio pelas ruas próximas de casa. Novo encontro com o vizinho Guimarães Rosa, que me diz:

— Não quero ser classificado como escritor de determinado tipo. Procuro variar o mais possível de técnica e gênero, passando da linguagem simples de um Vivaldo Coaracy ao emprego maciço de palavras não dicionarizadas.

Sente que seu experimentalismo sistemático lhe dá uma grande alegria e, mesmo, razão de viver. E é com ar feliz que ele se despede com estas palavras:

— A língua portuguesa ficou completamente estragada pelo uso, meu caro. Suas belezas se transformaram em lugares-comuns. Por isso não posso mais usá-la como fazem os outros.

Maio, 31 — Na Academia Brasileira de Letras, reunião da Comissão de Literatura, do nascente Conselho Nacional de Cultura. Austregésilo de Athayde faz as honras da casa, mostrando-nos as obras de superfície e de subsolo empreendidas por ele no Petit Trianon. No porão, impressionou-me entre outras a máscara mortuária de Olavo Bilac, cabeça menor do que eu a imaginava, nariz aquilino que as fotos não deixavam perceber; bastante diferente da imagem do poeta que eu me representava. Reunião sem proveito. Nem sequer elegemos o presidente da Comissão.

Ao sairmos, Athayde:

— Gostaria de ver você voltando a esta casa, mas já integrado na Academia.

— Obrigado, mas não desejo a morte de ninguém – respondo-lhe rindo.

Junho, 13 — Nova reunião da Comissão de Literatura, na busca afanosa de um presidente. Alceu Amoroso Lima não aceita a função; eu, naturalmente, a recusei. Eleito Austregésilo de Athayde por dois votos, com duas abstenções. Decidiu-se não fazer constar da ata o debate travado, aliás cordial. "Fui eleito pela minoria numa comissão de cinco", observa Athayde. Respondo-lhe, brincando, que dois votos a favor, numa comissão de cinco escritores, sempre tão individualistas, são um bom resultado.

Em telegrama ao presidente da República, Jânio Quadros, pedi exoneração do Conselho. Acho inútil minha presença lá, e duvido da eficiência desse órgão.

Julho, 31 — Ajudaram-me na tradução técnica de *Oiseaux-mouches orthorynques du Brésil*, encomendada por Celso Cunha para a Biblioteca Nacional: o dr. Helmut Sick, da Fundação Brasil Central, que por duas vezes me procurou no PHAN (indicado por minha amiga Heloísa Alberto-Torres); o dr. Luiz Emygdio de Mello Filho, do Museu Nacional, que também me procurou uma vez; e Eurico Santos, autor de muitos livros sobre zoologia, velhinho que me recebeu com simplicidade, de pijama, em seu quarto-escritório de Copacabana. O primeiro e o terceiro, ouvidos sobre dificuldades de tradução em matéria de zoologia, e no tocante a botânica, o segundo.

GARRINCHA, O GATO

Agosto, 7 — Meu amigo Garrincha transformou-se em problema, de uns dias para cá, em nossa casa. Além de sujar constantemente na sala de estar e em outros cômodos, com evidente descontrole nervoso, começou a procurar tensamente uma gata para amar. O vizinho Reis

Júnior tem algumas, separadas de nossa casa pelo vão entre o nosso terraço e o seu edifício. Garrincha postava-se no muro aqui de casa, a olhar e miar, obcecado.

Um dia desses, valendo-se da ponte (uma tábua estreita) que Reis Júnior colocara entre sua varanda e o muro do terraço, há tempos (destinada à passagem do seu gato Marta Rocha), Garrincha acabou aproximando-se de suas desejadas. Estava ainda no período de reconhecimento, quando Reis, por duas vezes, veio trazê-lo de volta. Além de fazer isso, retirou a tábua.

Garrincha não se conformou e, tentando saltar sobre o abismo, para ele de grande altura, caiu no pátio do edifício. Não se machucou, entretanto. Pela manhã, já fora eu buscá-lo na casa de máquinas do Edifício Pálus, do outro lado de nossa casa. Na ânsia de abrir caminho até as fêmeas, ele saltara do telhado da casa vizinha do general para a varanda de um apartamento do segundo andar. O porteiro do Pálus, chamado, levou-o para a garagem, e de lá ele passou à casa de máquinas, escondendo-se no escuro, de onde foi retirado. Também foi parar no jardim do apartamento da polonesa, no andar térreo do Edifício Ciro. Vive pelos telhados, inquieto, miando, aborrecendo vizinhos, que já lhe atiraram um balde d'água. Se entra em casa, é para correr ao terraço e repetir os apelos angustiosos às gatas. Estas, segundo afirma Reis Júnior, não estando no cio, permanecem indiferentes aos apelos.

Além de tudo isso, a pelada se alastrou por grande parte do corpo. Uma empregada chegou a perguntar por que não o mandamos embora, como se um animal doméstico só deva fazer-nos companhia enquanto não precisar de nós: enfeite ou brinquedo. Chamei o dr. Dupont para examiná-lo. A doença é contagiosa. Sua falta de higiene já não parece suscetível de reeducação, e é estranha sua obsessão sexual, sem correspondência com a época de cio das gatas.

Como desfazer-me de um animalzinho que veio novo para nossa casa e que tanto se afeiçoou a mim, fazendo-me tão gentil companhia? Aconselham-me a deixá-lo no Passeio Público ou no Campo de Santana, onde vivem inúmeros gatos em estado de natureza, assistidos por pessoas generosas. Saberia ele adaptar-se às duras condições de vida nesse estado? Como posso reclamar da prefeitura o abandono a que parecem votados os burros das carroças da limpeza pública afastados do serviço por imprestáveis, se eu mesmo lanço fora, como objeto incômodo, o animalzinho que amo e que passou a gerar aborrecimentos e talvez contamine os moradores, entre eles o meu neto, agora entre nós?

Gostaria de pelo menos vê-lo curado da micose, antes de ser forçado a esse gesto descaridoso. De qualquer modo, uma coisa está decidida: nunca voltarei a ter nenhum animal em casa.

Agosto, 9 — Garrincha sumiu de novo, desde ontem. Do apartamento vizinho de Reis Júnior ouço miados fracos, de gatas sonolentas. Nenhum sinal do meu amigo. Desta vez, parece que é para sempre.

Setembro, 3 — O país agitado politicamente pela renúncia de Jânio Quadros e a impugnação dos ministros militares à posse de Jango, seu substituto legal. Muita paixão, e muitas tolices se dizem e se escrevem. Circula um manifesto de intelectuais, ou que se atribuem essa qualidade, tentando puerilmente influir no rumo dos acontecimentos (quem inspirou esse documento? e quem lhe dará crédito?). Lya Cavalcanti, pelo telefone, reconhece que é muito difícil escrever qualquer coisa quando não nos alinhamos em qualquer dos dois lados de uma questão. É precisamente o meu caso. A ideia de um governo presidido por Jango me provoca mal-estar intelectual e cívico; a atitude dos militares indisciplinados e opressivos me revolta. Concluo que o engajamento, mesmo do lado pior, facilita as coisas. Ter razão contra todos é a pior forma de não ter razão, além de acariciar a nossa vaidade ou o nosso orgulho.

Outubro, 23 — Faltavam quinze minutos para a meia-noite quando Paulo Gomide me telefonou, perguntando se hélice é substantivo feminino e masculino ao mesmo tempo, pois ouvira isso de um brigadeiro do ar, no aeroporto, e a confirmar-se o gênero masculino estariam inutilizados muitos versos de um seu poema inédito, de grande fôlego. O poeta perdeu-os, infelizmente. O dicionário confirma que o hélice é o rebordo exterior do pavilhão da orelha. E nenhum de nós dois sabia. Cada uma em português...

Outubro, 25 — Na missa por alma de Zaíde Mello Franco Chermont, uma bela mulher presente era a que venceu em 1922 um concurso de beleza. Robusta e serena em sua madureza nobre, quarenta anos tinham passado por sua formosura sem destruí-la. Ficou, naturalmente, um tanto pesada, e perdeu o viço da idade festiva, mas conservou a pureza de linhas, a majestade do porte e uma tranquila presença que o sorriso tornou mais grata a meus olhos. Contemplei-a com a mais pura admiração, eu que jamais me aproximei dela.

Outubro, 29 — *L'avventura*, de Antonioni, no Art-Palácio. Sem dúvida um filme excepcional, mas que nos deixa insatisfeitos. A mestria técnica e a beleza das imagens servem a uma história que não chega a impressionar, como se faltasse um elemento de vida autêntica às personagens ou ao diretor que as movimenta. A busca de Ana, na ilha, não é uma busca, mas um ir e vir inconvincente. De resto, em nenhum momento do filme tive a sensação de busca. Antonioni descreve os movimentos do amor sem participar deles nem pretender, aparentemente, que os espectadores participem. Não obstante a extensão do filme e a monotonia de algumas cenas, mantive-me interessado – não sei como consegui. Talvez nos sintamos obrigados a admirar um criador de arte mesmo quando ele não nos satisfaz plenamente.

Outubro, 30 — Milton Campos, em visita a Rodrigo no PHAN, conta que Jânio Quadros tratava todos os ministros, nos despachos, por Excelência. Inclusive a Afonso Arinos. Menos a João Agripino, a quem chamava de João, uma vez terminado o despacho. Gostava de conversar sobre temas de interesse público, mas, ao mesmo tempo, tinha infantilidades incríveis.

Novembro, 12 —

Em tom quase apaixonado
a maçã no escuro disse
que não gostar de Clarice
é pior do que pecado.

Foi, por outras palavras, o que me disse hoje o moço admirador de Clarice Lispector.

Novembro, 15 — Jovita, a empregada doméstica, engravidou e o namorado não quer saber de casamento. É a terceira vez, na vida, em que me cabe assumir papel de defensor de mulheres desamparadas, e minha autoridade e prestígio não são dos maiores. Fico parafusando o que posso fazer na circunstância, quando ela me pergunta: — Em Copacabana não tem juiz de maiores?

A MINEIRIDADE DOS PROFETAS

Novembro, 27 — O representante de uma indústria paulista combina comigo o aproveitamento de um texto meu sobre os Profetas do Aleijadinho, a sair no calendário de 1962, distribuído como brinde da empresa. O problema é que sugere a supressão do trecho final, onde chamo os profetas de mineiros. Dirigente da empresa acha que isso não ficaria bem num calendário de sentido nacional... Expliquei-lhe que o texto não podia ser mutilado nem alterado; que perderia o sentido se o fosse; que o complexo cultural (escultura-pintura-arquitetura-poesia-música-anseio de independência-afirmação localista e ao mesmo tempo geral) ocorrera na Minas colonial, como poderia ter ocorrido na Bahia ou em outro ponto do Brasil antigo. Era fenômeno historicamente verificado em Minas, e sendo assim nada demais que eu considerasse mineiros os profetas judeus do Aleijadinho.

O homem coça a cabeça e pergunta se em dez dias eu não poderia escrever outra coisa, dentro do espírito dos donos da fábrica. Não. Estou em férias e quero gozá-las não fazendo nada. E faço muito gosto em chamar de mineiros o Habacuc, o Oseias, o Daniel e os outros compadres do Velho Testamento.

Na galeria da Caixa Econômica, encontro Otávio Brandão, que prende longamente minha mão à sua, no cumprimento inicial. Sabendo de minha recente aposentadoria no serviço público, indaga como é que me sinto: "É repousante mesmo?" Respondo-lhe que entre nós o aposentado tem de trabalhar duro para sobreviver, e ele me diz, sorrindo:

— E eu, então, que nem isso tenho? Os jornais não pagam minha colaboração, e no Partido Comunista estou em ostracismo...

Para confortá-lo, invoco a sua fibra de velho lutador, que nunca esmoreceu. Despedimo-nos, e trago na lembrança a cabeça já branca de sertanejo, cheia de comunismo e de sonho.

Dezembro, 6 — Os industriais cederam. Admitem que as criações do Aleijadinho sejam mineiras, sem que isto constitua ofensa à nacionalidade ou ao ponto de vista deles.

*

Depois de tantos dias de seca total, a água chega ao encanamento da casa, e é como se fosse a irmã que volta de viagem, ou a doce amiga esquecida de nós e que pede desculpas pelo abandono a que nos votara. Não minto, mas a água sorriu e beijou-me. Passou mãos de seda em meu rosto, cantou nas torneiras, entoou um hino triunfal à vida. Minha amante. Talvez uma fada cristalina... Por quanto tempo?

1962

Janeiro, 8 — Entrevistado ao telefone por um repórter da *Última Hora*, sobre o atentado da extrema direita contra a sede da União Nacional de Estudantes, Álvaro Moreyra respondeu:

— Como dizia o meu amigo Rémy de Gourmont, a estupidez é um estado de nascença.

Saiu no jornal, no dia seguinte:

— Como dizia o meu amigo Carlos Drummond... Álvaro me telefona para contar o caso, e rimos bastante.

Janeiro, 30 — Visita de Dora Vasconcelos, no PHAN. Guarda muito de moça, e até de menina, no rosto maduro, e sua presença é uma festa de meiguice e jovialidade. Logo depois chega Manuel Bandeira, seu velho amigo, e lembram o episódio do grilo que toca flauta, num poema de Dora. Manuel estranhou a musicalidade do inseto, e glosou o caso neste diálogo, que enviou a Dora e está em *Opus 10*, publicado há dez anos:

— Grilo, toca aí um solo de flauta.

— De flauta? Você me acha com cara de flautista?

— A flauta é um belo instrumento. Não gosta?

— *Troppo dolce!*

Dora, na ocasião, sofreu com a brincadeira, mas seu carinho pelo poeta dissipou a mágoa. Bandeira diz-me recear que suas opiniões literárias desestimulem a criação. Um dia, Clarice Lispector mostrou-lhe dois poemas que tinha escrito. Ele examinou-os e sugeriu à autora que reunisse os dois em um só poema. Passado tempo, encontrou-se com Clarice e perguntou-lhe:

— Como vai a poesia?

— Nunca mais fiz versos, por causa do seu julgamento.

Dora é que não deixou de fazê-los, apesar de Bandeira ter impugnado o seu grilo flautista, que ela diz ter ouvido na noite tranquila de Petrópolis. Seus olhos imensos, claros e azuis, sorriam para o poeta-crítico.

Abril, 15 — Volto do escritório da empresa imobiliária que comprou a velha casa da rua Joaquim Nabuco. No trato com a firma, e em complicadas negociações com o proprietário da casa geminada à nossa, Plínio Doyle foi inexcedível de zelo e competência, fazendo tudo por amizade. Que "rocambole", esse negócio esticado meses a fio! Volto para casa e sinto que não é mais a *nossa* casa. Alguma coisa, invisível, mas sensível, mudou. Dentro em breve estas paredes serão derrubadas, para dar lugar a mais um edifício. E tudo que era vivência durante mais de vinte anos desaparecerá. Já começou a desaparecer, pelo simples efeito de uma escritura assinada há uma hora. As coisas não nos pertencem. Pertencem a um papel, que as domina, esfarela, recria sob outras formas. Nada é mais ilusório do que a propriedade, pela qual ocorrem tantas brigas e se travam tantas guerras. Agora o problema é: mudar. Hábitos e cenários recomeçando aos 60 anos. Tem sentido? Que é que tem sentido, afinal?

Abril, 16 — Esplêndido filme de Stanley Kramer, *Julgamento em Nuremberg*. Fiquei satisfeito com a sentença do velho juiz Spencer Tracy, que teria sido a minha se algum dia eu me animasse a julgar alguém. Às vezes me acuso de certa dureza na apreciação de fatos e pessoas, mas no caso a decisão de um juiz tão diferente de mim pela psicologia, como é o juiz interpretado pelo ator, deve prevalecer sobre o impulso meramente sentimental. Mas isso nas situações realmente graves. Para o varejo da vida, acho cada dia mais preferível decidir pelo sentimento e ter pena de todos, em geral, inclusive de nós mesmos. Aprendi vivendo, e o aprendizado continua.

Abril, 30 — Agripino Grieco, na Editora José Olympio, faz piadas, como sempre. A conversa deriva para o concretismo, e ele diz que fez também o seu poema concreto. Com a palavra "nádegas", que, perdendo sucessivamente as letras, se vai transformando em "adegas", "degas" (ou Dégas), "gás", "ás" e "s" – letra sinuosa cantada por Alberto de Oliveira.

Maio, 28 — O Ministério da Educação, de onde já me afastei por aposentadoria, tem ideia de fazer uma antologia de literatura brasileira para uso escolar. Nomes lembrados para a tarefa: Manuel Bandeira e eu. A remuneração proposta pelo mec é inferior à que receberíamos de uma editora comercial pelo mesmo serviço. Alega-se, para justificá-la, que se trata de projeto de interesse sociocultural: levar a literatura nacional à juventude, a baixo preço. Os antologistas devem sacrificar um pouco os seus interesses pessoais. Sacrifício... Podemos exigi-lo de um Manuel Bandeira, que envelheceu em pobreza digna, e que aos 76 anos viaja em pé no ônibus, apesar de sua glória no país, enquanto jovens bem-sucedidos circulam em carros luxuosos sem nada terem feito ainda de importante?

Junho, 3 — *L'année dernière à Marienbad*: droga pretensiosa e tediosa. Dizem que é um poema cinematográfico, mas confesso que não achei nada de poesia nem de construção poética em sua estrutura. A falação de Robbe-Grillet é insuportável. As imagens, a princípio belas, acabam fatigando, como o diálogo eternamente repetido.

Junho, 12 — Antônio Versiani, contista de *Viola de Queluz* e conversador à mineira, descansado e tranquilo, pergunta-me:

— Seus netinhos lambem prato? Sinto uma inveja danada quando vejo menino lamber prato, e eu sem poder fazer o mesmo.

PAULO GOMIDE

Setembro, 3 — O poeta Paulo Gomide está com a carga, e vai dizendo:

— O Brasil ofende profundamente o meu ego. Esse João Goulart, essas coisas que estão acontecendo...

— Tenho uma mensagem a dizer ao mundo, mensagem que outro poeta ainda não formulou. Li muito a Bíblia, do Gênese ao Apocalipse, e trouxe-a até a era dos jatos da Panair. Renovei suas verdades, sob forma nova, aerodinâmica. Você não crê, mas eu creio no pecado original, que se resgata pelo batismo. A outra dor do homem é o *vulnus*, a ferida que só se cura pela ioga, isto é, pela ascese. Quero e preciso fazer a minha ioga poética, mas no Brasil não é possível.

— Você mudou de casa, não? Isso é bom. Mudar de casa, de mobília, de quadros, nos alivia da carga de recordações. Continuando a viver da mesma maneira, a gente acaba sendo barqueiro do Volga, puxando recordações. A vantagem do hotel é que não tem lembranças na parede.

Setembro, 5 — Conto a Manuel Bandeira que encontrei em um número da *Ilustração Brasileira*, dos anos 20, uma foto de Cecília Meireles, reveladora de toda a sua beleza quando moça. Ele me diz:

— O mais extraordinário não é a moça bonita que ela foi, é a velha bonita que ela é.

Outubro, 8 — Guimarães Rosa, recém-chegado de Munique, mostra-se aborrecido com uma nota na seção literária do *Correio da Manhã* sobre o seu novo livro, *Primeiras estórias*. O jornalista, usando frases soltas do texto, encarece a necessidade de o autor explicar seus escritos. Rosa reage:

— Por que fazer prefácio para meus contos? O padeiro faz prefácio para o pão, ao vendê-lo? A coca-cola tem prefácio?

Depois, variando de assunto:

— Quando a gente morre, o espírito se transforma de instrumento em orquestra.

Outubro, 9 — Apura-se a eleição de anteontem no Rio. Desencantado, ainda, com a deserção de Jânio Quadros, votei em branco. Perdem os candidatos em quem eu votaria se confiasse neles, ganham aqueles em quem eu jamais votaria.

Outubro, 22 — Entrevista de Lúcio Cardoso, no *Correio da Manhã* de sábado:

— Qual o maior poema que leu em sua vida?

— "Os bens e o sangue", desse raro exemplar de falta de calor humano que se chama Carlos Drummond de Andrade.

Novembro, 6 — Ideia de conto:

A moça que tem medo de amar e se refugia na militância política. Frágil, indecisa, oscila entre profissões, estudos, caminhos diversos. O amor chega assim mesmo. Despreparada, transfere seus anseios, apetites e exigências para a esfera propagandística, improvisando um tipo de dedicação condenada a malogro. Acaba sem amor e sem convicções.

Novembro, 8 — Diálogo de atraso:
— Desculpe, se me fiz atrasar.
— Por quê? O pior é não ter a quem ou o que esperar.

Novembro, 10 — Encontrando Vinicius de Moraes, lembro (e não lhe digo) o telefonema que ele me deu no começo do ano, de Petrópolis:
— Querido, tenho uma proposta a fazer a você e ao Manuel [Bandeira]. Vamos escrever juntos um romance policial, para dar uma lição aos autores do *Mistério dos MMM*, publicado há pouco no *Cruzeiro*? Há muito que eu tenho a ideia desse romance, com um herói-detetive especial, tipo do palerma e inteligentíssimo.

Na ocasião, respondi-lhe alegremente que topava qualquer projeto com ele e Manuel. Prometeu me telefonar de novo, daí a dias, depois de convidar o Bardo. E, natural, nunca mais tocou no assunto.

Novembro, 16 — Debate sobre a Revolução Cubana, entre Luís Carlos Prestes e Augusto Frederico Schmidt, na televisão. Por incrível que pareça, o poeta saiu-se melhor do que o líder comunista, envelhecido e sem vivacidade, a repetir sempre os mesmos slogans de esquerda, a mesma análise rígida dos acontecimentos. Schmidt, com voz calorosa e verbo mais cheio de recursos, levando vantagem, embora nesse tipo de debate (como em qualquer outro...) ninguém convença ninguém, e as posições continuem as mesmas, tanto entre os debatedores como no público assistente. A verdade é que o hábil Schmidt, em confronto com o puro e fatigado Prestes, dominou o diálogo. Melancólico: a esquerda brasileira é dirigida por homens pobres de expressão, enquanto do lado oposto há, por exemplo, um Carlos Lacerda, brasa sempre ardendo num fogo de inteligência.

Novembro, 17 — Capanema, eleito por Minas Gerais, telefona de Brasília. Não está contente com sua eleição. Está contente por não ter deixado de ser eleito. Se perdesse, ficaria triste; vencendo, não sabe o que fazer do mandato parlamentar, de tal maneira o país anda mal – governo e partidos – e sem possibilidade de ser consertado pelos meios comuns.

— Minha esperança é um terremoto político – diz ele. — Mas nem para isso temos homens.

Dezembro, 3 — O Soares, tenente reformado da Marinha (estava no couraçado *São Paulo*, que se revoltou contra Bernardes em 1924), não faz por menos: o prazer é seu alimento. Diz, encantado:

— Seu Drummond, e ainda há gente que não gosta de viver!

FRANCISCO CAMPOS, O POLÍTICO

Dezembro, 12 — Numa rua do Centro, passa Francisco Campos, hoje inteiramente afastado da política. Francisco de Assis Barbosa e eu nos aproximamos para cumprimentá-lo. Chico puxa a conversa para os assuntos políticos. Campos acha que João Goulart fez uma jogada de classe, e a oposição não soube enfrentá-la. Ele ganhará, dado pelo povo através de plebiscito, aquilo que o Congresso não lhe quis dar. Levará assim enorme vantagem sobre o novo Congresso, e exigirá deste uma reforma constitucional que lhe permita candidatar-se à reeleição e, mesmo, contar o seu período presidencial vigente a partir da data em que seus poderes forem restabelecidos... E daí seguirá para a ditadura. Todas as ditaduras – sentencia Campos – começam pela consulta direta ao povo, como esta do plebiscito.

O remédio para a crise, a seu ver, está na revolução, mas não há quem a faça. Faltam homens à política brasileira. A oposição não vale nada. Os homens públicos do Brasil só têm um hemisfério cerebral, e esse hemisfério não é o político. Se houver condições de luta, ele, Campos, se dispõe a lutar, mas não vê sinais disso. Todos se acomodam. (A declaração de estar disposto à luta foi provocada por Chico Barbosa.)

A conversa deriva para reminiscências de 1930. Campos diz que a Revolução foi uma bobagem. Getúlio não queria nada. Quem fez a Revolução foi Washington Luís, com sua rigidez: não quis mandar visitar o presidente eleito de Minas, Olegário Maciel, hospedado em hotel do Rio. Se o fizesse, Olegário retribuiria a visita, e os dois se entenderiam. Ofendido, o velho Olegário voltou para Minas e desfechou a Revolução, que antes ele não aceitava.

Diz o ex-ministro estar em condições de indicar o exato momento em que Olegário foi escolhido para ser presidente de Minas Gerais. Antônio Carlos, na presidência do estado, queria ser sucedido por um político de Juiz de Fora, criatura sua. Mas o PRM vetou a indicação. Subindo a escadaria do Palácio da Liberdade, com o elevador parado, Olegário chegou, ofegante, à sala onde Antônio Carlos o receberia. Comentário deste, a um íntimo: "O Olegário está por pouco." Neste momento, diz Campos, o Andrada escolheu mentalmente o velho senador para candidato à presidência; na vice-presidência, colocaria

Pedro Marques de Almeida, o político juiz-de-forano de sua confiança. Morrendo no governo, como era de se esperar, Olegário seria sucedido por Marques. (O que, entretanto, não chegou a acontecer, em 1933, quando faleceu Olegário, em pleno regime discricionário, que deu novos rumos à política de Minas.)

1963

Janeiro, 8 — Votação tranquila do referendo ao Ato Adicional. Limitei-me a riscar a cédula com um X, anulando o voto. Escrever "não", isto é, preferir a volta do presidencialismo, sistema desmoralizado pela prática republicana invariavelmente inclinada a abusos de poder, me repugnaria. Escrever "sim", aprovando esse parlamentarismo improvisado e de mentirinha, que se ensaiou devido a circunstâncias especiais, e não como opção política amadurecida, também não era do meu agrado. Então... abstive-me. Triste, exercer assim meus direitos políticos, mas há ocasiões em que não votar nada ainda é a melhor maneira de exprimir um pensamento inconformado.

Março, 4 — Jayme Adour da Câmara, na Livraria São José, diz ter sido ele quem deu a Patrícia Galvão o nome de guerra de Pagu. Era "diretor do mês" da *Revista de Antropofagia*, segunda fase, quando alguém lhe levou desenhos de uma normalista, pedindo que os publicasse. Tinham a assinatura de *Pa*. "Isso é muito pouco", observou Jayme. "Como é que a moça se chama?" "Patrícia Goulart", respondeu o sujeito. "Então será Pagu." Dias depois, volta o intermediário e retifica: "Ela é Galvão, e não Goulart." "Agora fica assim mesmo", respondeu Jayme. E a moça passou a ser Pagu para todos os efeitos.

Abril, 5 — Convite para escrever um artigo em *Life* sobre o Rio de Janeiro, misto de crônica e reportagem:

— O senhor será o primeiro escritor brasileiro a colaborar em *Life*, e será lido por 6 milhões de pessoas.

— Vou mandar imprimir isto em meu cartão de visita.

Abril, 6 — De boas intenções está calçada a rua da Reincidência, palmilhada sem vontade, com receio de ferir pés alheios.

Abril, 8 — Convite da Embaixada americana: viagem de dois meses aos Estados Unidos, em companhia de outros escritores. Apenas... trata-se de consulta prévia, sem compromisso. A Embaixada se comunicará com o Departamento de Estado, e se lá aprovarem... Estranha gentileza condicional, que me faria duplamente agradecido: pela iniciativa do convite e pelo fato de Washington não vetar o meu nome, favor esse deveras comovente.

Abril, 9 — Missa de trigésimo dia por alma do jovem Odylo Costa, filho, assassinado por pivetes ao defender a namorada. Foram convidadas só as pessoas mais amigas da família, e a igreja de Santa Teresa estava bastante cheia: Odylo e Nazaré, pais do rapaz, são muito queridos, e o sentimento geral de pena procurava encontrar a maneira mais delicada de consolá-los.

Levamos no carro Manuel Bandeira, que, no caminho, ia contando coisas. Passando pelo Convento de Santa Teresa, apontou-o, dizendo:

— Tenho uma prima que é freira ali. A clausura é absoluta. Mas se as religiosas adoecem, podem tratar-se em certas casas de saúde. É em ocasiões dessas que costumo visitar minha prima. Na despedida, eu lhe digo: "Até a próxima operação."

Ainda Bandeira. Deliciou-se com a história que lhe contou Homero Icaza Sánchez: um poeta japonês caprichou na feitura de um haicai, e o resultado foi este: "Sobre a neve a sombra das cerejeiras." Mostrou-o ao seu mestre, que comentou: "Tem cerejeira demais."

Abril, 25 — Reflexão de Dolores:
— É uma grande coisa a gente, no fim da vida, ter dinheiro para comprar o de que precisa no dia a dia, como está acontecendo conosco.

Encomendas avulsas de textos, e o dinheirinho certo da aposentadoria de funcionário e das crônicas no *Correio da Manhã*, se não autorizam fantasias, garantem, pelo menos, o cotidiano e certa paz.

RIBEIRO COUTO

Junho, 25 — A morte de Ribeiro Couto me faz recuar no tempo, até os dias alegres e turbulentos do modernismo. Ele foi dos que mais depressa deram atenção ao pequeno grupo literário mineiro, incompreendido e ridicularizado em Belo Horizonte. Suas cartas eram recebidas com avidez. Couto discutia com a gente, irritava-se, ao mesmo tempo era carinhoso, mantinha um clima de agitação literária. Quase brigou comigo por causa de Casimiro de Abreu, que eu não tratava com o devido respeito. No decorrer do tempo, de promotor de justiça em Pouso Alto, chegou a embaixador do Brasil em Belgrado, onde era amigo do marechal Tito. Sempre trocamos livros e cartões-postais, como velhos companheiros. Era às vezes implicante, mas tinha um dom de simpatia irresistível.

E agora morto, ali, no salão da Academia Brasileira de Letras, onde às 14h o velariam apenas Peregrino Júnior e um senhor meu desconhecido. Um servente descalço, de camisa rasgada, varria o chão, enquanto no centro da sala se erguia o altíssimo caixão do poeta, entre círios acesos. Me deu uma tristeza...

Pouco depois chegavam a senhora de Peregrino, Austregésilo de Athayde, Chico Barbosa e uma filha, Dante Costa e senhora, Dante Milano, Herman Lima, Rodrigo (M. F. de Andrade), poucos mais.

Athayde, sentando-se a meu lado, lembra episódios em vida de Couto, que um dia lhe falou, a propósito da formação cultural dos dois:

— Você teve oportunidade de estudar o seu grego e o seu latim. Eu era pobre, não pude aprender essas coisas.

(O que não impediu de ser um dos poetas mais sensíveis, e dono de delicada expressão verbal, da sua geração.)

Athayde recorda, filosoficamente, decepções de candidato à Academia – ele próprio. Um competidor organizou sociedade de mineração e ofereceu ações da empresa aos acadêmicos. Um destes, amigo de Athayde, desculpou-se por não ter votado nele: tivera um filho nomeado para um cargo pelo governador Ademar de Barros, que se interessara por outro candidato... Outro amigo alegou necessidade de atender a pedido do embaixador Orlando Leite Ribeiro. Critérios literários que o interesse vai impondo.

Julho, 11 — José Olympio ofereceu um almoço a Manuel Bandeira, para comemorar o lançamento de *Estrela da tarde*. Foi no Rio Minho, e os convivas eram da escolha do homenageado. Assim, todos se sentiam em casa, e pudemos degustar sem literatura a deliciosa "moqueca à José Olympio", especialidade da casa. Tudo é mais agradável quando as letras são esquecidas à entrada.

Setembro, 5 — No ateliê de restauração de obras de arte, onde Edson Motta, com a proficiência e gentileza de sempre, se dispôs a cuidar de dois Portinari e um Ismailovitch aqui de casa. Fala-se no processo de limpeza de telas, usado por Di Cavalcanti: esfregar uma cebola na pintura. Edson observa:

— Costuma-se usar o mesmo processo para limpar crianças. Com a diferença de que as crianças protestam, e os quadros não.

Setembro, 25 — Guimarães Rosa, pelo telefone, acha que o mal brasileiro é o excesso de gente fazendo coisas. Em vez de desenvolvimento, devemos promover é o envolvimento. E prossegue:

— Este mundo é um manicômio e um lugar de passagem. Não podemos nos engajar nele. No caso particular do Brasil, há tantas coisas elementares faltando, e nos damos ao luxo de possuir um Instituto Rio Branco e um Senai, que os outros países não têm. Melhor é eliminar tantas iniciativas e distribuir angu com rapadura, como alimento geral, duas ou três vezes por semana. Os metalúrgicos podem falar no Itamaraty sobre política internacional, enquanto eu, que sou diplomata, estou proibido de fazê-lo...

1964

Março, 20 — Veio-me a ideia de que, simultaneamente com as reformas econômicas e sociais pleiteadas hoje com tanta febre no país, seria conveniente promover, não em escala nacional, mas universal, a reforma sexual, nestes termos: copulai quanto quiserdes, mas não aumenteis sem medida o número de habitantes da Terra. Uma vez regulada a natalidade, as lutas, crises e desequilíbrios entre os quais o ser humano se debate, presa de insegurança, ressentimento, ambição e ódio, perderiam sua principal motivação, que é o excesso de gente no planeta, em comparação com os recursos, bens e serviços oferecidos à comunidade.

Não pensei nada de novo, é claro, mas o que me espanta é que coisa tão óbvia não entre na cabeça dos senhores do mundo, e de suas vítimas, que são milhões.

Março, 24 — Na Livraria São José, constrangido, deixo de assinar o apelo à generosidade do presidente da República, para que este nomeie funcionária federal a viúva de um escritor, em dificuldade para se manter. Teria assinado, embora me desagrade pedir a presidentes, e a este em particular, se não fosse o tom de servilismo do texto. Digo isto a Carlos Ribeiro e pergunto-lhe: "Não seria mais fácil arranjar qualquer coisa para essa senhora, através de um ministro ou do próprio presidente do instituto onde o marido trabalhava? Afinal, não é tão difícil assim obter-se emprego nos institutos." Ele então me conta que a iniciativa do abaixo-assinado partiu do próprio ministro da Justiça, amigo do falecido.

Fraqueza e malícia de certa mentalidade "política", essa de não usar seu poder ou sua influência para conseguir um resultado justo, preferindo alcançá-lo através de processo que coloque aos pés do presidente a classe dos escritores, de modo que o atendimento do pedido se converta em ato de munificência do soberano, falsa homenagem aos intelectuais e vinculação destes ao generoso senhor.

Março, 27 — Lya Cavalcanti, que eu encontro na rua, mostra-se exausta com a lida a que é obrigada para alimentar e abrigar oitenta cães abandonados. Admite que acabará tendo horror aos animais, tão ruins quanto os homens, e reconhece que seu erro foi amar demais o próximo e os bichos, e não amar um pouco a si mesma.

Tudo isso, eu sei, da boca para fora. Ela se deixará matar, se for preciso, em defesa do primeiro cão ameaçado pela carrocinha.

QUEDA DE JANGO

Abril, 1 — E, de repente, foi-se o governo Goulart, levando consigo o Comando Geral dos Trabalhadores. Em menos de dois dias, tudo se esfarelou. O presidente da República, tão seguro de si ao falar aos "senhores sargentos", fugiu de avião para lugar ainda não sabido. Não tinha a força que pensava – e que outros pensavam que ele tivesse.

O dia de ontem foi de tensão e boataria, até que se positivou, entre tarde e noite, a notícia da sublevação da tropa federal em Minas, com o governador Magalhães Pinto chefiando o movimento. A adesão de São Paulo só foi conhecida pela madrugada. Passei quase a noite colado ao radinho transistor, e pedindo e recebendo algumas vezes notícias telefônicas, fornecidas pelo bem-informado Otto Lara Resende. Preocupava a situação no Palácio Guanabara: Carlos Lacerda entrincheirado, mas também encurralado ali.

Hoje, depois da fala de Lacerda pela Rádio Roquette-Pinto, acabaram as notícias, salvo a propaganda contínua, enfadonha, do governo Jango em sua "cadeia nacional da legalidade". À tarde, informado de que alguma coisa se passava no Forte de Copacabana, fui conferir na praia. Carlos Heitor Cony, meu colega no *Correio da Manhã*, me pôs a par dos acontecimentos. O Forte estava ocupado por um grupo militar contrário a Jango. Soldados e civis (estes, oficiais da Marinha à paisana, segundo Cony) foram afastando os curiosos que se aglomeravam junto ao Forte. Há poucas dúvidas sobre a derrota de Jango.

Eu voltava para casa quando se ouviram estampidos, houve um corre-corre, e eis que das janelas dos edifícios gente sacode lenços, panos de prato, até lençóis, enquanto outra chuva, esta de papel picado, cai sobre o asfalto. O rádio espalhara a notícia, transmitida por Lacerda: Jango deu o fora. Volto à praia. Gente cantando o hino nacional, xingando Brizola em slogan improvisado. Sensação geral de alívio.

Abril, 13 — Baixado Ato Institucional, que atenta rudemente contra o sistema democrático. O Congresso, já tão inexpressivo, passa a ser uma pobre coisa tutelada. Vamos ver o que será das liberdades públicas.

Maio, 3 — Incrível. Prisão de Carlos Ribeiro, o "bom mercador de livros", amigo de todos, sob suspeita de quê? De tramar a derrubada do marechal Castello Branco? Encontro-o na travessa do Ouvidor, levado por um *tira* jovem, que mais parece poeta debutante, e por Ascendino Leite, que o iria acompanhar ao DOPS como amigo e pessoa insuspeita ao governo.

Junho, 22 — Desagradável chamada para depor no inquérito administrativo da Rádio Ministério da Educação, em torno de alegadas "atividades subversivas" da antiga diretora, Maria Yedda Linhares. Queriam saber o motivo do meu afastamento da rádio, naturalmente para fazer carga contra ela, que de tão atacada chegou ao quase desespero. Respondi que meu afastamento resultou de solicitação de Simeão Leal, diretor do Serviço de Documentação do MEC, desejoso de contar comigo no seu trabalho. Atividades subversivas na rádio, eu as ignorava completamente. Os inquéritos desse tipo traduzem mais o espírito de vingança do que o de justiça.

*

Julho, 21 — Pela segunda vez na sede do Ministério da Educação, para depor no inquérito sobre a Rádio MEC. Às mesmas perguntas dou as mesmas respostas. Não sei de atividades subversivas da ex-diretora; nunca tive com ela o menor incidente; pelo contrário, sempre me distinguia em serviço.

ÁLVARO MOREYRA

Setembro, 15 — Enterro de Álvaro Moreyra, escritor que exerceu a mais profunda influência em minha juventude literária. Da influência nasceu a estima pessoal, uma espécie de adoração que certo incidente pareceu frustrar, mas que ressurgiu em forma de carinho, pelo resto da vida. Eu não saberia exprimir como suas pequenas coisas em prosa me tocavam. A graça do seu convívio não se desfez com o tempo. Álvaro foi para mim uma pessoa especial. E agora eu o enterro, uma semana depois de levar ao cemitério San Tiago Dantas. Dias maus.

No São João Batista, alguns acadêmicos, meus camaradas, falam-me na possibilidade de uma candidatura que jamais se concretizará. Curiosa, essa abordagem da sucessão, com o morto ainda insepulto.

Mas o campo-santo não chega a ser o primeiro cenário onde se delineia a competição acadêmica. Quando o *imortal* se recolhe à casa de saúde, já as conversas, diretas ou por telefone, falam de desejos, preferências, promessas, insinuações, palpites. Os cenários são os mais diversos: uma livraria, um escritório, a rua. Não há imortalidade mais precária do que esta.

Outubro, 8 — Cila Moreyra, viúva de Álvaro, referindo-se ao marido: "Era um santinho de Deus." Ao mesmo tempo, conta que costumava dizer-lhe: "Se você morrer antes de mim, vá aproveitando bastante as namoradas no céu, porque quando eu chegar lá não quero saber de concorrentes."

Novembro, 4 — O bom dr. Rodolfo Ferreira veio ver-me para debelar uma perturbação gástrica resultante de falta de moderação comemorativa. Como sempre, prevenido, traz no bolso alguns medicamentos para a situação. Na excelente conversa, refere-se a Unamuno e Proudhon, reprova a cena do açougue em *Irma la Douce,* filme com Shirley MacLaine, e conclui: "Neste mundo, ou a gente se suicida ou se revolta."

De certa forma, plantei um jardim. Isto é, sugeri que ele fosse plantado num terraço cuja nudez estava pedindo folhagem, sombra, doçura. Não fui o único a propor. Daniel Pereira me acompanhou na ideia. Hoje, o terraço da Editora José Olympio, na rua Marquês de Olinda, está florido, e recebi de Daniel palmas-de-santa-rita e cravos colhidos em nosso jardim. Pequenas grandes alegrias do cotidiano.

CECÍLIA MEIRELES

Novembro, 11 — Enterro de Cecília Meireles. É demais! Vão-se as pessoas encantadoras, aumenta o vazio em torno. Não quis ver-lhe o rosto. Preferia ver, interiormente, a belíssima fisionomia de sempre, a verdadeira, incomparável Cecília. Não é propriamente medo de encarar a morte que me leva a afastar-me da essa (na qual eu poderia vislumbrar a antecipação do meu próprio fim). É o sentimento de que o rosto imóvel nada significa em relação ao rosto anterior, à pessoa viva a quem eu queria bem e admirava; pessoa que podia fitar-me de igual para igual, em vez de submeter-se à contemplação passiva. Os "antigos" presentes no saguão do MEC, em torno de Cecília: Onestaldo de Pennafort, Dante Milano, Rodrigo, Milton Campos, Marcos de Mendonça, Ana Amélia, Alma Cunha de Miranda, Manuel Bandeira, eu... Todos, mesmo sem dizê-lo, sentindo que havíamos perdido mais do que uma criatura admirada. Cecília era a poesia. É a poesia, mas ausente de nós.

Novembro, 18 — Visita do padre poeta Armindo Trevisan, acompanhado de Lúcia Olinto, sua cicerone. Ganhou o Prêmio Gonçalves Dias, da União Brasileira de Escritores, e chega excitadíssimo com o triunfo. Abre a gorda pasta para mostrar os telegramas de felicitações que recebeu. Com o tempo, vai-se acalmando e a conversa chega até quase uma hora da madrugada de domingo.

Entrega do prêmio, na Livraria São José. Não terminou o discurso de agradecimento: ao fazer referência a Cecília Meireles, desatou em pranto e teve de sentar-se sobre uma pilha de livros, a um canto da loja. Peregrino Júnior, presidente da UBE, leu por ele o resto do discurso manuscrito. No mais, o padre não desanima de fazer de mim um bom cristão. Acha que sou "um ateu de boa cepa", e que na hora justa Deus me acertará o relógio do coração.

1965

Janeiro, 14 — Na Editora José Olympio, Daniel Pereira, Wilson Lousada, Eduardo Canabrava Barreiros e eu conversamos com Guimarães Rosa, que fala das traduções de sua obra para o italiano e o alemão. Os melhores críticos europeus surpreenderam-se com a renovação revolucionária da linguagem, que seus livros impõem aos velhos idiomas, e um deles se interroga: "Será que estamos à altura desta criação?"

— Isto é muito importante – observa Rosa. — Para me traduzirem, são obrigados a destruir os moldes da sintaxe e criar formas novas de expressão. O meu tradutor alemão, Curt Meyer-Clason, conquistou foros de grande escritor, pelo seu trabalho de versão do meu texto. Um crítico chegou a chamá-lo de "novo Lutero".

Janeiro, 21 — Jantar de homenagem a Cassiano Ricardo, na Churrascaria Gaúcha, em que lhe é entregue o Prêmio Jorge de Lima. Sento-me ao lado de Manuel Bandeira. Ele me conta que vendeu às Edições de Ouro, por 1 milhão, os direitos autorais de suas antologias romântica e parnasiana. Como eu lhe dissesse que não devia abrir mão dessa propriedade, respondeu-me que o fizera por estar com 78 anos e ainda porque a venda dos direitos se refere apenas a edição do tipo livro de bolso. A mesma editora encomendou-lhe uma antologia simbolista e outra modernista. A primeira já está pronta e custou-lhe muito trabalho, pelo que reivindicou aumento da importância combinada para seu pagamento. Concordaram, e ele receberá 800 mil cruzeiros.

[*Nota de 1981*: Em 1967, o "cruzeiro novo" passou a valer mil cruzeiros anteriores: prodígios da inflação. O poeta não recebera nenhum tesouro mirabolante.]

*

Manuel trabalha todas as manhãs, depois do café, e tem as tardes livres. No momento, traduz o *Rubaiyat* para a mesma editora. Fico pasmo com a sua capacidade de trabalho no limiar dos 80 anos. Podia descansar, e tem direito a isso. Prefere exigir sempre de si mesmo. Ao lado disto, permite-se extravagâncias à mesa, no dizer de sua amiga Lourdes. Segundo esta, Manuel considera que tem pouco tempo de vida pela frente, e deseja aproveitá-lo. Mas Rodrigo, seu amigo número um, dá testemunho de que o poeta, jantando em sua casa, come menos do que o faria qualquer pessoa normal e, mesmo, recusa certos pratos, por discrição alimentar.

Fevereiro, 26 — Adoeceu o poeta, o nosso poeta, na noite de 17, e continua em tratamento. Susto geral de amigos. Não vou descrever a doença, pois me desagrada falar nessas coisas. Rodrigo atribui ao calor medonho a perturbação física. Mas o pior, para Manuel, deve ter sido o cancelamento da visita de Martha Rocha, que iria ser fotografada a seu lado, para o suplemento feminino de um jornal. O poeta ama a beleza em suas expressões humanas, e gosta de fotografias. Já tirou retratos junto de Martha Rocha, mas claro que gostaria (quem não gostaria) de tirar outros.

BANDEIRA E SCHMIDT

Junho, 9 — Almoço na Editora José Olympio, com Manuel. Veio desacompanhado, e seu comportamento é mais solto. Diz que sua poesia, por muitos anos, não lhe rendeu nada materialmente, mas, em compensação, todas as mulheres que passaram por sua vida o fizeram atraídas pelos seus versos. Ele não tinha outras condições para encantá-las, pobre e doente como sempre foi. Fizemos, eu e ele, uma antologia sobre o Rio de Janeiro, a propósito do quarto centenário de fundação da cidade. A coluna de Carlos Swann, no *Globo*, informa que a irmã de Augusto Frederico Schmidt estranhou não figurar no livro qualquer texto do poeta da *Estrela solitária*, que, além de carioca, muito amava a sua cidade e tanto escreveu sobre ela. Acontece que nossa antologia contém quatro peças schmidtianas. Bandeira pensa em aconselhar à reclamante e ao Swann que consultem um oftalmologista. Mas acaba concordando que a retificação seja feita pela editora, de forma objetiva.

MÁRIO BARRETO

Junho, 23 — Com boa disposição para o almoço na José Olympio, e excelente memória, Bandeira lembra que o filólogo Mário Barreto queria casar-se com sua irmã Maria Cândida, o "anjo moreno, violento e bom" de que fala em um de seus poemas. Quando o pai comunicou à moça essa pretensão, ela e a mãe desandaram a rir, pois nada fazia crer que Mário alimentasse tal propósito. O dr. Bandeira interpretou o riso de Maria Cândida como negativa e informou ao pretendente que seu pedido fora recusado. Ao contar em casa que transmitira a negativa, a irmã de Manuel protestou: "Mas eu não disse que não queria casar com ele. Ri, apenas. E iria pensar no assunto." Mas já era tarde. Mário Barreto casou-se com outra moça, linda, não foi feliz, e morreu atropelado por bicicleta.

Novembro, 16 — Visita do jovem professor Daus e sua mulher. Casal alemão. O marido veio estudar poesia popular do Nordeste, do ponto de vista sociológico. Viajou pelo Brasil até o Amazonas, e dá testemunho da miséria em que vive o trabalhador do Nordeste e do Norte. Em Pernambuco, a paga diária é de cento e tantos cruzeiros; em certo município, 80% das terras pertencem a um só proprietário, e este não deixa cultivá-las. Simpático, falando um português razoável, conta que na Alemanha a geração que fez a guerra de 1939-1945 começa a vangloriar-se de tê-la feito. Os veteranos reúnem-se para celebrar a amizade que surgiu da luta em comum, os rasgos heroicos da pátria... Não admitem a culpa nacional nem se arrependem do extermínio de alguns milhões de judeus.

Na Alemanha Oriental, o diretor de uma fábrica de automóveis, parente do visitante, ao comparecer a um jantar numeroso, escondeu discretamente nos bolsos do paletó algumas bananas, para oferecê-las a seus filhos, em casa. Há homens que fogem do lado oriental para o ocidental e voltam àquele, repetindo várias vezes a operação, a fim de obter vantagens. E há mesmo empresas criadas para facilitar a movimentação clandestina de um a outro lado, que às vezes provoca a morte do viajante. Os maiores de 60 anos, aposentados, deslocam-se facilmente de zona, porque aos governos das duas partes não interessa o pagamento de suas pensões.

Novembro, 20 — Carta de Murilo Mendes, vinda de Roma. Com esta passagem que, apesar de registrar sua notável atividade criadora, me põe triste: "Sentindo que a minha ração de vida está para acabar, meti este ano as unhas em três livros, dois de verso e um de prosa."

1966

Julho, 1 — Heitor Grillo, viúvo de Cecília Meireles, fala-me do projeto, não realizado por falta de recursos do governo estadual, de um museu dedicado à vida e à criação literária de sua mulher. Seria instalado no casarão da rua Smith de Vasconcelos, no Cosme Velho, habitado pelo casal, e que está repleto de lembranças encantadoras de Cecília – inclusive mais de duzentos vestidos que ela usou e que guardava. É pena que a ideia malograsse, pois seria esta a primeira casa-museu na espécie (a de Rui Barbosa tem outro sentido mais geral, consagrada a um homem de intensa vida pública, repartida entre várias formas de ação). O museu de Cecília seria um museu fundamentalmente de poesia. Heitor Grillo recebeu propostas altas de instituições americanas para venda da biblioteca de sua mulher, mas recusou-as, por entender que o conjunto bibliográfico, da mesma maneira que os objetos de uso de Cecília, mais ligados à sua produção intelectual, devem permanecer no Brasil.

Setembro, 22 — Manuel Bandeira telefona. Está indeciso entre dois títulos para os poemas que acaba de escrever: "Elogio da humildade" ou "Poemas da humildade". Lê os versos para mim, e eu o cumprimento pela qualidade das produções. Ele, satisfeito: "Quer dizer que o octogenário está em forma?" "Absoluta", respondo. A seguir, o poeta comenta o preconceito contra a inspiração, revelado por algumas correntes literárias de hoje, no Brasil e em Portugal. Alguém teria dito mesmo a Odylo Costa, filho, depois de ler poemas deste:

"Estão bons, mas são inspirados..." "Ora", diz Bandeira, "inspiração é coisa que não pode faltar em poesia e em tudo na vida. Até para atravessar a rua você precisa estar inspirado. Chamo de inspiração a uma certa facilidade, que em determinado momento nos ocorre, para fazer uma coisa."

1967

Janeiro, 10 — Visita ao poeta, no apartamento da rua Aires Saldanha, para onde se transferiu e é tratado por Lourdes. De pijama, no living, com a porta de entrada aberta, por estar sozinho no momento, e não escutar o toque da campainha. Que faz o meu poeta, enquanto espera que chegue a sua amiga? Distrai-se decifrando problemas numa revistinha de palavras cruzadas. Fala pouco, mas sorri ao que lhe digo. Alude ao seu vestuário, e admite: "O pijama torna mais acabadas as pessoas doentes." Não quer mais saber da garotinha, moradora no edifício, com quem brincava: "Foi ela crescer um pouco e já não liga mais à gente. Anda na rua, com as irmãs." Sorrio por minha vez, pois tenho a mesma experiência de brincar com gente miúda. E a mesma decepção de Manuel.

*

De Celina Ferreira, sobre Henriqueta Lisboa:
— É uma malvinha.
O que me dá vontade de cultivar um pé de malva no apartamento.

Setembro, 1 — Na Rádio Ministério da Educação, encontro o maestro Francisco Mignone, a quem o tempo não verga, antes estimula. Está criando sempre, e me conta:
— Quando eu fiz 60 anos, dei um presente a mim mesmo, compondo dois quartetos. Agora que vou fazer 70, o meu presente serão três sonatas.

1968

Abril, 15 — Chico Martins, em conversa, lembra episódios da vida do dr. Afonso Pena Júnior, falecido há pouco. Há mais de trinta anos, viajou no mesmo carro que ele, em velho trem noturno da Central do Brasil. À hora do jantar, o passageiro sentado em frente olhava de maneira tão insistente para o dr. Afonso, que este não se conteve e o interpelou:

— Sou Afonso Pena Júnior. Por acaso o senhor deseja alguma coisa comigo?

O outro, sorrindo:

— Ah, eu logo vi que o senhor era filho do Batista Júnior! (Batista Júnior, artista cômico, ventríloquo, pai de Dircinha e Linda Batista).

Chico me conta ainda que, por minha causa, esteve detido por alguns momentos na polícia. Foi no tempo de Getúlio Vargas, quando o governo procurava defender-se dos adversários do Estado Novo mediante severa vigilância policial, e ao mesmo tempo manifestava simpatia pela Alemanha nazista. Chico veio de Belo Horizonte no avião da Panair, juntamente com Pedro Aleixo, um dos promotores do Manifesto dos Mineiros, e Manuel Ferreira Guimarães, líder das classes conservadoras, afeiçoado a Getúlio.

À saída do avião, no Rio, os passageiros faziam fila para a revista policial; seriam conspiradores? O próprio Manuel Guimarães foi recolhido a uma dependência do aeroporto, e de lá só conseguiu sair graças a telefonema para o genro, Geraldo Mascarenhas, oficial de gabinete de Getúlio. Motivo: trazia no bolso um boletim contrário ao ditador, que pretendia mostrar justamente a este, na qualidade de amigo. Chico, ao ser revistado, tinha uma cópia do meu poema "Carta a Stalingrado", de exaltação à resistência russa, em face do terrível ataque das tropas de Hitler. Esses versos circulavam então clandestinamente no país. Solto afinal, no dia seguinte Chico ainda foi procurado em casa por um policial, interessado em saber como ele obtivera a cópia.

*

Abril, 21 — Pequenas coisas que dão pequenas alegrias. E não serão estas as melhores, no cotidiano banal? Meu amigo Ary de Andrade está feliz porque alguém, em Capivari, o presenteou com um tijolo que tem esta inscrição gravada: "1882".

— É um tijolo tirado da casa onde passei a infância. Você sabe lá o que é isso?

Abril, 23 — Eugênio Gomes, escritor que é modelo de discrição e correção intelectual, foi convidado a inscrever-se como candidato ao Prêmio Nacional de Literatura, concedido anualmente em Brasília.

Esquivou-se. Disse que aceita prêmios literários, porém não os pleiteia.

Abril, 25 — Ao sairmos da missa por alma de pessoa amiga, rápida conversa com Rachel de Queiroz. Ela me conta a reação de Gustavo Corção, ao saber que D. Hélder Câmara teme ser vítima de atentado:

— Deus nos livre. Vão dizer que fui eu que mandei matá-lo!

Maio, 19 — Eneida sai à rua em companhia de um neto, rapaz de aparência atraente, e chama a atenção de homens e mulheres. Ela exclama: — Estão pensando o quê? Que ele é meu gigolô? Não é não, é meu neto.

Junho, 4 — A grave situação vivida pelo meu amigo Y., segundo me contou ele, foi atravessada com a serenidade dos momentos supremos, como se a natureza se apiedasse, poupando-lhe o nervosismo inútil. Comportou-se como pôde, sabendo que estava à mercê dos acontecimentos, sem a mínima chance de escapar, fingir ou negar a evidência – e milagrosamente escapou, sem nada acontecer. Mas, terminada a prova, correu ao uísque puro, em dose maciça, com medo de não resistir ao depois-do-choque. Daria um conto, que não me animo a escrever, para não comprometer a sua discrição.

Junho, 16 — De Lya Cavalcanti, a infatigável amiga e protetora dos animais (duas qualidades que nem sempre andam juntas; há quem goste deles sem protegê-los):
— Dizem que sou boa. Não é nada disso, apenas gosto mais de cães do que de brilhantes.

Outubro, 17 — Converso com um candidato à Academia Brasileira de Letras, que me transmite suas observações:
— Os acadêmicos são tão políticos que perto deles o Benedito Valadares é pinto. Os que mais me cumulam de agradinhos são os que não votarão em mim. Por ocasião da visita protocolar, eles retêm a gente e conversam, conversam... É comum a proposta de negociação:
— Votarei em Fulano, por quem me interesso, mas se eu sentir que ele está fraco, vou propor-lhe que desista, e nesse caso o meu voto será de você. Com uma condição.
— Qual?

— Você se comprometer a votar nele, em vaga futura.

Outro acadêmico sonda o candidato, para saber se determinado colega lhe prometeu voto. Certamente, duvida da lealdade dele, que teria prometido votar em outro competidor. Não há franqueza nesse jogo, como de resto em todos os jogos.

Há "imortais" que chegam a promover candidaturas, em benefício (ou para o mal) de intelectuais que nem sonhavam em apresentar-se. Só para impedir que as candidaturas já lançadas prosperem. Um componente sádico não é alheio a essas manobras – concluo.

TODAS AS MULHERES DO MUNDO

Outubro, 25 — Uma empresa de São Paulo me convida a produzir uns versinhos para o seu calendário-brinde de 1969, que desenvolverá o tema "Todas as mulheres do mundo são brasileiras", isto é, são muito variadas as raízes étnicas de que se vai formando o tipo feminino nacional.

Somos doze colaboradores, um para cada mês e para cada tipo de mulher, representado por modelos de alegrar a vista. Entre os companheiros, ouvi falar em Fernando Sabino (a mulher saxônica), Di Cavalcanti (a nossa prezada negra), Antonio Callado (a índia), Millôr (a oriental). Um colega novo nas letras, Mário Andreazza, escreverá sobre a mulher brasileira em geral, resumo de todas. A mim tocou a escandinava, talvez pelo meu confessado amor a Greta Garbo. Estou tentando aviar a encomenda:

Rara, clara, cara.
Altura de edifício de São Paulo.
Azul porcelaníssimo nos olhos.
Jeito de calar no conversar
e gestos-silêncio, em nevoeiro
a fluir da cabeleira linholúmen.

Pés longos como alexandrinos caminham céleres
e não pisam: foice-relâmpago.
Garbo da Garbo: Miss Mistério
que Cruz e Sousa havia de cercar
de rutilâncias,
mas chega tarde, após o simbolismo,
e estuda qualquer coisa: Economia?
Erótica? Heurística?
Cibernética?
Das 7 e 30 às 12. O mais é vela e vôlei.
Mãe futura de louros icebergs,
salvo se casar com nordestino
(os astros é que sabem) usineiro.

Dezembro, 14 — Minhas mais antigas lembranças políticas, remontando à infância, giram em torno do quatriênio presidencial do marechal Hermes, em que o estado de sítio suspendeu as liberdades do cidadão, governadores de estado foram depostos, jornalistas da oposição presos, o navio *Satélite* despejando corpos no mar, a Bahia bombardeada. Quase sessenta anos depois, o governo de outro marechal (e na minha velhice) golpeia a Constituição que ele mesmo mandou fazer e suprime, por um "ato institucional", todos os direitos e garantias individuais e sociais. Recomeçam as prisões, a suspensão de jornais, a censura à imprensa. Assisto com tristeza à repetição do fenômeno político crônico da vida pública brasileira, depois de tantos anos em que a violência oficial, o desprezo às normas éticas e jurídicas se manifestaram de maneira contundente, em crises repetidas e nunca assimiladas como lição. Renuncio à esperança de ver o meu país funcionando sob um regime de legalidade e tolerância. Feliz Natal...

Dezembro, 17 — Adiada – até quando? – a festa da Editora Sabiá, no Museu de Arte Moderna, para lançamento de livros de Chico Buarque de Holanda e Clarice Lispector, e do meu *Boitempo*. Chico foi detido ontem, submetido a interrogatório grosseiro, e solto hoje, intimado a não se afastar do Rio. Não há clima para festa.

Dezembro, 22 — Ouviu-se o ruído de elevador parando no andar. A luz do hall acendeu-se. E ninguém tocou a campainha. Intrigado, fui abrir a porta. Era a família Rónai – Paulo, Nora, Cora e Laura – numa visita de Natal. Laurinha queixou-se:

— Atrapalhou tudo! Eu queria tanto me anunciar com um solo de flauta, e não deu tempo...

A garota já tirara o instrumento do estojo e preparava-se para iniciar a peça, mas estava perdido o elemento de surpresa.

— Não seja por isso – tranquilizei-a. — Eu fecho a porta e você começa a tocar.

Dito e feito. A melodia suave derramou-se no pequenino hall, que pela primeira vez tinha a honra de abrigar um miniconcerto, impecavelmente executado. Laurinha e a flauta se entendem muito bem. Foi a mais deliciosa visita de Natal em minha vida.

1969

ABGAR RENAULT

Janeiro, 6 — Visita de Abgar Renault, à noite. O bom conversador de sempre. Dada a sua situação em Brasília, está a par do que se passa e se diz nos bastidores. Fico sabendo que o AI-5 do mês passado iria ser ainda mais violento do que foi. Chegaram a propor a Costa e Silva a dissolução do Congresso, das Assembleias Legislativas estaduais e das Câmaras Municipais. Ele reagiu:

— Isso seria desarrumar a casa demais.

Ao ser nomeado ministro do Tribunal de Contas da União, Abgar passou a usar o automóvel do seu antecessor no cargo. Um funcionário informou-o:

— Ministro, chegou o carro novo para o senhor.

— Mas eu já uso um.

— É a praxe, doutor. Todos os novos ministros recebem um carro zero quilômetro.

Ele não aceitou. Deu "mau exemplo".

Janeiro, 20 — O vigário da igreja da Saúde, em Itabira, intimou os parentes de mortos com sepultura perpétua no cemitério anexo a exumarem as cinzas, removendo-as para outro lugar qualquer. No terreno, pretende instalar uma estação rodoviária e boxes para comerciantes. Na missa, avisou certo dia aos fiéis:

— O Evangelho de hoje é muito chato, por isso vou falar de outro.

NIOMAR MONIZ SODRÉ

Fevereiro, 1 — À tarde, visitei Niomar Moniz Sodré em seu apartamento da avenida Rui Barbosa, onde se acha em regime de prisão familiar. Seu crime: ser diretora do *Correio da Manhã*. Lá estavam Moniz Vianna e sua mulher, Franklin de Oliveira, Paulo Francis e o embaixador Cyro de Freitas-Valle. A dona da casa oferece uísque, bolinhos e café, e conta seu duelo verbal com o general Luís de França e um comissário de polícia. Recusou-se a indicar nomes de autores de matérias do *Correio*, alegando que não é policial nem delatora. Também não quis vestir o uniforme de presidiária, que lhe impuseram na Penitenciária Feminina de Bangu. Com isso, não pôde passar a noite no dormitório. Ficou 24 horas sentada num banco. Por último, deitou-se no chão, mas não se submeteu à ordem. Finalmente, removeram-na para o hospital.

Maio, 6 — Lya Cavalcanti acha que ter um anel de brilhante no dedo não dá tanto prazer quanto ver um cachorrinho com sede bebendo água. Mas em seu apartamento a geladeira está enferrujada na parte baixa, de tanto pipi de cachorro que elegeu aquele ponto para se aliviar. Em lugar seguro, ela conserva outra geladeira, de uma família de favelados que sofreu despejo e que lhe pediu que a guardasse até arranjar moradia.

Encontrou-se comigo na rua e convidou-me a fundar com ela um jornaleco chamado *O Atraso*, em que combateríamos os males do progresso desumanizador.

Setembro, 1 — Pequena reunião, em casa; a conversa gira em torno de recordações de Belo Horizonte. A situação política é tensa, e a todo momento amigos telefonam dando notícias da doença de

Costa e Silva. Há mesmo rumores de sua morte. Finalmente, pelo rádio, comunicado oficial anuncia a autoatribuição do poder pelos três ministros militares, no impedimento (a sinistra palavra) do presidente da República. Pedro Aleixo, vice-presidente, afastado da substituição. O presidente do Supremo Tribunal e o da Câmara dos Deputados, idem. Que país! Que tristeza!

Novembro, 30 — Minha amiga Lya, defensora intransigente dos animais, desenvolve-me sua filosofia quanto ao sacrifício de bichos que, pelos motivos conhecidos, perdem o direito de viver:

— Quero transformar o horror da morte em amor à morte, dando ao animal um último instante de felicidade. Um banquete canino, por exemplo, e depois a injeção indolor.

O vendedor de sacolas bateu à sua porta e achou a dona da casa tão malvestida que a tomou por empregada. Pouco depois, saindo à rua já em boas condições de vestuário, o homem, que andava pelas imediações, abordou-a de novo, queixando-se:

— Sua empregada não me deixou falar com a senhora.

1970

Maio, 16 — É agradável conversar com Fructuoso Vianna, que tem espírito jovial e conta coisas do mundo musical no tempo do modernismo. Ele morava em São Paulo e frequentava os salões da burguesia. Em casa do velho conselheiro Antônio Prado, aventurou-se a tocar no piano um maxixe de sua autoria, "Só na maciota". (E eu que nunca imaginei Fructuoso compondo maxixe.) Quem pediu a música foi Graça Aranha. Mas o maestro não pôde executar a composição até o fim, porque da sala vizinha uma voz enérgica estrondou: "Para, Fructuoso! Isso não é música!" A voz era de Villa-Lobos.

Agosto, 3 — Hoje, fim da pitoresca história do aspirador de pó para livros, modelo norte-americano. Vendo um funcionando bem na biblioteca de Plínio Doyle, pedi à amiga Clirian, que ia passar um mês de férias nos Estados Unidos, o obséquio de comprar-me um. Entreguei-lhe alguns dólares para a aquisição. Prestimosa, ela atendeu ao meu pedido, mas o objeto não pôde vir em sua bagagem. Seria despachado depois. E chegou, afinal.

Fui hoje ao *colis postaux*, na avenida Rodrigues Alves, para retirar o bichinho. Cobraram-me a taxa de 121 cruzeiros e 50 centavos, mais 1 cruzeiro e 90 centavos, não sei de quê, a fim de entrar na posse de um objeto que custara 45 cruzeiros e 60 centavos (10 dólares) em New Jersey e fora despachado por 12 dólares. Para não ser usado nos meus livros: é um aspirador dito portátil, mas de tamanho bastante avantajado para o fim a que se destinava; faz um barulho dos diabos, e há anos que a indústria brasileira produz modelo parecido com ele.

Novembro, 15 — Eleições, hoje, para senadores e deputados federais e estaduais, depois de uma campanha morna e tediosa pela televisão e pelo rádio. Depositei na urna, que não é urna, uma cédula com a pergunta: "Votar pra quê?" Os candidatos da Arena e do MDB se equivalem, e o Congresso é hoje uma coisa insípida, sob controle do poder militar que vigora há seis anos. Convocar eleições, reservando-se o direito de cassar os eleitos, chega a ser um ato de sadismo.

Dezembro, 26 — Depois de um calmo Natal, a diversão é fazer expurgo no papelório acumulado em anos e anos de arquivo. Prazer de rasgar. Como se estivesse rasgando o passado sem interesse. Damos importância a um acontecimento, guardamos os papéis que se referem a ele, e cinco anos depois nada tem importância. Isso, mais ou menos durante a vida inteira. Epitáfio:

Vida, vidinha
de cabotagem.
Roda no quarto,
foi a viagem.

1971

Fevereiro, 2 — O médico a quem recorri, na ausência do meu querido dr. Rodolfo Ferreira, para resolver um probleminha de saúde, me pareceu idoso, e é dois anos mais moço do que eu. Imagino como ele me julgará velhíssimo. Mostrei-lhe o calcanhar dolorido e a alma, porque ele me interrogou sobre tudo, suponho que a fim de documentar-se para o livro que está escrevendo sobre psicologia sexual. Conta-me que dirigia com muita velocidade o carro em que também viajava uma neta de 15 anos. A certa altura, a garota exclamou: "Não corre tanto, vovô, que eu não quero morrer virgem!"

Abril, 6 — Contado por prima Pitu, com quem é sempre agradável conversar:

Seu pai, o dr. Alexandre Drumond (com um só *m*), já com boa clientela em Belo Horizonte, como clínico e cirurgião, quase não dispunha de tempo para estudar, como candidato à cadeira de Higiene na Escola Normal. Então, levava o livro para a mesa, à hora de almoçar e jantar. Dona Regina, sua mulher, estranhou o mau costume, e por sua vez levou a costura para a mesa de refeições. "Que ideia é essa, de costurar na hora da comida?", perguntou ele. E ela: "Estou fazendo como você, que fica lendo na mesma hora." Diante disso, ele desistiu.

Quando estudante de medicina, o dr. Alexandre anotava as despesas que seu pai, o futuro desembargador Carvalho Drumond (dr. Ciriri), fazia com os seus estudos, até a formatura. Ficaram, ao que parece, em 30 contos de réis.

Já homem feito, carinhosamente cortava o cabelo do pai, em casa.

Junho, 14 — O dr. Rodolfo Ferreira está de volta, e seu consultório, na penumbra do entardecer, é uma ilha de paz. Conversamos à margem de doença, um pouco sobre tudo. Lembra um desses filósofos do século XVIII francês, sem ilusões e com senso de humor. Depois de borboletear sobre assuntos de vida, caímos no inevitável assunto de morte. Confesso-lhe que, como todo mundo, eu gostaria de morrer depressa e suavemente. Ele observa:

— Ah, meu caro, uma morte destas, só os carismáticos é que têm direito a ela.

Julho, 25 — Aturdido, leio no jornal o artigo em que se analisa um de meus poemas à luz das novas teorias lítero-estruturalistas. Travo conhecimento com expressões deste gênero: "dinamismo dos eixos paradigmáticos", "núcleo sêmico", "invariante semântica horizontal", "forma de referência parcializante e indireta", "matriz barthesiana"... O poeminha, que me parecia simples, tornou-se sombriamente complicado, e me achei um monstro de trevas e confusão.

Setembro, 27 — Seguro de vida de 30 contos de réis, no Ipase, liquidado pela extraordinária quantia de 24 cruzeiros e 31 centavos, sendo que 24 cruzeiros e 50 centavos desse total correspondem a prêmios pagos a mais, de 1965 a 1971, e agora honradamente devolvidos pela administração previdenciária. Como a vida vale pouco hoje em dia, hein? Rir é a solução.

Dezembro, 10 — Joias do puxa-saquismo nacional. Discurso de um senador: "Não poderíamos nunca ser pessimistas quanto às medidas a serem adotadas em benefício do Nordeste, em um governo cujo presidente é o mais nordestino de todos nós." O presidente é gaúcho.

1972

Março, 12 — Tanto trabalho para redigir a carta de resposta a uma diretora de serviço público que me mandou observações sobre uma crônica que publiquei no *Jornal do Brasil*. Problema: achar o tom adequado, a palavra justa, a expressão medida e insubstituível, nem mais nem menos. Chego à conclusão de que escritor é aquele que não sabe escrever, pois quem não sabe escreve sem esforço. Já Manuel Bandeira era de outra opinião: "Se você faz uma coisa com dificuldade, é que não tem jeito para ela." Duvido.

Abril, 10 — Meu amigo L. teve o seu nome vetado para membro de um conselho técnico, não remunerado, para o qual o indicaram à sua revelia; respondeu a processo administrativo por acumulação indevida e inexistente; pretendeu viajar para o exterior, em visita a pessoa de sua família, que lá reside, e criaram-lhe dificuldades no DOPS, sob a alegação de que em tempos remotos foi simpatizante da esquerda. Finalmente, resolveram homenageá-lo com uma condecoração de ordem cultural.

— Achei que era demais, e recusei – disse-me ele, no café.

Novembro, 6 — "O tempo, que canalha!" – exclamação de simpática senhora do Recife, tão espontânea em sua amarga verdade, que, entretanto, desperta sorriso. E ficamos os dois a falar mal do tempo, isto é, a acusá-lo, em nome da humanidade desiludida. Como se ele se importasse com isso. Ela aprovou a minha ideia de que o ideal da vida seria começar pela velhice e acabar na mocidade, em plena festa interior. Por outro lado, algum americano é bem capaz de pegar a ideia no ar e nos impingir uma falsa mocidade eterna, mediante processo eletrônico e suaves prestações. Nada disso. Melhor envelhecer com a possível discrição e aceitação.

1973

Janeiro, 1

*— Mas é a mesma coisa
pintada de janeiro!
— Não a mesma coisa.
É a coisa tirada
do farelo da coisa.
A merda da coisa
teimando em ser coisa
depois de ter sido
e apodrecido
coisa.*

Janeiro, 6 — Exclamação na rua: Ó tempo! Ó anti-Pitanguy, meu e nosso carrasco!

FILMAGEM COM FERNANDO SABINO

Junho, 20 — Aprendo com Fernando Sabino que um curta-metragem só o é na hora da exibição: antes, são tantos minutos de filmagem que, somados, dariam talvez um outro *Napoléon*, de Abel Gance.

Não sou Napoleão, mas tenho de subir à pedra do Arpoador para divisar, nas nuvens, qualquer coisa parecida com as montanhas de Minas. Fernando, diretor, acha que a cena será de grande efeito. Mas não é fácil ver o Pico do Cauê, já demolido na realidade, erguer-se sobranceiro no céu. E há namorados em volta, querendo curtir calmamente seu namoro, que os aparelhos de filmagem, David Neves, Fernando e eu evidentemente perturbamos, enquanto eles também nos perturbam a nós.

A cena no ônibus deu trabalho. Fernando pediu a uma senhora, cortesmente, o obséquio de desocupar o banco por alguns momentos, para instalar a câmera. Ela recusou: "Paguei a passagem, que que há?" Os outros passageiros olham-nos, espantados. E eu tenho que ficar bem natural, lendo uma revista.

No Bar Bico, a linda Lygia Marina é uma estudante de Letras que, sobraçando livros, troca duas palavras comigo. Mas a moça é tão bonita que prefiro trocar duas mil. "Corta!" – ouço a ordem do diretor e do cinegrafista, e nem-te-ligo. Afinal, documenta-se mais uma passagem da vida cotidiana do poeta, e partimos para outra.

A outra, já em outro dia, é no pátio do Ministério da Educação. Passei tantos anos de vida naquela burocracia, entre austero e entediado, que sinto vontade de fazer molecagem, para desabafar. Proponho esconder-me atrás de uma das colunas e, mediante trucagem, reaparecer saindo de trás de outra. A ideia é aceita, e sou o primeiro a rir da minha peraltice.

Ah, mas de todo não cola a filmagem no eixo da avenida Rio Branco e Ouvidor, com a multidão empurrando a gente de qualquer jeito, e o pobre do cinegrafista caminhando de costas e de cócoras, uma coisa!

A verdade é que nos divertimos mais do que esperávamos, e, se não sou um ator excelente, pelo menos me saio bastante bem nas cenas silenciosas – como certos deputados.

1974

Janeiro, 17 — Pensão da Cila, viúva de Álvaro Moreyra, no INPS: 590 cruzeiros. Viva a Previdência Social! Para obter aumento, pesquisa na Biblioteca Nacional as crônicas de Álvaro na revista *Querida*. Ele escreveu, em livros, revistas e jornais, durante 55 anos. País em desenvolvimento.

Maio, 4 — Meu amigo, mais moço do que eu um ano, ao telefone:
— Não estamos mais em idade de admitir nossas candidaturas à Academia Brasileira. A gente se elege e abre vaga em seguida.
Concordo inteiramente. Acho até melhor assim, como vacina.

Setembro, 1 — Conversa com José Olympio, em seu gabinete na editora. Em ritmo pausado, comenta as coisas do dia e passa, depois, para as coisas gerais, do destino e da vida. Diz-me que ouviu na rua, de um desconhecido, esta frase que o encantou, e que nos interessa a ambos:
— Tudo aquilo que a gente faz depois dos 70 anos merece ser desculpado.
É mesmo. Mas por que não ser desculpado, logo ao nascer, por tudo que a gente fizer compelido pelas leis do sangue, do meio e da vida?

Novembro, 6 — Em sua sala de trabalho na Editora José Olympio, Elisabeth Pereira me conta o telefonema que recebeu de uma professora de Letras:

— Estamos fazendo em aula um estudo sobre *As impurezas do branco*, do Drummond. O autor utiliza todos os recursos de expressão, e a análise tem de reparar neles. Ora, o volume é impresso em papel de duas tonalidades: um branco mais claro e outro mais amarelo. Eu gostaria de apurar uma coisa. O poeta não teria escolhido isso intencionalmente, reservando os poemas impuros para a segunda qualidade de papel, enquanto os mais puros ficariam para a qualidade mais branca?

Resposta de Elisabeth:

— Não, minha senhora. O que houve foi o seguinte. A gráfica teve necessidade de lançar mão de duas variedades de papel, porque havia escassez do branco.

Novembro, 12 — Pergunto ao meu querido médico, dr. Rodolfo Ferreira, se tem candidato para as próximas eleições de deputados, e ele responde:

— Tenho sim. É um que defende os animais. O nome dele, não guardei. O que importa é a sua atitude. Na hora eu verifico o nome, ou o número.

De fato, que importam os nomes e até os partidos, se o que vale é ser contra ou a favor de alguma coisa que para nós é uma causa importante?

Dezembro, 20 — Ary de Andrade fala-me da forte personalidade de sua mãe, falecida este ano. Na cidadezinha paulista onde a família morava, ela só ia a certos lugares com os braços cruzados. E explicava:

— É para não ter de dar a mão a essas vagabundas que dormem com o vigário.

Morreu em outubro e foi sepultada no Dia da Criança. O enterro coincidiu com a festa comemorativa da data, e estrugiam foguetes. Ary comentou:

— Ela havia de ficar alegre, se pudesse assistir a um funeral tão bonito assim. E a gente podia ficar triste?

A chamada fraqueza das mulheres é um preconceito como outro qualquer. Todos nós conhecemos uma dona de casa que assume calmamente as responsabilidades, sem reclamar as prerrogativas que os homens se atribuem. É um tipo de bravura que não aparece nem sequer é reconhecido pelos homens, que têm a favor de sua suposta capacidade o costume e a lei. Vejo na firmeza e integridade de Ary o reflexo da personalidade materna.

1975

Janeiro, 2 — Reflexão do dia. Não existem mais crianças. Todas são terrivelmente adultas. A televisão conferiu-lhes maioridade, à revelia das leis e do desenvolvimento natural.

Também quase não existem mais mulheres. A maioria acha que, imitando os homens, conquistam independência. Sacrificaram graças específicas e não alcançaram independência. Muitas são objetos sexuais que veem nos homens objetos sexuais. Valeu a pena?

Janeiro, 3 — Afonso Alvim, que encontro depois de muitos anos, no enterro do seu tio Eurico Camilo, conta-me que meu irmão José, seu companheiro no Colégio Anchieta, em Friburgo, sempre lhe apertava a mão, no dormitório, antes de se deitar. José redigia um diário em que anotava com espírito crítico os acontecimentos colegiais, não poupando os padres. A menor referência a pessoas mortas de minha família me deixa profundamente interessado, e é como se, de certo modo, elas voltassem a ter um pouco de existência.

Fevereiro, 27 — Evolução de conceitos. Perguntaram a uma de minhas amigas se é casada. Respondeu, natural:

— Não. Mas de vez em quando dou as minhas casadinhas.

Maio, 20 — Dia do aniversário de minha mãe. Faria 106 anos.

Esquecer: outra forma de lembrar.
É lembrar no segredo de mim mesmo
e tanto aprimorar essa lembrança
que ela viva sem mim, fluida, no ar.

FIM DO *CORREIO DA MANHÃ*

Junho, 9 — Forte impressão ao ler este anúncio no *Jornal do Brasil* de hoje: "Leilão de um dos maiores parques gráficos do Rio de Janeiro – Massa falida do Correio da Manhã S. A." Trabalhei para este jornal (que foi uma potência) desde 1942, a convite de Álvaro Lins, como colaborador; depois, a partir de 1950, a convite do diretor-proprietário Paulo Bittencourt, como redator, sem obrigação de trabalhar na sede. Não me pagavam bem, mas o jornal era importante, e através dele meu trabalho de cronista se tornou conhecido.

Paulo tinha charme e bravura pessoal, que faziam dele uma figura nada comum. Era generoso, impetuoso, sensível às novidades, mas fazendo um jornal conservador de tendências liberais. Acima de tudo, mandava o gerente, cioso dos gastos, e de certa maneira controlando o diretor. Na redação, a boa presença de Antonio Callado, Luiz Alberto Bahia e Otto Maria Carpeaux dava ao *Correio* um toque de independência intelectual que compensava as posições moderadas da folha. Uma excelente figura humana, Aloísio Branco, era o secretário.

Tive bastante liberdade de opinar e satirizar, mas cortaram de minha crônica o nome de Adalgisa Nery, escritora, porque como jornalista assumira posição contrária à de Paulo, na questão do petróleo. O *Correio* tinha sua lista negra.

Os cinquenta anos de existência do jornal foram largamente comemorados com festas e edições especiais durante uma quinzena, creio. Não sei como obtive de Lúcio Costa, irredutível a aparecer, notável ensaio sobre a arquitetura do Rio de Janeiro da primeira metade do século, para um desses números. O almoço comemorativo, no restaurante da sede, reuniu, como diria Apporelly, gregos e goianos, reconciliados por um momento. No prédio do velho High Life, entre números de música popular e outras atrações, houve enorme sorteio de brindes entre os funcionários. Ganhei... uma máquina de costura.

O nome *Correio* despertava susto e medo entre políticos e governantes, embora o jornal já não fosse o mesmo dos tempos do seu fundador Edmundo Bittencourt, que se distinguia pela terrível agressividade. A imprensa modernizada já não comportava clima demolidor. Ainda assim, um editorial ou mesmo um tópico do *Correio* deixava marca na pele do atingido.

Todo o prestígio político e social, a solidez econômica da empresa foram pouco a pouco se diluindo, murchando. Não assisti aos últimos instantes do *Correio*. Quis conservar a imagem do velho jornal combatente, omitindo o triste diário arrendado que se apagou sem o estrondo de um desmoronamento. Nada mais melancólico do que o fim de um grande jornal.

Junho, 22 — Bom domingo: organizando e lendo com interesse as cartas de João Ribeiro a seu amigo Alberto Faria, doadas ao arquivo-museu literário da Casa de Rui Barbosa. Fichada a parte referente a 1907-1908. Uma graça, conhecer a opinião reservada do mestre sobre os homens do seu tempo, quase todos inferiores intelectualmente a ele. E uma tristeza, ver como um homem dessa categoria mental precisava se repartir entre trabalhos exaustivos e mal remunerados para sobreviver com a família. Consumia nessas tarefas secundárias o tempo e o talento que poderia aplicar numa obra metódica de investigação, de crítica e mesmo de imaginação criadora.

Julho, 28 — A burocracia previdenciária exige que se tomem dois depoimentos sobre a atividade do escultor José Pedrosa em tempos idos, para que ele possa obter aposentadoria. Lá vou eu, com Milton Dacosta, o artista, a uma dependência do INPS, onde um grave funcionário nos interroga circunspectamente.

Afianço, por ser verdade, que Pedrosa trabalhou no porão da Biblioteca Nacional, num ateliê improvisado, juntamente com o polonês Zamoyski. A obra pública do escultor, parece, é menos valiosa, para fins burocráticos, do que o testemunho de dois cidadãos. Não importa a evidência; o que conta são as palavras.

À saída, José Pedrosa, que a gente quase nunca vê pelos caminhos de Deus, pois se refugiou com seus granitos e ferramentas lá em São Conrado, conta coisas antigas:

— Quando moço, eu costumava jogar vinte e um com Marques Rebelo, em casa dele. Se eu ganhava (o jogo era a dinheiro), ele se indignava. Mas, ao chegar em casa, eu encontrava no bolso, além do dinheirinho ganho, uma nota de 50 mil-réis que Rebelo tinha posto lá às escondidas.

MURILO MENDES E CRISTO

Agosto, 21 — Uma ocasião, Murilo Mendes pôs em dúvida que poetas incrédulos ou pouco fiéis ao cristianismo pudessem escrever poemas sobre a vida de Cristo. Alegava que ele próprio, leitor assíduo da Escritura, não se atrevia a tanto. Manuel Bandeira, ouvindo-o, sorriu. Eu confesso que não gostei dessa limitação dos direitos poéticos. Murilo era intransigente nessas coisas.

Dizendo isso a Capanema, ele me conta por sua vez esta lembrança:

— As fotografias do mural de Portinari na capelinha da casa dele em Brodowski me impressionaram. Então, estimulei-o a pintar mais cenas religiosas. Portinari aceitou a sugestão e fez uma *Última Ceia*, chamando os amigos para apreciar o trabalho no seu estúdio. Fui lá, e Murilo também. Alguém perguntou a Candinho: "Por que você botou onze apóstolos, e não doze? Ele respondeu: "Porque não coube." Então manifestei a minha admiração por ele ter conseguido figurar um belíssimo momento do Evangelho: aquele em que, tendo saído Judas, Jesus ficou só com os discípulos fiéis e comunicou-lhes um novo mandamento: "Amai-vos uns aos outros." Murilo contestou que esse trecho figurasse na Bíblia. Capanema voltou para casa e consultou o livro: achou o texto no Evangelho de São João. No dia seguinte, telefonou para Murilo e este reconheceu o engano.

1976

Janeiro, 1 — Nada melhor do que vadiar no escritório. Há muita carta a responder, e alguns trabalhos em pauta. Para que pauta, nesta vida? Melhor pegar a esmo um livro na estante e descobrir nele uma passagem atraente, nova ou esquecida. Arrumar papéis, isto é, rasgá-los na maioria: tão bom, sentir que se alivia o peso das obrigações, com o passar do tempo, e aquilo que parecia documento precioso, a ser guardado pelo resto da vida, não vale mais que um bilhete branco de loteria. Rasgando papéis, rasgamos os fatos que eles testemunhavam. Passar a vida a limpo... Não se consegue, mas sempre se faz alguma limpeza. Rabiscar figurinhas sem saber mesmo o que sairá do traço canhestro. Seria ótimo ter nascido caricaturista. Na rua, ao ver desconhecidos, costumo identificá-los: "Este foi desenhado pelo K. Lixto. Esta é puro J. Carlos. Olha ali uma gordona do Raul. Quem inventou esse foi Ziraldo." Penso num museu de caricatura, que não sei se existe no exterior, e que eu visitaria sempre, se existisse no Rio.

E vou perdendo tempo, perdendo. Conquistar o direito de perder tempo, deliberadamente, voluptuosamente, num 1º de janeiro, sabendo que o ano, como todos os anteriores, vai ser mistura de trabalho, correria, obrigações impostas pela vida, a começar pelos comprovantes para o Imposto de Renda... Ócio no escritório: das boas coisas que ninguém lá de cima pode proibir.

Janeiro, 3 — Gostava das festas de fim de ano porque com elas vinha a oportunidade de comer tâmaras. Adorava tâmaras.

Ano atrasado, morreu. Então, sua mulher, nesse último dezembro, comprou duas caixas de tâmaras, chamou a neta e disse-lhe:

— Hoje você vai comigo ao cemitério.

— Pra quê, vó? Não é dia de ir ao cemitério.

— Vou levar estas tâmaras para a sepultura do seu avô, e você vai me fazer companhia, porque eu não gosto de ir ao cemitério sozinha.

— Mas vó, levar tâmaras para defunto? Ele não vai comer coisa nenhuma. Deixa que eu como.

A família acabou fazendo com que a mulher desistisse de levar as tâmaras para o defunto. E na ceia de Natal elas foram muito apreciadas. A viúva, porém, não se conforma, e telefona-me:

— Você não acha que eles fizeram mal em me pressionar? Eu ia botar as caixas em cima do túmulo. Quem passasse por lá e visse as tâmaras decerto parava para comer. Ele, lá do céu, ficaria tão satisfeito!

Janeiro, 5 — Fernando Sabino, regressando da Europa, me contou:

— Em Paris me encontrei com Miguel Arraes e perguntei a ele por que não volta para o Brasil. Respondeu: Como está, já está bom. E explicou: Em Pernambuco, um homem poderoso mandou prender um seu inimigo e trazê-lo para a cidade com escolta policial. No caminho, os soldados batiam com o sabre no sujeito, usando a parte superior da arma. Um passante que viu a cena gritou para eles: "Bate com o gume!" Aí o preso virou-se e disse: "Como está, já está bom."

Acho que vou tirar disso um conto, ou pelo menos uma crônica.

Março, 10 — A boa Jurema, secretária da pasta da cozinha, pede adiantamento de salário. Declara que está na pior, com as despesas crescentes dos filhos. Rapazes e moças que bem podiam trabalhar, mas que preferem viver sob o guarda-chuva materno de uma doméstica.

Ao receber as notas de 500 cruzeiros, mostra-se enleada, vacila em falar, e afinal explica-se:

— Não podia ser notas de 100? Lá onde eu moro ninguém troca 500 cruzeiros, nem nunca viu eles.

Março, 19 — Telefonema de Clarice Lispector:
— Você quer me fazer feliz?
— Quem não gostaria disto, Clarice?
— Então vá ao casamento de meu filho, que você não conhece. Mas não quero que você dê presente, economize o seu dinheiro.

TEMPO DE COLÉGIO

Abril, 18 — Voltam a convidar-me para a romaria de antigos alunos do Colégio Anchieta ao *château*. A associação deles promove anualmente a ida a Friburgo, onde os padres jesuítas recebem o pessoal, e há um almoço comemorativo e nostálgico.

Explico aos ex-colegas que não tem sentido eu voltar, saudoso, ao colégio de que fui expulso.

— Eu também fui – responde um deles, o Bento. — O que passou, passou. Digo isto a você como poeta, que também sou, aliás mais velho do que você.

— De qualquer modo, não sinto saudades do Anchieta, e por isso não posso matar saudades.

— Esquece isso. Você será recebido com carinho.

— Bem, os padres de hoje são outros. Talvez eu próprio seja outro, mas não vejo o que é que este "outro" iria fazer lá, entre esses também "outros" desconhecidos.

— O tempo apaga tudo, meu velho.

— Exatamente, ele apagou tudo, e por que é que eu iria tentar reacender o que ficou felizmente apagado?

Não há meio de convencer os profissionais do saudosismo. Eles gostam de relembrar tudo, até o que não merece lembrança. Pílulas.

Junho, 1 — A moça conta-me que pela segunda vez, em menos de um ano, um ladrão penetrou em seu apartamento e furtou-lhe certos objetos que falam de sua vida. Há ladrões especializados em furtar a vida.

Junho, 7 — Visita à Exposição de Arte Francesa, no Museu de Arte Moderna. Não houve decepção. Há muito eu sentia o vazio, a impotência, a incapacidade de recriar a vida em termos estéticos, da maioria dos artistas contemporâneos mais badalados. E também o ímpeto com que se impõem, graças a intensa publicidade. Salvam-se na mostra os velhos impressionistas, mesmo não representados por obras de primeira grandeza.

1977

A ILUSÃO DOS PECÚLIOS

Janeiro, 28 — Hoje me senti bastante joão-brandão, ao procurar a Associação dos Servidores Civis da União para dar baixa no seguro de vida e no pecúlio instituídos em 1960 e 61, no valor total de 735 mil cruzeiros. Na época, era quantia respeitável, em se tratando de burocratas de quarto ou quinto escalão. A desvalorização da nossa prezada moeda emagreceu-a tanto que ficou valendo 735 cruzeiros. E para que esse dinheiro seja pago, no futuro, desconta-se dos proventos deste aposentado a engraçada importância de 10 cruzeiros e 59 centavos. Por mês.

Fiquei com pena da Associação, forçada ao trabalho de cobrar e recolher mensalmente essa quantia ilusória. Quanto não despenderá ela mensalmente, com o só trabalho de contabilizar meu descontinho? Resolvi, pois, desobrigá-la do compromisso para comigo. Os 735 cruzeiros a que a família faria jus, chegando o momento imprevisível, talvez se reduzissem a centavos, ou menos que isso, a gás. Portanto, nem a mim nem à Associação interessa manter esse pacto.

O funcionário que me atendeu, de condição modesta, estranhou que eu abrisse mão de qualquer coisa, por menor que fosse. Não se joga fora uma contribuição paga anos a fio; que eu voltasse para casa, pensasse melhor, e certamente manteria a vitalidade do meu pecúlio e do meu seguro.

— Mas 735 cruzeiros... Só o trabalho de receber essa quantia...

— O quê? O senhor acha que 735 cruzeiros não valem nada? Olhe que é muito dinheiro.

Não cedi aos seus benévolos argumentos, e ele então, procurando fazer esquecer o que havia de insensato no meu gesto, derivou a conversa para a literatura. Meu nome não lhe era estranho, pelo contrário, mas se eu desse licença, o seu fraco era por José de Alencar.

— E é também o de muita gente boa – tranquilizei-o. — O senhor está bem acompanhado, a começar por Machado de Assis.

Esse ele ainda não tivera tempo de ler, embora sabendo que era bom também, mas de Alencar podia me dizer páginas e páginas decoradas com deleite.

A conversa prolongava-se, e o papel da desistência continuava na mão do servidor. Foi preciso que eu lhe lembrasse a conveniência de protocolar, para que ele terminasse o devaneio literário.

— É uma pena o senhor contribuir anos a fio e perder a batalha.

Ponderei-lhe que não houve propriamente batalha, e que todos os funcionários civis, aposentados, passam mal, obrigado.

ROSÁRIO FUSCO

Agosto, 17 — O noticiário da TV deu agora à noite a morte de Rosário Fusco em Cataguases. Há muito tempo não tinha contato com ele, mas emocionei-me. A lembrança dos "verdes" daquela cidade está muito ligada à lembrança do nosso grupo modernista de Belo Horizonte. Eles eram mais moços e mais petulantes do que nós. E a gente se dava bem, com liberdade de crítica. Fusco era o mais petulante de todos, com seus desmandos verbais, em que achávamos graça. Não se podia prever no quase menino o crítico, o romancista e o dramaturgo que ele viria a ser. Fazia, então, uma poesia preparatoriana de modernista da última fase.

O destino de Fusco foi uma aventura existencial em que a vibração terminou em cansaço. Ele era dos que ousam tudo, e não pôde ousar tudo. Como seria Fusco deputado federal (é o que pretendia ser)! Em 1954, ele se apresentou candidato com um volante que dizia: "Eu lavei vidros numa farmácia, pintei tabuletas de cinema, fui servente de pedreiro e bedel de ginásio. Depois, estudei direito, e agora me candidato a deputado federal. A vantagem não é minha, mas do regime democrático. Só ele permite, a todos, possibilidades iguais. Vote em quem quiser, mas vote bem desta vez. Rosário Fusco (tão mineiro quanto você)".

O regime democrático não quis conceder ao ex-lavador de pratos a faculdade de fazer leis, como a teria recusado se ele se apresentasse como escritor de mérito, que realmente era. A democracia tem seus caprichos, ainda assim mais suportáveis que os caprichos do autoritarismo. Mas às vezes a gente tem saudades do extinto PRM, órgão pouco democrático da democracia anterior a 1930: ele tinha sempre o cuidado de eleger, fosse de que maneira fosse, alguns mineiros ilustres, no meio de muitas nulidades ou mediocridades, para compor a bancada na Câmara e no Senado federais. Um poeta como Augusto de Lima não perdia eleição, assim como Calógeras ou Afrânio de Melo Franco, mais intelectuais do que propriamente políticos. E o estado tinha uma representação equilibrada: gente que pensava e brilhava, e gente que simplesmente dava número.

Uma pena, Rosário Fusco não ter sido deputado.

CARTAS DO VELHO

Setembro, 18 — Sem sono, tarde da noite, dá vontade de reler as cartas do Velho. Percorro todas as de 1925. E sinto, melhor do que nunca, sua forte individualidade. Sem receber maior instrução, pois não havia colégio, e o aprendizado de primeiras letras iniciado na escolinha do "mestre" foi interrompido bruscamente e só terminou em casa, com o auxílio da irmã que sabia um pouco mais, ele escrevia perfeitamente bem: com clareza, sem rodeios. Letra firme, bem traçada. Em poucas palavras, só o que pretendia dizer, e o dizia melhor do que eu sei fazer, com esforço e insegurança, hesitando entre duas construções verbais.

Uma única vez se desculpa: começou a carta com o tratamento de "tu" (que só usava na linguagem escrita) e, sem se advertir, trocou-o pelo de "você": "Depois desta feita é que vi ter começado por um modo e mudado para outro. O meu espírito sempre preocupado é o causador de tudo isto."

Sempre preocupado. A atenção dividida entre seis filhos e tantos problemas, que não são fruto da época, mas inerentes à condição humana, podia justificar faltas maiores. Mas, rigoroso consigo mesmo, não se permitia um deslize gramatical que hoje é moda literária. Nenhuma preocupação de estilo. Que lhe importava estilo? Queria dizer o essencial, breve, nítido, sobre o negócio de uma boiada ou a compra de um enxoval de internato. Um bom dicionário lhe bastava como equipamento do pequeno escritório. Seu verdadeiro escritório era o campo, o espaço, as reses na engorda para o corte, tudo presente mesmo na cidade, de que era habitante continuando fazendeiro.

Seu traço capital, a energia. Mas esta, com o virar dos 60 anos, combinava-se com a resignação diante do que não pode ser evitado. O amor aos filhos é manifestado sem derrame sentimental: objetivo, quase seco. Pelo neto a quem criara, chegando a mudar-lhe fraldas e dar-lhe mingau, tinha o maior carinho. E quando teve de separar-se do garoto, que ia com o pai para outra cidade, não quis permanecer onde estava: seguiu também para outro lugar, onde não havia lembranças materiais do ambiente em que o avô brincava com o neto. Explicou: "Este menino é meu amigo."

A severidade aparente velava um coração sensível, que se feria como qualquer outro menos defendido. Que pretendia dos filhos? Não seria gratidão, mas amor, sem contudo dizer ou escrever esta palavra. Resistência física extraordinária. No campo, servindo de

219

mestre de obras improvisado na construção de uma casa, desloca um braço e pede a um trabalhador que lhe restabeleça a posição normal. O resultado é desastroso; trata-se passando querosene na região afetada, e não se lastima por falta de socorro médico: "No mais, estou duro como um coco. E só com a mão direita faço quase tudo que fazia com as duas."

Enxameavam os pedidos dos filhos. Se não podia atendê-los diretamente, escusava-se de usar intermediários: "Sua irmã quer reformar a casa. O que posso fazer é mandar dinheiro, pois estando longe não vou pedir a um filho que preste serviço a outro, salvo se ele quiser fazer isto espontaneamente."

Escrupuloso ao exagero, mandava quando podia mandar, pedia o menos possível. As contas dos filhos eram modelares. O que dava a um dava a todos. O bezerro oferecido como presente de aniversário crescia, era vendido, o dinheiro creditado. Todos tinham, sem sentir, seu pé-de-meia. Mas as despesas supérfluas eram debitadas. Nenhum era preterido pelos outros. O único livro que ele escreveu, o Livro-Razão, de contabilidade minuciosa, caligraficamente perfeito, revela a preocupação de igualdade e harmonia. Esse podia dar-lhe mais desgosto do que prazer, mas nem por isso era menos bem aquinhoado. De certas mágoas que guardava, só se veio a saber depois de sua morte.

Tantas coisas não escritas, que, entretanto, se mostram no escrito destas cartas. Mas só a releitura, muito tempo escoado, as torna visíveis. O Velho supunha dizer só o estritamente necessário na folha de bloco pautado. Dizia mais do que isso. O destinatário não sabia ler senão em superfície, aqui uma recomendação, ali a reprimenda suave, mais adiante uma notícia de clã. Tão simples. Cavando bem, aflora o espírito ancestral, profundo, radicular, independente das gerações, imutável em sua permanência. Alguma coisa que talvez me falte, ou que não é tão intensa quanto deveria ser. Que só se descobre a custo, e tarde. Segredo e mistério das cartas menos pretensiosas.

O pacote de cartas vai para a gaveta. Serão relidas algum dia? Ou basta saber que estão ali, ao alcance da mão, e não precisam ser consultadas? Vivem, silenciosamente.

APÊNDICE
UMA CARTA DE LUÍS CARLOS PRESTES

O registro da conversa com Luís Carlos Prestes, feito neste diário em 16 de abril de 1945 e publicado pelo *Jornal do Brasil* a partir de 1º de abril de 1980, deu margem à seguinte carta daquele líder político:

Rio, 14 de abril de 1980.

Prezado e ilustre compatriota.

Habitual leitor de suas crônicas no *Jornal do Brasil*, foi com o mais vivo interesse que li seus três artigos, publicados nas edições de 1, 3 e 5 do corrente mês de abril, daquele matutino, nos quais relata o que de mim ouviu na visita que me fez na Casa de Correção desta capital, em 15 de abril de 1945.

Tomo a liberdade de escrever-lhe estas linhas porque fui surpreendido pela forma que deu a seus artigos, ao afirmar de maneira tão segura e categórica, como sendo minhas, palavras pronunciadas há 35 anos atrás. Ora, como aquelas palavras não foram gravadas, nem em minha presença anotadas, confesso-lhe que me sinto admirado por não encontrar em seus artigos ao menos uma ressalva de que se trata da sua interpretação pessoal – talvez registrada em seu diário – daquilo que foi por mim efetivamente dito e, portanto, sujeito a confirmação de minha parte.

Confesso-lhe que seus artigos levaram-me a reler o que escreveu em certa feita o nosso grande Graciliano Ramos e que julgo conveniente aqui transcrever:

> *O que sucede a Carlos Prestes ocorre, em maior ou menor grau, a todos os indivíduos forçados a romper o casulo e entrar na vida pública. Não os veem como de fato são: enxergam-no através de lentes deformadoras.*

Qualquer literato sabe isto: a frase largada na livraria modifica-se no jornal, emprestando a um sujeito opinião que ele nunca teve; críticos sagazes decifram complicados enigmas em livros comuns. De repente, surgimos autores de pensamentos alheios, recebemos ataques ou elogios por uma entrevista dada pelo telefone, em meia dúzia de palavras desatentas. Ora, se tal acontece ao modesto colecionador de ideias mirins, em país analfabeto, o que não se dará com o dirigente político, em horas de efervescência como as atuais? Lenda? Com certeza. Mas na história também fervilham exageros – e às vezes, conhecendo as deturpações, não nos livramos delas, tanto nos imbuíram.

É na esperança de corrigir algumas, ao menos, das expressões que a mim atribui, mas que não são minhas, que lhe escrevo estas linhas.

Posso garantir-lhe, por exemplo, que jamais chamei o movimento popular de 1930 de revolução, e muito menos usaria a expressão "revolução completamente errada" para caracterizar aquele movimento insurrecional.

Garanto-lhe igualmente que jamais fiz a previsão de que "Dutra seria pior do que Getúlio", com base na afirmação de que "Getúlio foi pior do que Bernardes". Sempre repeli raciocínios e conclusões de tal natureza.

Não diria absolutamente que os homens, "por si, não têm qualquer significação". Porque não é nem jamais foi esta minha opinião sobre o papel dos homens na História.

O ilustre poeta compreenderá também que naquela época em que eu, da cadeia onde me encontrava, felicitava o presidente Vargas pelo estabelecimento de relações diplomáticas do Brasil com a União Soviética e opinava pessoalmente sobre a situação política em nosso país, não poderia, contraditoriamente, afirmar que por ser comunista não podia manifestar-me individualmente. Esta é uma compreensão errônea da disciplina partidária dos comunistas.

Asseguro-lhe também que não pode passar de lamentável equívoco haver eu me declarado católico na conversa que então tivemos. Neste caso, seria de grande valia o testemunho do ilustre dr. Heráclito Sobral Pinto, com quem numerosas vezes conversei, nos anos de 1937 e 1945, e que é bom conhecedor de minha maneira de pensar naqueles anos de prisão, nos terrenos religioso e filosófico.

Finalmente, só pode ser fruto de um equívoco a afirmação a mim atribuída de considerar naquela época a candidatura do sr. Eduardo

Gomes à presidência da República mais democrática do que a do seu competidor no pleito presidencial. Basta dizer-lhe que já alguns dias antes de sua visita, recebera eu a visita de Astrojildo Pereira, e que este, após ouvir-me a respeito da referida candidatura, que em minha opinião era apoiada pelo embaixador Adolfo Berle, correu à sede da Associação Brasileira de Imprensa, onde riscou seu nome de uma lista de intelectuais que a apoiavam. Posteriormente, em entrevista coletiva que concedi à imprensa nacional e estrangeira, ainda no mesmo mês de abril de 1945, que teve grande repercussão (será fácil verificar nos jornais da época), cheguei a afirmar que raramente se daria o caso de dois candidatos de duas candidaturas serem tão semelhantes.

Perdoe-me a impertinência, mas seus artigos são tão categóricos ao atribuir a mim expressões e afirmações que são suas, e não minhas, que me senti no dever de escrever-lhe estas linhas, seguro como estou de que o senhor não se negará a tornar públicas as ressalvas acima formuladas.

Queira receber, com a segurança do meu maior apreço, as saudações cordiais de quem se subscreve seu admirador.

Luís Carlos Prestes

Na mesma edição do *Jornal do Brasil*, em 19 de abril de 1980, foram estampados o texto desta carta e o da resposta que lhe dei em artigo, como colaborador desse matutino:

Conservo pelo sr. Luís Carlos Prestes o mesmo respeito que sempre lhe dediquei por sua vida de lutas e de malogros honrosos. Por isso mesmo, sinto lembrar-lhe que não escrevi artigos sobre a nossa conversa 35 anos depois de realizada. Publiquei, sim, páginas de um caderno de diário, escritas na manhã seguinte à visita que lhe fiz. Foi conversa sem gravador, que não havia então. E sem lápis de repórter, mas com a atenção presa às suas palavras, que jorravam em catadupa, justificável pela necessidade de expor, enfim, a seres humanos, reflexões e pontos de vista guardados no silêncio de tantos anos de reclusão forçada. O que explica também certas aberturas circunstanciais, comuns ao pronunciamento verbal improvisado.

Registrei o que me pareceu essencial ou curioso. Se não escrevi "movimento popular de 1930" em vez de "revolução de 1930", como toda gente falava e ainda fala, isto não altera em nada o sentido da referência a esse fato, cuja qualificação histórica, de resto, ainda se presta a debate.

As referências a Dutra, Getúlio, Bernardes e Eduardo Gomes, como as feitas a outros nomes e que não foram contestadas, eram, por sua natureza, facílimas de guardar. Não me convenço da necessidade de retificá-las, transcorrido tanto tempo. Seria apagar o que minha pena escreveu com segurança e o maior empenho de fidelidade, quando eu guardava ainda o som da voz de quem as pronunciou. O "papel dos homens na História", considerado criticamente, acaba levando a julgamentos individuais que se traduzem por frases como as que ouvi no interior daquela prisão.

A declaração de ser, além de patriota, católico, por me causar surpresa, foi anotada. Talvez se tenha inserido em contexto teórico alusivo ao caráter social da doutrina católica, que futuramente se definiria na Teologia da Libertação. Já não é absurdo aproximar marxismo e uma ala saliente do catolicismo. Os fatos estão aí, entrelaçando idealismo e materialismo dialético prático...

Nem frase solta ouvida em livraria nem entrevista de meia dúzia de palavras pelo telefone; a citação de Graciliano foge à natureza deste caso. Resta lamentar que o registro imediato da remota conversa não coincida com a memória que o sr. Prestes guardou do nosso encontro. Acontece. Isto não altera a consideração que voto a um homem da sua integridade, provada na ação e no sofrimento.

**POSFÁCIO
O POETA ME CONFORTA**
POR MÍRIAM LEITÃO

Uma coisa é ler um livro de poesias ou crônicas de Carlos Drummond de Andrade. Outra, bem diferente, é conviver com ele. Este livro, *O observador no escritório*, deixa a pessoa que o lê na agradável posição de ouvir os pensamentos e participar do cotidiano do poeta. Drummond vê um fato inusitado e conta, vai a uma reunião de escritores em Belo Horizonte e narra o que se passou no animadíssimo encontro. Visita Luís Carlos Prestes na prisão e relata o que ouviu. Recebe a visita de crianças em casa, veste-se de palhaço e reflete sobre sua própria identidade. Vê um fato bizarro e o descreve. Vai visitar Vinicius e encontra o colega em uma fase mística, falando com o além. Cruza na rua com o vizinho Guimarães Rosa. Nas minúcias do seu cotidiano, vai envolvendo o leitor com a sensação de convivência.

E as ironias de Drummond? O livro é recheado delas, porque este sempre foi um dos charmes da sua literatura. "Como é difícil aos escritores a escolha da palavra certa! Quem não é escritor acerta logo", escreve ele a respeito da negociação do comunicado final de um Congresso de Escritores. "Prestes não dá margem a interrupções", diz, informando que, na entrevista com o líder comunista, mal conseguiu abrir a boca. "A gente procura, de vez em quando, encaixar uma pergunta, formular uma dúvida, mas Prestes não dá tempo." Alfineta a esquerda da Zona Sul do Rio: "Assisto a uma reunião do Comitê Popular de Ipanema e Leblon e verifico, mais uma vez, como a conversa fiada se alimenta de si mesma."

E a doçura no cotidiano? Ele mesmo leva o cachorrinho Puck para ser sacrificado na clínica veterinária, por já não haver chance de sobrevivência digna. "Uma injeção — e mais nada." Deixa o corpo na clínica, "e trago para casa, com o sentimento de perda, o de ingratidão". Ao vestir-se de palhaço para as crianças, reflete: "dou-lhes a impressão de que sou um animal engraçadíssimo, bem diferente daquele senhor sério que é o dono da casa. Ou o dono da casa é que é um intruso, tomando o lugar do palhaço nativo, recolhido incomunicável ao quarto dos fundos?"

Gosto dessa intimidade que se instalou entre nós desde a primeira linha do livro. Em tempo de muito trabalho, a leitura foi lenta, interrompida, o que prolongou o prazer de estar com o poeta em conversa cheia de surpresas. Tudo pode acontecer a cada página. Manuel Bandeira ficou doente e ele foi visitar. O que conversaram? Há um concurso no *Correio da Manhã* sobre quem é o príncipe dos poetas brasileiros. Ele descrê da honraria: "Nunca vi metro para medir poeta." Guilherme de Almeida sonha com a escolha, mas teme a concorrência. "Há uma pedra no meio do caminho", diz a um amigo, e este conta a Drummond, que por sua vez manda de volta o recado: "Não há nenhuma pedra, embora haja uma bandeira." Guilherme de Almeida venceu o concurso.

Numa reunião da Associação Brasileira de Escritores, ele propõe: "Vamos redigir uma declaração afirmando o nosso propósito de não entrar jamais na Academia [Brasileira de Letras]?" Aurélio Buarque de Holanda discorda, não assina. As histórias cheias de personagens conhecidos da literatura brasileira vão se misturando às de pessoas sem qualquer noção que o abordam, como uma jovem de 19 anos que inventa um ardil para lhe entregar os originais dos poemas que escreveu. Drummond lê. Isso é que espanta. "O diabo é que não se salva sequer um verso, na papelada dos 'poemas.'"

Quem me apresentou à poesia de Drummond foi minha irmã Beth. Eu estava no início da minha adolescência e ela estudava Literatura em Belo Horizonte. Foi me ensinando a entender sonoridades, sutilezas e ousadias. Falou de pedras no caminho e de retratos na parede. Leu para mim em voz alta muitos poemas. Foi paixão instantânea. Anos depois, escrevi uma carta para Beth dizendo que havia feito um jornal na classe e gostaria de ampliá-lo para todo o colégio. Fracassei no projeto, mas a ideia era, num segundo número, homenagear Drummond. Na carta, pedi uma poesia e reclamei do "material escasso" em Caratinga. "E pensar que você tem toda a antologia dele", escrevi. Eu tinha então 15 anos e amava Drummond. Amor que permanece inabalado.

Enquanto lia *O observador no escritório*, Drummond ficou ao meu lado em diálogo constante. Eu estava andando no aeroporto e comecei a pensar em minha mãe, que morreu há muito tempo. Entrei no voo e abri o livro exatamente no ponto em que ele fala da saudade que sente da mãe. "Tua lembrança caminhou algum tempo comigo, nas ruas." Era o que eu havia sentido minutos antes. Não me assustei com a conexão, achei natural esse fio me ligando ao poeta.

Fui outro dia a Belo Horizonte visitar minha irmã Beth, mais uma vez internada para tratar um câncer intratável. Meu sobrinho Frederico me pegou no aeroporto, que fica nos confins da terra. No caminho até o hospital, ele foi falando sobre inteligência artificial animadamente. Diante dos impasses deste posfácio, Fred sugeriu que eu usasse a IA para dialogar com o poeta. Pensei: não precisa, eu dialogo naturalmente.

Estávamos cruzando a avenida Cristiano Machado a caminho do hospital. Foi inevitável pensar nele. Drummond trabalhou na campanha de Cristiano Machado para presidente da República. "Há laços mineiros que anulam o nosso natural retraimento." Cabia a ele e a Cyro dos Anjos escrever os discursos do candidato, tarefa que acabou recaindo sobre os ombros de Drummond. Penso no desperdício de talento do poeta em prol de campanha inútil que entrou para a crônica política brasileira como sinônimo de traição e virou verbete. A "cristianização" designa o ato de um partido abandonar seu próprio candidato e correr para outro. Os líderes do PSD bandearam-se todos para Getúlio Vargas. No livro, Drummond nos brinda com alguns bastidores daquela derrota. "Eu vi o próprio Cristiano, tão fino, tão polido, paciente, despedir-se de um alto correligionário do PSD, que o traía." Ele foi visitar o derrotado no dia 21 de outubro de 1950, com Getúlio eleito. "É a primeira vez que conversamos a sós, depois da eleição." Na conversa, Cristiano Machado iludia-se com a possibilidade de anulação do pleito. Pediu que Drummond escrevesse o manifesto em que ele lançaria a proposta. Drummond tentou dissuadi-lo, mas acabou rascunhando algo com a esperança de que não fosse aproveitado.

Dos bastidores políticos, ele passa a fazer pequenos retratos do cotidiano. Em 4 de junho de 1950, foi bonito o anoitecer: "A bela tarde, em Ipanema, cai docemente sobre os ombros maduros." Em 22 de janeiro de 1951, choveu: "Tarde de chuva fina no centro. Junto à livraria, observo minuciosamente as ruínas do tempo, que me sorriem." Ele prefere não ver, mas seus olhos investigam a vida vivida: "Chove no passado, chove na memória."

Em certos trechos do livro, é possível ver sementes de ideias que ele chegou a desenvolver. Em 31 de dezembro de 1952, escreveu: "O tempo é contínuo, e a divisão em meses, convencional. Por que ter esperança no ano próximo e desacreditar o que passou? Eu é que passei, não ele. Fiz cinquent'anos. Perdi um irmão discreto e simples. Tive ímpetos e descaídas. Não me sinto habilitado a julgar a vida nem a mim mesmo." Transforma-se assim em um amigo melancólico a mandar mensagem sincera em fim de ano.

Comecei a leitura decidida a marcar as partes favoritas para escrever o posfácio. Terminei com a tinta amarela atravessando o livro todo. Ele recebeu 2 mil cruzeiros por direitos autorais de *Viola de bolso*. Tento calcular o que aconteceu com a moeda desde aquele março de 1952, para saber se era muito ou pouco. Nos 42 anos seguintes, haveria seis padrões monetários, três deles chamados cruzeiro, cortes de doze zeros e divisão da moeda por 2.750. Me perco nas contas, tentando trazer a valor presente o intangível valor de Drummond, mas desisto. Nem ele sabia se estava bem ou mal pago. Em 1960, maio, ele recebeu o primeiro pagamento pela colaboração semanal na revista *Mundo ilustrado*, "São tantos cruzeiros para escritos tão fúteis, que fico na dúvida se os mereci", e conclui que "o dinheiro vale tão pouco hoje em dia que talvez eu esteja escrevendo barato". Em 1977, ao sacar seu pecúlio, aberto em 1961, na Associação dos Servidores Civis, não encontrou quase nada: "A desvalorização da nossa prezada moeda emagreceu-a tanto que ficou valendo 735 cruzeiros." Nosso maior poeta foi vítima também dos tropeços monetários do Brasil.

Drummond precisou trabalhar como servidor público. O mais longo dos cargos foi o de chefe de gabinete do ministro da Educação Gustavo Capanema. Ao sair, viveu de "bicos" arranjados: "a vida está difícil no Brasil, país de muita saúva e pouco dinheiro." Precisando muito de um emprego, voltou a Minas, mas querendo ficar no Rio. É socorrido por Murilo Rubião, que o ajudou a ser nomeado correspondente no Rio da mineira Rádio Inconfidência. O poeta voltou ao serviço público no Instituto Nacional do Livro e no Patrimônio Histórico e Artístico Nacional (PHAN), dedicando-se em cada canto da burocracia em que o deixam: "é doce o trabalho no porão escuro da Biblioteca Nacional." Eu penso apenas no tempo roubado à poesia pelo serviço burocrático. "Ruas que há muito tempo não via, nesta vida presa de Ministério."

É delicioso encontrar detalhes de sua convivência com os amigos notáveis. Em uma discussão, Candido Portinari, a quem ele chama de Candinho, proclama: "Faço questão de minha independência."

Pablo Neruda responde: "Mas não defendas tua liberdade quando ninguém a está atacando." No dia 7 de março de 1961, Drummond encontra casualmente, na rua, o escritor João Guimarães Rosa. "A realidade, para mim, é mágica. Este simples encontro que estamos tendo agora não aconteceu por acaso; está cheio de significação", diz o autor de *Grande sertão: veredas*. Ele, cético, apenas sorri. Em um telefonema de Clarice Lispector, dá-se o seguinte diálogo:

— Você quer me fazer feliz?
— Quem não gostaria disto, Clarice?

Drummond é solidário aos doentes e vai a enterros. Em vários momentos, fala de visitas e cortejos. "A notícia do falecimento, submersa nas fartas edições de domingo, não foi percebida por muitos amigos, ou eles só a leriam mais tarde", lamenta a respeito da pouca presença na despedida do poeta Américo Facó. Sobre o enterro de Cecília Meireles, escreve: "É demais! Vão-se as pessoas encantadoras, aumenta o vazio em torno. Não quis ver-lhe o rosto. Preferia ver, interiormente, a belíssima fisionomia de sempre, a verdadeira, incomparável Cecília."

O poeta tinha críticas ao presidente João Goulart, mas vê com horror se iniciar mais um ciclo autoritário em 1964, lembrando que na sua infância viu o marechal Hermes decretar o estado de sítio. "Quase sessenta anos depois, o governo de outro marechal (e na minha velhice) golpeia a Constituição que ele mesmo mandou fazer e suprime, por um 'ato institucional', todos os direitos e garantias individuais e sociais. Recomeçam as prisões, a suspensão de jornais, a censura à imprensa."

Cheguei a Belo Horizonte no dia 4 de julho de 2024 e passei a noite no hospital, apoiando minha irmã Beth em luta por mais um tempo de vida. Amanheceu bem melhor e teve alta. Era aniversário de 44 anos de Frederico. Ao deixar o hospital, os dois quiseram dar um passeio no alto da cidade. No grupo de família, meu sobrinho escreveu: "Foi dia de curtir a minha vida e os últimos dias da minha mãe. Dia intenso, uma mistura de sentimentos. Tive a oportunidade de, ao pé da Serra do Curral e sob o olhar de Drummond, refletir sobre a vida na companhia da minha mãe. E pensar no futuro." Com a mensagem ele enviou uma foto da Beth com Drummond ao fundo. A escultura traça apenas o contorno do semblante do poeta e seu rosto se mistura à terra de Minas. O sol ilumina o rosto da minha irmã perto do poeta que ela me ensinou a amar.

Não sei como se faz um posfácio e acho difícil alguém escrever algo depois de Drummond, sem cair no ridículo. Contudo, aceitei imediatamente a proposta da Record de estar aqui. Está acima das minhas possibilidades dizer não a Drummond. Trago o poeta na cabeceira, na estante, no coração e na mesa da sala, onde fica uma miniatura da sua estátua em Copacabana. Foi presente de uma amiga que sabe da minha longa devoção. Previ, em mensagem ao editor Rodrigo Lacerda: "Vou morrer de medo e me perguntar por que aceitei, vou dizer que não estou preparada, vou me chamar de louca. Mas farei."

Aconteceu tudo isso. Mas houve também um inesperado. Enquanto eu lia este livro e pensava como lidar com a difícil tarefa, abriu-se uma paralela do tempo. Em uma realidade, eu trabalhava intensamente, em um semestre cheio de compromissos. Filmei um documentário, escrevi o perfil do ministro da Fazenda, fiz colunas, comentários, verifiquei a política fiscal, expliquei a alta do dólar, analisei a reforma tributária e entrevistei autoridades sobre a tragédia ambiental brasileira. Em outro plano, me encontrava com Drummond. "Tônia Carrero telefona-me de São Paulo." Eu já queria saber como foi a conversa. "Esse diabo de Baudelaire, dizendo que a inspiração consiste em trabalhar todo dia. E onde fica a preguiça de intelectual?" Eu ri da minha dificuldade com o ócio. "Reflexão matinal: mais de metade da vida normal já se escoou. Então era isto?" Eu, paralisada, fico imprestável para o trabalho. Penso apenas na profundidade daquela reflexão, feita na manhã de 24 de janeiro de 1947.

Uma coisa é ler um livro para escrever um posfácio. Outra, é conviver com Drummond. É entrar em seu escritório e observá-lo escrevendo ideias soltas, enquanto Crispim, seu gato, com personalidade oposta à de Inácio, que era "esquivo e seco", "mostra-se disposto à confraternização". Virou seu grande amigo no escritório. "Só que nem sempre me deixa escrever." Terminei o livro sentindo a alegria da intimidade com o poeta cujos versos vieram comigo pela vida.

CRONOLOGIA

1902

– Nasce em Itabira (MG), no dia 31 de outubro, o nono filho de Julieta Augusta Drummond de Andrade e do fazendeiro Carlos de Paula Andrade.

1909

– Lê o romance *Robinson Crusoé*, de Daniel Defoe, em uma versão infantil publicada pela revista *Tico-Tico*, e se encanta com as aventuras. Escreveria mais tarde: "E eu não sabia que minha história / era mais bonita que a de Robinson Crusoé." (do poema "Infância", em *Alguma poesia*).

1910

– Passagem do cometa Halley. Décadas depois, Drummond registrará em seu diário: "No ar frio, o céu dourado baixou no vale, tornando irreais os contornos dos sobrados, da igreja, das montanhas. Saímos para a rua banhados de ouro, magníficos e esquecidos da morte que não houve. Nunca mais houve cometa igual, assim terrível, desde-

nhoso e belo." Escreverá ainda dois poemas sobre o tema, "Cometa", em *Boitempo*, e "Halley", em *A falta que ama*.
– Inicia o curso primário no Grupo Escolar Dr. Carvalho Brito.

1912

– Pede ao pai para comprar a *Biblioteca Internacional de Obras Célebres*, coleção de volumes publicada pela Sociedade Internacional. No documentário *O fazendeiro do ar*, dirigido por Fernando Sabino e David Neves, Drummond relembra: "A base da minha formação literária está nesse monte de coisas da *Biblioteca Internacional*. Eram 24 volumes enormes, encadernados, *Biblioteca Internacional de Obras Célebres*, e com isso eu li um bocado de filosofia, um bocado de teatro, um bocado de poesia, um bocado de tudo, e fez-se uma salada no meu espírito." A coleção é também objeto do poema "Biblioteca verde", em *Boitempo*.
– Ingressa no Grêmio Dramático e Literário Arthur de Azevedo.
– Trabalha uma parte do dia como caixeiro no armazém de Randolfo Martins da Costa, seu parente e maior comerciante de Itabira. Quis empregar-se ali para ouvir as conversas dos fregueses sobre a Primeira Guerra Mundial.

1916

– Ingressa como aluno interno no Colégio Arnaldo, em Belo Horizonte, e inicia amizade com os colegas Gustavo Capanema e Afonso Arinos de Melo Franco. Interrompe os estudos no 2º ano por motivo de saúde.

1917

– Retorna a Itabira e tem aulas particulares com o professor Emílio Magalhães.
– Conhece a poesia de Augusto dos Anjos e fica perplexo. Mais tarde revelou: "Li-o na adolescência e foi como se levasse um soco na cara... Vi como se pode fazer lirismo com dramaticidade permanente, que se grava para sempre na memória do leitor" (em *Os sapatos de Orfeu*, de José Maria Cançado).
– Visita com frequência o santeiro Alfredo Duval e faz amizade com seus filhos. Trata-se de um "intelectual orgânico", conversador e conhecido na cidade.
– Lê o livro *A educação sentimental*, de Gustave Flaubert, que lhe deixa marcas profundas.

1918

– Ingressa como aluno interno no Colégio Anchieta, dos padres jesuítas, em Nova Friburgo (RJ), onde se destaca em certames literários. Colabora no jornalzinho *Aurora Colegial*, no qual tem seu primeiro texto publicado.
– Incentivado pelo irmão Altivo, publica no jornalzinho *Maio*, de Itabira, seu poema em prosa "Onda".

1919

– "No colégio, escreveu escondido uma novela de caráter anticlerical, uma verrina aos padres e parasitas da vida humana", segundo o colega Octávio Barbosa da Silva.
– Ao rebelar-se contra uma nota que por condescendência lhe dera o professor de Português, ouve dos jesuítas a proposta de

que se resolva o incidente com um pedido de desculpa. O acordo não é cumprido pelos padres e Drummond é expulso do Colégio Anchieta por alegada "insubordinação mental". Dirá depois, em entrevista, que o episódio contribuíra para que perdesse o sentimento religioso.

1920

– Muda-se com a família para Belo Horizonte.
– Passa a colaborar no modesto *Jornal de Minas*, situado no térreo do prédio onde morava. É seu primeiro trabalho como articulista.
– Conhece Dolores Dutra de Morais, com quem se casará cinco anos depois.

1921

– Passa a trabalhar no *Diário de Minas*, no qual por oito anos escreverá críticas literárias e outros textos.
– Frequenta a vida literária de Belo Horizonte e torna-se amigo de Milton Campos, Abgar Renault, Emílio Moura, Alberto Campos, Mário Casassanta, João Alphonsus, Cyro dos Anjos, Batista Santiago, Aníbal Machado, Pedro Nava, Gabriel Passos, Heitor de Sousa e João Pinheiro Filho, frequentadores da Livraria Alves e do Café Estrela.
– Muda-se com a família para uma casa no bairro da Floresta, onde seu pai tinha vários terrenos, e instala-se num "quarto independente", com acesso pelo alpendre.
– Publica na revista *Radium*, da Faculdade de Medicina, o conto "Rosarita".

1922

– Estreita laços de amizade com o estudante de medicina Pedro Nava, que se impressiona com seu conto "Rosarita": "O instrumento mais à mão para protestar contra o parnasianismo, o imobilismo, o sonetismo que curarizavam o Brasil."
– Vence o concurso Novela Mineira, com o conto "Joaquim do Telhado", e ganha um prêmio de 50 mil-réis.
– Publica artigos nas revistas *Para Todos* e *Ilustração Brasileira*, ambas do Rio de Janeiro.
– Organiza o livro *Teia de aranha*, coletânea de poemas em prosa, e o envia à Editora Freitas Bastos, no Rio de Janeiro. A obra nunca chegaria a ser publicada.

1923

– Ingressa na Escola de Odontologia e Farmácia de Belo Horizonte.
– Conhece o português António Ferro, amigo de Fernando Pessoa, e dedica-lhe um artigo. "António Ferro, que tem uma *jazz band* na alma, deixa fugir dos lábios o eco da sua desvairada música interior."

1924

– Inicia correspondência com Manuel Bandeira, manifestando-lhe sua admiração.
– Encontra-se, no Grande Hotel de Belo Horizonte, com a turma dos modernistas paulistas: Mário de Andrade, Oswald de Andrade, Olívia Penteado, Gofredo Telles e Tarsila do Amaral, acompanhados do poeta francês Blaise Cendrars.
– Admirador de Mário de Andrade, inicia correspondência que se manterá até poucos dias antes da morte do escritor paulista.

1925

– Casa-se com Dolores Dutra de Morais.
– Funda, com Emílio Moura, Gregoriano Canedo e Francisco Martins de Almeida, *A Revista*, periódico destinado a divulgar o movimento modernista.
– Conclui o curso de Farmácia, mas não exerce a profissão, alegando querer "preservar a saúde dos outros".

1926

– Retorna a Itabira para lecionar Geografia e Português no Ginásio Sul-Americano.
– Volta para Belo Horizonte, por sugestão de Alberto Campos, e ocupa o cargo de redator e depois redator-chefe do *Diário de Minas*, onde tem como companheiro de trabalho o amigo Afonso Arinos de Melo Franco.
– Villa-Lobos, sem conhecê-lo, compõe uma seresta sobre o poema "Cantiga de viúvo", que integra *Alguma poesia*, seu livro de estreia.
– Em Pouso Alto (MG), encontra-se pela primeira vez com Manuel Bandeira.
– Encerra a publicação de *A Revista*, no nº 3, com artigos numa ortografia transgressiva, como no seu ensaio "Poezia e relijião".

1927

– Em 21 de março, nasce seu filho Carlos Flávio, que falece minutos depois. A ele, Drummond dedica os poemas "Ser", em *Claro enigma*, e "O que viveu meia hora", em *A paixão medida*.
– Discursa em homenagem a Francisco Martins de Almeida, numa festa noticiada em 11 de janeiro no *Diário de Minas*. Francisco

integrava um dos grupos modernistas mineiros e era, assim como Drummond, fundador de *A Revista*, lançada em 1925, para difundir os princípios estéticos do movimento.

– Publica o poema "Pipiripau", em 24 versos livres, no *Diário de Minas*, em 30 de janeiro e 6 de fevereiro, com o pseudônimo Antônio Crispim.

– Publica resenha sobre o livro *Brás, Bexiga e Barra Funda*, de António de Alcântara Machado, no *Diário de Minas*, em 27 de março.

– Publica diversos poemas ("Fantasia", "Caso", "Sonho de um dia de calor", "Sinal de apito", "Sweet home", "Epigrama para Emílio Moura" e "Convite ao suicídio") em revistas de Minas Gerais, Rio de Janeiro e São Paulo.

– Publica diversas crônicas e artigos no *Diário de Minas*, entre fevereiro e dezembro.

1928

– Publica o poema "No meio do caminho", no nº 3 da *Revista de Antropofagia*. Trinta e nove anos depois, o poema merecerá do autor o livro *Uma pedra no meio do caminho: biografia de um poema*, coletânea de críticas publicada em 1967. "[...] sou o autor confesso de certo poema, insignificante em si, mas que a partir de 1928 vem escandalizando meu tempo, e serve até hoje para dividir no Brasil as pessoas em duas categorias mentais" (trecho da crônica "Autobiografia para uma revista", em *Confissões de Minas*).

– Nasce, em 4 de março, sua filha Maria Julieta. Sobre ela, o poeta escreverá: "Repara um pouquinho nesta, / no queixo, no olhar, no gesto, / e na consciência profunda / e na graça menineira, / e dize, depois de tudo, / se não é, entre meus erros, / uma imprevista verdade. / Esta é minha explicação, / meu verso melhor ou único, / meu tudo enchendo meu nada" (do poema "A mesa", em *Claro enigma*).

– Assis Chateaubriand, empresário do meio jornalístico, convida Drummond para dirigir o *Diário da Noite*. A proposta não é aceita.
– Publica crônicas, artigos e diversos poemas ("Circo", "Uma feia na multidão", "Anedota búlgara", "Poeminha de Maria", "Cantiga da experiência", "Margarida", "Sociedade", "Nós dois", "Esperteza", "A rua diferente", "A grande liquidação" e "Poema de sete faces") no *Diário de Minas*, entre fevereiro e dezembro.
– Por sugestão do amigo Rodrigo Melo Franco de Andrade, é convidado por Francisco Campos a trabalhar na Secretaria da Educação, mas, sem mesa e cadeira para ocupar, é levado por Mário Casassanta para auxiliar na redação da *Revista do Ensino*, na mesma secretaria.
– Vende ao irmão Altivo, por 50 mil-réis, sua parte na herança da Fazenda do Pontal. "Tive ouro, tive gado, tive fazendas. / Hoje sou funcionário público" (do poema "Confidência do itabirano", em *Sentimento do mundo*).

1929

– Assume o cargo de auxiliar de redação no jornal *Minas Gerais*, órgão oficial do estado sob a direção de Abílio Machado e José Maria Alkmin, e logo é promovido a redator.
– Firma-se como cronista da seção "Notas Sociais", do jornal *Minas Gerais*, usando, entre outros, os pseudônimos Antônio Crispim e Barba Azul.
– Recusa pedido de Oswald de Andrade para colaborar na *Revista de Antropofagia*. O motivo é sua lealdade a Mário de Andrade, que rompera com Oswald.
– Entre janeiro e novembro, publica diversos poemas ("1º de janeiro", "Diálogo dos burgueses no bonde", "Quadrinha sobre o regresso de Pedro Nava", "Conheço um país", "Romaria", "Vitrola", "Boca",

"Poema sobre uma casa", "Meu pobre amigo", "Ode a Jackson de Figueiredo" e "Moça e soldado") no *Diário de Minas*.
– Também entre janeiro e novembro, publica diversas crônicas e artigos no *Diário de Minas* e na revista *Verde*, de Cataguases (MG), ligada ao movimento modernista.

1930

– Publica, com recursos próprios e tiragem de quinhentos exemplares, *Alguma poesia*, seu livro de estreia, com o selo imaginário das "Edições Pindorama", do amigo Eduardo Frieiro. No lançamento, outro amigo, Milton Campos, saúda o poeta em um grande banquete no Automóvel Club. Na ocasião, Drummond profere seu famoso discurso do "anjo delicadamente torto do lado do coração".
– Envia o livro ao amigo Mário de Andrade, em 27 de abril, acompanhado de uma carta: "Eis aí, Mário e amigo, a história da impressão de minha obrinha primeira. Ela aí vai. Sua opinião me interessa mais do que a de qualquer outro."
– Assume o cargo de auxiliar de gabinete de Cristiano Machado, secretário do Interior do governo de Minas Gerais. Ao irromper a Revolução de Outubro, que transforma aquela paragem burocrática em centro de operações militares, passará a oficial de gabinete, quando seu amigo Gustavo Capanema substituir Cristiano Machado.
– Em uma crônica, expressa sua "paixão" por Greta Garbo: "Cinema com o rosto escorrido e o olho parado de Greta Garbo no cartaz é cinema cheio. A penumbra da sala enche-se de êxtases e de corações batendo pela sorte da mulher-orquídea, mulher cheia de ossos e intenções, que a gente não sabe se está pelo avesso ou pelo direito, mulher gelada e fatal, mulher do golpe do mistério. E ninguém sabe explicar por que motivo Greta Garbo desarranja tanto a nossa

máquina sentimental de sertanejos envernizados" (da crônica "O fenômeno Greta Garbo", publicada no jornal *Minas Gerais* em 18 de maio de 1930).
– Publica no jornal *Estado de Minas*, entre outros, os poemas "Também já fui brasileiro", "Toada do amor", "Europa, França e Bahia", "Política literária", "Poema do jornal", "Fuga", "O sobrevivente", "Cota zero", "Iniciação amorosa", "Balada do amor através das idades", "Cabaré mineiro", "Quero me casar", "Sesta", "Poema da purificação" e "O voo sobre as igrejas", alguns deles incluídos no livro *Alguma poesia*.
– Publica diversas crônicas no jornal *Minas Gerais*, entre março e agosto, quase todas com o pseudônimo Antônio Crispim.

1931

– Falece seu pai, Carlos de Paula Andrade, em 28 de julho, aos 70 anos. "No deserto de Itabira / a sombra de meu pai / tomou-me pela mão. / Tanto tempo perdido. / Porém nada dizia. / Não era dia nem noite. / Suspiro? Voo de pássaro? / Porém nada dizia. / [...] // A pequena área da vida / me aperta contra o seu vulto, / e nesse abraço diáfano / é como se eu me queimasse / todo, de pungente amor" (do poema "Viagem na família", em *José*).
– Sua mãe, Julieta Augusta, passa a viver num apartamento do Hospital São Lucas, em Belo Horizonte.

1932

– Publica, como colaboração especial no jornal *Estado de Minas*, o poema "Necrológio dos desiludidos do amor", uma provocação modernista no dia de Natal.
– Solidário ao amigo Mário de Andrade, Drummond escreve-lhe uma carta em 10 de outubro, a propósito da Revolução Constitu-

cionalista, em São Paulo: "Estou certo que você viveu todo o drama, e mais dramaticamente ainda que os outros, pois sua inteligência implacável há de ter espiado os acontecimentos, os entusiasmos, as paixões, ao passo que no grande número apenas o instinto comandava. Eu também, do meu lado, fiz o que pude. Mas apenas produzi palavras."

1933

– Trabalha como redator do jornal *A Tribuna*.
– Assessora Gustavo Capanema durante os três meses em que o amigo foi interventor federal em Minas Gerais.

1934

– Volta a trabalhar, simultaneamente, nas redações dos jornais *Minas Gerais*, *Estado de Minas* e *Diário da Tarde*.
– Publica *Brejo das Almas*, com tiragem de duzentos exemplares, editado pela cooperativa Os Amigos do Livro.
– É convidado para trabalhar como chefe de gabinete de Gustavo Capanema, novo ministro da Educação e Saúde Pública.
– Muda-se, com a família, para o Rio de Janeiro.

1935

– Passa a responder pelo expediente da Diretoria-Geral de Educação e integra a Comissão de Eficiência do Ministério da Educação.

1936

– Escreve ao amigo e ministro Capanema carta de demissão de seu cargo, por incompatibilidade com o pessoal de direita que predominava na repartição: "Não tenho posição à esquerda, mas sinto por ela uma viva inclinação intelectual, de par com o desencanto que me inspira o espetáculo do meu país." O pedido não foi aceito.

1937

– Colabora na *Revista Acadêmica*, do Rio de Janeiro, sob a direção do editor e intelectual modernista Murilo Miranda.

1938

– Escreve o poema "Elegia 1938", depois incluído no livro *Sentimento do mundo*.

1939

– Em 1º de setembro, dia em que eclode a Segunda Guerra Mundial, Paulo Rónai publica, na Hungria, uma antologia intitulada *Mensagem do Brasil*, com traduções de vários poemas brasileiros, entre eles "No meio do caminho". Anos depois, em entrevista, Paulo Rónai conta que, informado do lançamento do livro pela Embaixada brasileira em Budapeste, o jornal *Correio da Manhã* teria comentado em uma nota: "Enquanto a guerra toma quase todos os espaços na Hungria, um maluco de Budapeste está traduzindo poesia brasileira."

1940

– Publica *Sentimento do mundo*, numa pequena edição de 150 exemplares, que circula fora das livrarias e a salvo dos órgãos de repressão. O livro chega a São Paulo. Em seguida, sai a edição publicada pela Editora Pongetti.
– Consolida-se a relação de amizade com Paulo Rónai, mantida por meio de cartas e livros presenteados. Mais tarde, em julho de 1944, Drummond convence o ministro Capanema a obter para o amigo húngaro o visto de permanência no Brasil.
– Conhece João Cabral de Melo Neto, jovem poeta vindo do Recife com intenção de viver no Rio de Janeiro.

1941

– Mantém na revista *Euclides*, dirigida por Simões dos Reis, a seção "Conversa Literária", assinando-a como "O Observador Literário".
– A *Revista Acadêmica* percebe o alcance do livro *Sentimento do mundo* e dedica um número inteiro ao poeta.
– Forma-se uma frente literária antifascista, que o consagra como o maior poeta nacional naquele momento.
– Colabora no suplemento literário do jornal *A Manhã*, dirigido por Múcio Leão e, mais tarde, por Jorge Lacerda.
– Publica uma autobiografia minimalista na *Revista Acadêmica*.
– Muda-se para a casa da rua Joaquim Nabuco, 81, em Copacabana, onde viverá até 1962.

1942

– Sai a coletânea *Poesias*, pela Editora José Olympio. Pela primeira vez, o poema "José" é publicado em livro.

– Preside a conferência "O movimento modernista", organizada por Mário de Andrade e realizada na biblioteca do Ministério das Relações Exteriores, no Rio de Janeiro, em comemoração dos vinte anos da Semana de Arte Moderna.
– Recebe carta de João Cabral de Melo Neto, pedindo-lhe um emprego no Rio de Janeiro. Pouco depois, o poeta pernambucano vai trabalhar no Departamento de Administração do Serviço Público (DASP).

1943

– Traduz o livro *Thérèse Desqueyroux*, de François Mauriac, com o título *Uma gota de veneno*, publicado na coleção As 100 Obras Primas da Literatura Universal, da Editora Pongetti.
– Propõe, em uma reunião da diretoria da Associação Brasileira de Escritores (ABDE), em tom de brincadeira: "Vamos redigir uma declaração afirmando o nosso propósito de não entrar jamais na Academia?" Otávio Tarquínio de Souza redige a declaração, e assinam: Carlos Drummond de Andrade, José Lins do Rego, Astrojildo Pereira, Dinah Silveira de Queiroz, Álvaro Lins, Francisco de Assis Barbosa e Marques Rebelo. Aurélio Buarque de Holanda, secretário da *Revista do Brasil*, abstém-se.
– Roger Bastide, antropólogo francês e, na época, professor da USP, analisa a poesia de Drummond e diz: "Sua visão não é para o alto, mas para baixo... O mundo que ele apresenta é o da terra, das pedras, das calçadas, dos velhos porões de casas. Por isto anda nas ruas de olhos baixos." ("Bouquet de poetas: Carlos Drummond de Andrade", em *Poetas do Brasil*).
– Publica, na revista *Leitura*, uma resenha sobre o livro *A montanha mágica*, de Thomas Mann, assinalando que o autor não é "materia-

lista". Por essa época, flerta com o Partido Comunista Brasileiro, ao qual nunca se filiaria.

1944

– Publica, a pedido de Álvaro Lins, o livro *Confissões de Minas*, pela editora Americ.
– Concede entrevista a Homero Senna, publicada em *O Jornal*, em 19 de novembro.

1945

– Abalado com a morte do amigo Mário de Andrade, escreve o poema "Mário de Andrade desce aos infernos", incluído em *A rosa do povo*, no qual se lê: "Mas tua sombra robusta desprende-se e avança."
– Publica o livro *A rosa do povo*, pela Editora José Olympio.
– Publica a novela *O gerente*, pela Editora Horizonte.
– Colabora no suplemento literário do *Correio da Manhã* e na *Folha Carioca*.
– Falece sua irmã Rosa, em São João del Rey.
– Deixa a chefia de gabinete do ministro Capanema e posiciona-se politicamente contra o ditador Getúlio Vargas.
– Visita Luís Carlos Prestes, na prisão, quando é convidado a ser codiretor do diário comunista *Tribuna Popular*. Afasta-se do cargo meses depois, devido a discordâncias com a direção do jornal.
– Encontra-se com Pablo Neruda, que visita o Rio de Janeiro, cicerroneado por Vinicius de Moraes.
– A pedido de Prestes, é convidado, por Arruda Câmara e Pedro Pomar, a candidatar-se a deputado federal pelo PCB. Recusa de imediato.

– É nomeado para a Diretoria do Patrimônio Histórico e Artístico Nacional (DPHAN). Pouco depois, é promovido a chefe da Seção de História, na Divisão de Estudos e Tombamento.

1946

– Recebe o prêmio da Sociedade Felipe d'Oliveira, pelo conjunto da obra.
– Sua filha Maria Julieta publica, pela Editora José Olympio, a novela *A busca*, com prefácio de Aníbal Machado.
– É convidado por João Cabral de Melo Neto para padrinho de casamento com Stella Maria.

1947

– Publica *As relações perigosas*, tradução de *Les liaisons dangereuses*, de Choderlos de Laclos, para a coleção Biblioteca dos Séculos, da Editora Globo.
– Prepara uma "boa delegação carioca" para participar do II Congresso de Escritores, em Belo Horizonte, integrando a comissão de política do evento.

1948

– Publica a antologia *Poesia até agora*, pela Editora José Olympio.
– Publica a coletânea *Novos poemas*, pela Editora José Olympio.
– Com o pseudônimo Policarpo Quaresma, mantém a seção "Através dos livros" no suplemento Letras e Artes do jornal *A Manhã*, do Rio de Janeiro.

– Colabora no semanário *Política e Letras*, do Rio de Janeiro, dirigido por Odylo Costa, filho, jornalista que se destacara na oposição ao Estado Novo.
– Em março, sua mãe deixa o hospital São Lucas e retorna a Itabira, onde falece em 29 de dezembro. Coincidentemente, por ocasião do funeral, a peça "Poema de Itabira", de Villa-Lobos, feita a partir de seu poema "Viagem na família", é executada no Theatro Municipal do Rio de Janeiro. Sobre a mãe, Drummond escreveria: "A falta que me fazes não é tanto / à hora de dormir, quando dizias / 'Deus te abençoe', e a noite abria em sonho. // É quando, ao despertar, revejo a um canto / a noite acumulada de meus dias, / e sinto que estou vivo, e que não sonho" (do poema "Carta", em *Lição de coisas*).

1949

– Volta a colaborar no jornal *Minas Gerais*.
– Luís Jardim ilustra, e edita manualmente, um exemplar único do poema "A máquina do mundo".
– Sua filha Maria Julieta casa-se com o escritor e advogado argentino Manuel Graña Etcheverry. O casal fixa residência em Buenos Aires, onde ela, por 34 anos, desenvolverá intenso trabalho de divulgação da cultura brasileira.
– Inicia correspondência com sua filha e grande amiga de toda a vida. A troca de cartas é semanal e se estenderá até 1983, quando Maria Julieta volta a morar no Brasil.
– Participa da eleição da nova diretoria da Associação Brasileira de Escritores (ABDE), no Rio de Janeiro, na qual Afonso Arinos de Melo Franco sai vitorioso. Em seguida, desliga-se da associação, junto com outros amigos, devido a discordâncias políticas. A ABDE viria a ser sucedida pela atual União Brasileira de Escritores (UBE), com sede em São Paulo.

1950

– Viaja a Buenos Aires para acompanhar o nascimento do primeiro neto, Carlos Manuel. Sobre ele, Drummond escreverá: "Se tivesse mais de dois anos, chamá-lo-ia de mentiroso. No seu verdor, é apenas um ser a quem a imaginação comanda, e que, com isso, dispõe de todos os filtros da poesia" (da crônica "Netinho", em *Fala, amendoeira*).

1951

– Publica *Claro enigma* e *Contos de aprendiz* pela Editora José Olympio.
– Publicado na Espanha o livro *Poemas*, com seleção, tradução e introdução de Rafael Santos Torroella, pelas Ediciones Rialp, de Madri.
– Conhece Lygia Fernandes, bibliotecária da Diretoria do Patrimônio Histórico e Artístico Nacional (DPHAN), onde ele trabalhava, e com ela inicia um longo relacionamento. No poema "O quarto em desordem", de *Fazendeiro do ar*, lê-se: "Na curva perigosa dos cinquenta / derrapei neste amor."
– A Editora Hipocampo publica *A mesa*, com o poema homônimo ilustrado por Eduardo Sued.

1952

– Publica *Passeios na ilha: divagações sobre a vida literária e outras matérias*, pela Editora Organização Simões.
– Publica a coletânea de poesia *Viola de bolso*, pelo Serviço de Documentação do Ministério da Educação.
– Falece, em 27 de setembro, seu irmão Flaviano, em Itabira.
– Publica lista dos "10 grandes romances da história da literatura": 1) *As ligações perigosas*, de Choderlos de Laclos; 2) *A cartuxa de Parma*,

de Stendhal; 3) *A educação sentimental*, de Gustave Flaubert; 4) *Em busca do tempo perdido*, de Marcel Proust; 5) *Os moedeiros falsos*, de André Gide; 6) *David Copperfield*, de Charles Dickens; 7) *Tom Jones*, de Henry Fielding; 8) *Ulisses*, de James Joyce; 9) *Guerra e paz*, de Liev Tolstói; 10) *Dom Quixote*, de Miguel de Cervantes (em *Os sapatos de Orfeu*, de José Maria Cançado).

1953

– Viaja com a esposa Dolores a Buenos Aires, para acompanhar o nascimento do segundo neto, a quem dedica o poema "A Luis Mauricio, infante", incluído no livro *Fazendeiro do ar*: "Acorda, Luis Mauricio. Vou te mostrar o mundo, / se é que não preferes vê-lo de teu reino profundo."
– Publicação do livro *Dos poemas*, em Buenos Aires, traduzido para o espanhol por seu genro, Manuel Graña Etcheverry, e publicado pelas Ediciones Botella al Mar.
– Demite-se do cargo de redator do jornal *Minas Gerais*, ao ter estabilizada sua situação como funcionário da Diretoria do Patrimônio Histórico e Artístico Nacional (DPHAN).

1954

– Publica, pela Editora José Olympio, *Fazendeiro do ar & Poesia até agora*, que conjuga um livro inédito com o volume lançado em 1948.
– Traduz o livro *Les paysans*, de Balzac, com o título *Os camponeses*, publicado pela Editora Globo.
– Veiculação, pela Rádio Ministério da Educação e Cultura, de oito entrevistas radiofônicas concedidas à jornalista Lya Cavalcanti. Esta série de entrevistas, intitulada "Quase memórias", foi convertida em

livro por Drummond e publicada em 1986, pela Editora Record, com o título *Tempo vida poesia*.
– A convite do crítico literário Álvaro Lins, inicia a publicação da série de crônicas "Imagens", no jornal carioca *Correio da Manhã*, mantida até 1969.

1955

– Publica *Viola de bolso novamente encordoada*, pela Editora José Olympio.
– O livreiro Carlos Ribeiro publica edição fora de comércio do *Soneto da buquinagem*, pela Editora Philobiblion.
– Participa, com Manuel Bandeira, do lançamento e da tarde de autógrafos de um disco de vinil, pelo selo Festa, contendo poemas declamados por ambos.

1956

– Publica *Cinquenta poemas escolhidos pelo autor*, em edição do Serviço de Documentação do Ministério da Educação e Cultura.
– Publica sua tradução de *Albertine disparue*, de Marcel Proust, com o título *A fugitiva*, pela Editora Globo.

1957

– Publica a coletânea de crônicas *Fala, amendoeira*, pela Editora José Olympio.
– Publica o livro *Ciclo*, pela editora O Gráfico Amador, do Recife, com tiragem de apenas 96 exemplares.

– Sofre algumas críticas dos poetas concretistas reunidos na Exposição Nacional de Arte Concreta e emite sua opinião sobre o movimento: "No fundo, uma grande pobreza imaginativa transformada em rigor de criação" (em *Os sapatos de Orfeu*, de José Maria Cançado).

1958

– Publicação, em Buenos Aires, de um volume de poemas na coleção Poetas del Siglo Veinte.

1959

– Defende a permanência do túmulo de Machado de Assis na sede da Academia Brasileira de Letras, diante da possibilidade da transferência para o mausoléu acadêmico no cemitério São João Batista.
– Publica a antologia *Poemas*, pela Editora José Olympio, livro que tem sua "orelha" escrita pelo próprio autor no que ele chamou de "poema-orelha": "Esta é a orelha do livro / por onde o poeta escuta / se dele falam mal / ou se o amam. / [...] // A orelha pouco explica / de cuidados terrenos; / e a poesia mais rica / é um sinal de menos." O volume inclui os poemas de *A vida passada a limpo*, até então inéditos.
– Publica pela Editora Agir *Dona Rosita, a solteira*, sua tradução da peça de Federico García Lorca, pela qual recebe o Prêmio Padre Ventura.

1960

– Nasce seu terceiro neto, Pedro Augusto, em Buenos Aires.
– Publica sua tradução do livro *Oiseaux-mouches orthorynques du Brésil*, de Jean Théodore Descourtilz, com o título *Beija-flores do Brasil*, lançada pela Biblioteca Nacional.

– Colabora na revista *O Mundo Ilustrado*, semanário de notícias e variedades.
– Propõe ao amigo e escritor Cyro dos Anjos, pouco antes da aposentadoria de ambos, a criação de uma Agência de Publicidade Intelectual: "Temos tanta experiência acumulada em gerir interesses de outrem, por que não aplicá-la em proveito de nós mesmos? [...] Redigir é o nosso forte, e ganhar dinheiro, o nosso lado incompetente" (em *Os sapatos de Orfeu*, de José Maria Cançado).

1961

– Colabora no programa *Quadrante*, na Rádio Ministério da Educação, juntamente com Cecília Meireles, Dinah Silveira de Queiroz, Fernando Sabino, Manuel Bandeira, Paulo Mendes Campos e Rubem Braga.
– Falece seu irmão Altivo, em 3 de junho.
– Por ato do presidente Jânio Quadros, é nomeado membro da Comissão de Literatura do Conselho Nacional de Cultura, da qual se afasta logo após as primeiras reuniões.

1962

– Publica *Antologia poética*, pela Editora do Autor.
– Publica *Lição de coisas*, pela Editora José Olympio.
– Falece, em 6 de fevereiro, o amigo Candido Portinari, que pintara seu retrato em 1936.
– Muda-se da casa na rua Joaquim Nabuco, onde vivera durante 21 anos, para um apartamento na rua Conselheiro Lafaiete, em Copacabana.
– Publica sua tradução da peça *L'oiseau bleu*, de Maurice Maeterlinck, com o título *O pássaro azul*, para a Coleção Prêmio Nobel de Literatura, da Editora Delta.

– Publica sua tradução da peça *Les fourberies de Scapin*, de Molière, com o título *As artimanhas de Scapino*, pelo Ministério da Educação, e recebe, mais uma vez, o Prêmio Padre Ventura.
– A Editora do Autor publica a coletânea de crônicas *Quadrante I*, com textos de Carlos Drummond de Andrade, Cecília Meireles, Fernando Sabino, Manuel Bandeira, Paulo Mendes Campos e Rubem Braga, que haviam participado do programa homônimo da Rádio Ministério da Educação, um ano antes. Na tarde de autógrafos, Drummond é flagrado por Fernando Sabino autografando alguns exemplares com o nome de Manuel Bandeira.
– Publica a coletânea de textos em prosa *A bolsa & a vida*, pela Editora do Autor.
– Aposenta-se como chefe da Seção de História da Diretoria do Patrimônio Histórico e Artístico Nacional, após 35 anos de serviço público, e recebe carta de louvor do ministro da Educação, Oliveira Brito.

1963

– John Nist, professor da Universidade do Arizona e introdutor da literatura modernista brasileira nos Estados Unidos, lança a candidatura de Drummond ao Prêmio Nobel de Literatura.
– Publica sua tradução do romance *Sult*, do norueguês Knut Hamsun, com o título *Fome*, para a Coleção Prêmio Nobel de Literatura, da Editora Delta.
– Recebe, pelo livro *Lição de coisas*, os prêmios Fernando Chinaglia, da União Brasileira de Escritores, e Luísa Cláudio de Souza, do PEN Clube do Brasil.
– A Editora do Autor publica a coletânea de crônicas *Quadrante II*, com o mesmo elenco de autores do primeiro volume, lançado no ano anterior.

– Escreve crônicas para a série de programas *Cadeira de Balanço*, na Rádio Ministério da Educação.
– Colabora no programa *Vozes da Cidade*, criado por Murilo Miranda, na Rádio Roquette-Pinto.
– Grava cinco poemas para o disco *Carlos Drummond de Andrade*, do selo Festa.
– Viaja para a Argentina com a esposa Dolores, a fim de passar uma temporada com a filha Maria Julieta e sua família em Bella Vista.
– Recusa convite para ocupar uma diretoria da Light, empresa canadense concessionária dos serviços de eletricidade no Rio de Janeiro.

1964

– Depõe em inquéritos policiais militares, devido à amizade que mantinha com perseguidos pelo recém-implantado regime militar, entre eles Carlos Heitor Cony, seu colega no *Correio da Manhã*.
– É publicada sua *Obra completa* pela Editora Nova Aguilar, com estudo crítico de Emanuel de Moraes, fortuna crítica, cronologia e bibliografia.
– Vai regularmente à biblioteca do amigo Plínio Doyle, em visitas que deram origem ao "Sabadoyle", encontro semanal de amigos escritores realizado aos sábados. Em crônica publicada no jornal *Correio da Manhã*, em 1964, lê-se: "Entre os mineradores de livros e documentos literários, na Guanabara, há muito se destaca Plínio Doyle. [...]. Porque se trata (ó fenômeno) de colecionador não egoísta."
– Falecem os amigos escritores Aníbal Machado, em 20 de janeiro, Álvaro Moreyra, em 12 de setembro, e Cecília Meireles, em 9 de novembro. Sobre Aníbal Machado, em crônica publicada no jornal *Correio da Manhã*, escreve: "Recebeu a morte como recebia os amigos, os viajantes e os perseguidos políticos [...]."

1965

– Organiza, com Manuel Bandeira, o livro *Rio de Janeiro em verso & prosa*, publicado pela Editora José Olympio, na comemoração do quarto centenário da cidade. O volume reúne textos sobre a capital fluminense e tornou-se um livro raro.
– Falece o amigo e poeta Augusto Frederico Schmidt, em 8 de fevereiro.
– Publicação de *Antologia poética*, em Portugal, pela Editora Portugália, com seleção e prefácio do professor de literatura portuguesa Massaud Moisés.
– É publicada nos Estados Unidos, pela Editora da Universidade do Arizona, a antologia *In the middle of the road: selected poems*, com organização e tradução de John Nist.
– É publicada a antologia *Poesie*, em Frankfurt, Alemanha, pela Editora Suhrkamp, edição bilíngue com tradução e posfácio de Curt Meyer-Clason.
– Participa da antologia *Vozes da cidade*, publicada pela Editora Record, com Cecília Meireles, Genolino Amado, Henrique Pongetti, Maluh de Ouro Preto, Manuel Bandeira e Rachel de Queiroz.
– Affonso Romano de Sant'Anna inicia pesquisas para a tese de doutorado que resultará no livro *Drummond: o gauche no tempo*, publicado em três edições e premiado quatro vezes.
– Colabora na revista *Pulso*.

1966

– Publica a coletânea de crônicas *Cadeira de balanço*, pela Editora José Olympio.
– Estreia do filme *O padre e a moça*, do diretor Joaquim Pedro de Andrade, baseado no poema "O padre, a moça", do livro *Lição de coisas*, publicado em 1962.

– Nara Leão é ameaçada de prisão devido a algumas declarações sobre os militares no poder. Drummond sai em sua defesa com um "pedido-poema" dirigido ao presidente Castello Branco: "Meu honrado marechal / dirigente da nação, / venho fazer-lhe um apelo: / não prenda Nara Leão. / [...] // A menina disse coisas / de causar estremeção? / Pois a voz de uma garota / abala a Revolução? / [...] // Meu ilustre marechal / dirigente da nação, / não deixe, nem de brinquedo, / que prendam Nara Leão."
– Organiza a antologia de crônicas *Andorinha, andorinha*, de Manuel Bandeira, publicada pela Editora José Olympio.

1967

– Publica *Versiprosa* e *José & outros*, pela Editora José Olympio.
– Organiza a coletânea *Minas Gerais*, publicada pela Editora do Autor.
– Publicação de *Mundo, vasto mundo* em Buenos Aires, com tradução do genro Manuel Graña Etcheverry.
– Publica *Uma pedra no meio do caminho: biografia de um poema*, pela Editora do Autor.

1968

– Publica *Boitempo & A falta que ama*, pela Editora Sabiá.
– Torna-se membro correspondente da Hispanic Society of America, sediada nos Estados Unidos.
– Recebe, da Câmara Brasileira do Livro, o Prêmio Jabuti, pelo livro *Versiprosa*.
– Falece seu irmão José, no dia 1º de setembro.
– Publica artigo indignado contra a extrema tolerância do governo com os grupos de direita. Ao ser editado o AI-5, escreve em diário: "Recomeçam as prisões, a suspensão de jornais, a censura à imprensa."

1969

– Deixa o *Correio da Manhã* e passa a colaborar no *Jornal do Brasil*.
– Publica *Reunião: 10 livros de poesia*, pela Editora José Olympio.
– Acolhe em seu apartamento duas sobrinhas, que vinham sendo seguidas pelos órgãos de repressão política em Belo Horizonte.
– Traduz as letras de seis canções do *Álbum branco* dos Beatles, publicadas na revista *Realidade*.

1970

– Publica *Caminhos de João Brandão*, pela Editora José Olympio.
– Publica o conto "Meu companheiro" na *Antologia de contos brasileiros de bichos*, organizada por Hélio Pólvora e Cyro de Mattos, pela Editora Bloch.
– Publicada em Cuba a coletânea *Poemas*, com introdução, seleção e notas de Muñoz-Unsain, pela Casa de las Américas.

1971

– Publicação de *Seleta em prosa e verso* (com estudo e notas de Gilberto Mendonça Teles), pela Editora José Olympio.
– Publicação, pela Editora Sabiá, da antologia *Elenco de cronistas modernos,* com textos de Drummond, Clarice Lispector, Fernando Sabino, Manuel Bandeira, Paulo Mendes Campos, Rachel de Queiroz e Rubem Braga.
– Participa, com o texto "Um escritor nasce e morre", do livro *An anthology of brazilian prose*, lançado pela Editora Ática.

1972

– Suplementos dos principais jornais brasileiros celebram os 70 anos de Drummond.
– Viaja a Buenos Aires com a esposa Dolores para visitar a filha Maria Julieta e sua família.
– Publica *O poder ultrajovem*, pela Editora José Olympio.
– Apoia o amigo Plínio Doyle na criação do Arquivo Museu de Literatura Brasileira, na Fundação Casa de Rui Barbosa, no Rio de Janeiro.
– É publicado, pela editora Diagraphis, o álbum *D. Quixote Cervantes Portinari Drummond*, com 21 desenhos de Candido Portinari e glosas de Carlos Drummond de Andrade, depois incluídas no livro *As impurezas do branco*, de 1973.

1973

– Publica *As impurezas do branco* pela Editora José Olympio.
– Publica *Menino antigo (Boitempo II)*, pela Editora José Olympio e Instituto Nacional do Livro (INL).
– Publicação de *La bolsa & la vida*, em Buenos Aires, com tradução de María Rosa Oliver, pelas Ediciones de la Flor.
– Publicação, em Paris, da coletânea *Réunion*, com tradução de Jean-Michel Massa, pela Editora Aubier-Montaigne.
– Publicação de *Minas e Drummond*, com ilustrações de Yara Tupynambá, Wilde Lacerda, Haroldo Mattos, Júlio Espíndola, Jarbas Juarez, Álvaro Apocalypse e Beatriz Coelho, pela Editora da UFMG.
– Recebe o título de doutor *honoris causa* pelas universidades federais de Minas Gerais (UFMG) e do Rio de Janeiro (UFRJ).

1974

– Recebe, por *As impurezas do branco,* o prêmio de melhor livro de poesia do ano de 1973, da Associação Paulista de Críticos de Arte (APCA).
– Lançamento do documentário *O fazendeiro do ar,* produzido e dirigido por Fernando Sabino e David Neves.
– Torna-se membro honorário da American Association of Teachers of Spanish and Portuguese, sediada nos Estados Unidos.
– Publica *De notícias & não notícias faz-se a crônica,* pela Editora José Olympio.
– Concede a Fernando Sabino uma entrevista publicada na *Revista de Cultura Brasileña* (Madri), nº 38, de dezembro, sob o título "Habla el poeta de nuestro tiempo".

1975

– Publica *Amor, amores,* ilustrado por Carlos Leão, pela Editora Alumbramento.
– Recebe o Prêmio Nacional Walmap de Literatura.
– Recusa, por motivos políticos, o Prêmio Brasília de Literatura, da Fundação Cultural do Distrito Federal.
– Publica o poema "A falta de Érico Veríssimo", por ocasião da morte do amigo escritor: "Falta alguma coisa no Brasil [...] // Falta uma tristeza de menino bom [...] // Falta um boné, aquele jeito manso [...] // Falta um solo de clarineta."
– Publica o texto "O que se passa na cama", no *Livro de cabeceira do homem,* v. 1, pela Editora Civilização Brasileira.

1976

– Indignado com os rumos da capital mineira, publica o poema "Triste horizonte" no *Jornal do Brasil*.
– Torna-se membro honorário da American Academy of Arts and Letters.
– Publicada a tradução da coletânea *Poemas*, em Lima (Peru), com tradução de Leonidas Cevallos, pelo Centro de Estudios Brasileños.

1977

– Publica *A visita*, com fotos de Maureen Bisilliat, em edição fora de comércio feita pelo amigo bibliófilo José Mindlin.
– Publica *Discurso de primavera e algumas sombras*, com ilustrações de Carybé, pela Editora Record.
– Publica *Os dias lindos*, pela Editora José Olympio.
– Publicação, pela Editora Ática, do primeiro volume da coleção Para Gostar de Ler, com textos de Drummond, Rubem Braga, Fernando Sabino e Paulo Mendes Campos.
– Grava o álbum duplo *Antologia poética*, com 38 poemas, produzido por Suzana de Moraes e lançado pela Polygram.
– Publicação, na Bulgária, da tradução feita por Rumen Stoyanov de *Sentimento do mundo*, com o título *Uybetbo ba cheta*.

1978

– Publica a 2ª edição, ampliada, de *Discurso de primavera e algumas sombras*, pela Editora José Olympio.
– Publica *70 historinhas*, pela Editora José Olympio.
– Publicação de *Amar-amaro* e *El poder ultrajoven* na Argentina.

– Publica *O marginal Clorindo Gato*, com capa de Oscar Niemeyer, pela Editora Avenir.

1979

– Publica *Poesia e prosa*, em 5ª edição revista e atualizada, pela Editora Nova Aguilar.
– Publica *Esquecer para lembrar* (*Boitempo III*), pela Editora José Olympio.
– Participa da antologia *O melhor da poesia brasileira*, com Manuel Bandeira, João Cabral de Melo Neto e Vinicius de Moraes, publicada pela Editora José Olympio.
– Publica *Nudez*, com ilustrações de Gastão de Holanda e Cecília Jucá, em edição fora de comércio, pela Escola das Artes.
– Viaja a Buenos Aires para acompanhar tratamento de saúde da filha Maria Julieta.

1980

– Recebe o Prêmio Estácio de Sá, de jornalismo.
– Recebe o Prêmio Morgado Mateus, de poesia, em Portugal.
– Publica *A paixão medida*, com desenhos de Emeric Marcier, pelas Edições Alumbramento.
– Exalta os versos de Gilka Machado, criticada por escrever poemas eróticos, e declara numa crônica: "Gilka foi a primeira mulher nua da poesia brasileira."
– Participa do lançamento conjunto, na Livraria José Olympio, de seu livro *A paixão medida* e de *Um buquê de alcachofras*, da filha Maria Julieta.
– Falece, em 9 de julho, o amigo Vinicius de Moraes, sobre quem dirá: "Era o único poeta brasileiro que vivia como poeta."

– Concede importante entrevista a Zuenir Ventura, publicada na revista *Veja* de 19 de novembro.

1981

– Concede, em janeiro, entrevista ao periódico *O Cometa Itabirano*, da cidade mineira onde nasceu.
– Publica *Contos plausíveis*, pela Editora José Olympio.
– Publica *O pipoqueiro da esquina*, com ilustrações de Ziraldo, pela Editora Codecri.
– Com Maria Julieta, concede entrevista histórica à jornalista Leda Nagle, no *Jornal Hoje*, da TV Globo.

1982

– Celebrados em todo o Brasil, os 80 anos do poeta são tema de exposições comemorativas na Biblioteca Nacional e na Fundação Casa de Rui Barbosa.
– Recebe o título de Doutor *honoris causa* pela Universidade Federal do Rio Grande do Norte.
– A Editora José Olympio publica a edição anotada de *A lição do amigo: cartas de Mário de Andrade a Carlos Drummond de Andrade*.
– A Editora Universidade de Brasília publica *Carmina drummondiana*, poemas traduzidos para o latim por Silva Bélkior.
– O poema "Adeus a Sete Quedas", publicado no *Jornal do Brasil*, inspira o curta-metragem *Quarup Sete Quedas*, do cineasta Frederico Füllgraf.
– Publicação da antologia bilíngue *Gedichte*, em Frankfurt, Alemanha, pela Editora Suhrkamp, com tradução e posfácio de Curt Meyer-Clason.

1983

– Publica, pela Editora Record, o livro infantil *O elefante*, com ilustrações de Regina Vater.
– Publica a antologia *Nova reunião: 19 livros de poesia*, pela Editora José Olympio e Instituto Nacional do Livro (INL).
– A filha Maria Julieta volta a morar no Rio de Janeiro e mantém sua coluna de crônicas no jornal *O Globo*, para o qual também faz entrevistas com personalidades brasileiras.
– Recusa o troféu Juca Pato, Prêmio Intelectual do Ano, da União Brasileira de Escritores (UBE), por achar que não escrevera nada de relevante neste ano.

1984

– É entrevistado pela filha Maria Julieta para o jornal *O Globo*.
– Após 42 anos publicando pela Editora José Olympio, assina contrato com a Editora Record.
– Com a crônica "Ciao", publicada em 29 de setembro, despede-se dos leitores do *Jornal do Brasil*, após 64 anos de colaboração na imprensa.
– Publica os livros *Boca de Luar* e *Corpo*, pela Editora Record.
– Falece, em 13 de maio, o amigo, escritor e médico Pedro Nava. No poema "Pedro (o múltiplo) Nava", em *Viola de bolso*, lê-se: "Do nosso tempo fiel memorialista, / esse querido Nava, simplesmente, / é mistura de santo, sábio e artista."
– Publicação de *Mata Atlântica*, livro de arte lançado pela Assessoria de Comunicação e Marketing (AC&M), em edição fora de comércio.
– Publicação, pela Editora Record, da coletânea *Quatro vozes*, com textos de Drummond, Rachel de Queiroz, Cecília Meireles e Manuel Bandeira.

– A *Revista do Arquivo Público Mineiro* publica *Crônicas de Carlos Drummond de Andrade (1930-1934)*, sob os pseudônimos de Antônio Crispim e Barba Azul.
– Concede entrevista a Edmílson Caminha, para o jornal *Diário do Nordeste*, de Fortaleza.
– Colabora com Maria Lucia do Pazo na elaboração da tese de doutorado defendida na Universidade Federal do Rio de Janeiro em 1992, sobre os versos eróticos do poeta.

1985

– Publica, pela Editora Record, *Amar se aprende amando, O observador no escritório*, páginas de diário, e o infantil, com ilustrações de Ziraldo, *História de dois amores*.
– Publica, pela Lithos Edições de Arte, *Amor, sinal estranho*, com litografias originais de Bianco.
– Publicação de *Pantanal*, livro de arte lançado pela Assessoria de Comunicação e Marketing (AC&M), em edição fora de comércio.
– Publicação, pela Universidade da Flórida, de *Quarenta historinhas e cinco poemas*, livro de leitura e exercícios para estudantes de Português nos Estados Unidos.
– Publicação, em Lisboa, pela editora de *O Jornal*, do livro *60 anos de poesia*, uma antologia de sua obra organizada e apresentada por Arnaldo Saraiva.

1986

– Publica *Tempo vida poesia: confissões no rádio* e reorganiza os três volumes de *Boitempo* (lançados originalmente em 1968, 1973 e 1979) nas edições *Boitempo I e II*, pela Editora Record.

– Publicação da antologia *Travelling in the family*, em Nova York, pela editora Random House.
– Lançada a fotobiografia *Bandeira, a vida inteira*, com 21 poemas inéditos de Drummond, em comemoração do centenário de Manuel Bandeiras.
– Sofre um infarto e passa doze dias internado em um hospital.

1987

– Escreve, em 31 de janeiro, o que viria a ser seu último poema: "Elegia a um tucano morto", dedicado ao neto Pedro Augusto.
– A Estação Primeira de Mangueira homenageia Drummond com o samba-enredo "No reino das palavras", e sagra-se campeã do carnaval carioca.
– Publicação de *Sentimento del mondo*, traduzido por Antonio Tabucchi e lançado pela editora italiana Guido Einaudi.
– Falece sua filha Maria Julieta, em 5 de agosto. "Assim termina a vida da pessoa que mais amei neste mundo. Fim.", escreve o poeta no diário em que acompanhava a doença da filha.
– Doze dias após a morte da filha, falece no dia 17 de agosto, vitimado por insuficiência respiratória decorrente de um infarto.
– É enterrado no mesmo túmulo da filha, no Cemitério São João Batista, no Rio de Janeiro, onde também será sepultada, em 1994, sua esposa Dolores.

BIBLIOGRAFIA DE
CARLOS DRUMMOND DE ANDRADE

POESIA:

Alguma poesia. Belo Horizonte: Edições Pindorama, 1930.
Brejo das almas. Belo Horizonte: Os Amigos do Livro, 1934.
Sentimento do mundo. Rio de Janeiro: Pongetti, 1940.
Poesias. Rio de Janeiro: José Olympio, 1942. [*Alguma poesia, Brejo das almas, Sentimento do mundo, José.*]*
A rosa do povo. Rio de Janeiro: José Olympio, 1945.
Poesia até agora. Rio de Janeiro: José Olympio, 1948. [*Alguma poesia, Brejo das almas, Sentimento do mundo, José, A rosa do povo, Novos poemas.*]
Claro enigma. Rio de Janeiro: José Olympio, 1951.
Viola de bolso. Rio de Janeiro: Serviço de Documentação do MEC, 1952.
Fazendeiro do ar & Poesia até agora. Rio de Janeiro: José Olympio, 1954.
Viola de bolso novamente encordoada. Rio de Janeiro: José Olympio, 1955.
50 poemas escolhidos pelo autor. Rio de Janeiro: Serviço de Documentação do MEC, 1956.
Poemas. Rio de Janeiro: José Olympio, 1959. [*Alguma poesia, Brejo das almas, Sentimento do mundo, José, A rosa do povo, Novos poemas, Claro enigma, Fazendeiro do ar* e *A vida passada a limpo.*]

* A presente bibliografia de Carlos Drummond de Andrade restringe-se às primeiras edições de seus livros, exceptuando obras renomeadas. Nos casos em que os livros não tiveram primeira edição independente, os respectivos títulos aparecem entre colchetes, juntamente com os demais a compor a coletânea na qual vieram a público pela primeira vez. [*N. do E.*]

Antologia poética. Rio de Janeiro: Editora do Autor, 1962.
Lição de coisas. Rio de Janeiro: José Olympio, 1962.
José & outros. Rio de Janeiro: José Olympio, 1967. [*José, Novos poemas, Fazendeiro do ar, A vida passada a limpo, 4 poemas, Viola de bolso II.*]
Versiprosa. Rio de Janeiro: José Olympio, 1967.
Boitempo & A falta que ama. [*(In) Memória – Boitempo I.*] Rio de Janeiro: Sabiá, 1968.
Reunião: 10 livros de poesia. Introdução de Antonio Houaiss. Rio de Janeiro: José Olympio, 1969. [*Alguma poesia, Brejo das almas, Sentimento do mundo, José, A rosa do povo, Novos poemas, Claro enigma, Fazendeiro do ar, A vida passada a limpo, Lição de coisas e 4 poemas.*]
As impurezas do branco. Rio de Janeiro: José Olympio, 1973.
Menino antigo (Boitempo II). Rio de Janeiro: José Olympio; Brasília: Instituto Nacional do Livro, 1973.
Esquecer para lembrar (Boitempo III). Rio de Janeiro: José Olympio, 1979.
A paixão medida. Ilustrações de Emeric Marcier. Rio de Janeiro: Alumbramento, 1980.
Nova reunião: 19 livros de poesia. 2 vols. Rio de Janeiro: José Olympio; Brasília: Instituto Nacional do Livro, 1983.
O elefante. Ilustrações de Regina Vater. Rio de Janeiro: Record, 1983.
Corpo. Ilustrações de Carlos Leão. Rio de Janeiro: Record, 1984.
Amar se aprende amando. Capa de Anna Leticya. Rio de Janeiro: Record, 1985.
Boitempo I e II. Rio de Janeiro: Record, 1987.
Poesia errante: derrames líricos (e outros nem tanto, ou nada). Rio de Janeiro: Record, 1988.
O amor natural. Ilustrações de Milton Dacosta. Rio de Janeiro: Record, 1992.
Farewell. Vinhetas de Pedro Augusto Graña Drummond. Rio de Janeiro: Record, 1996.

Poesia completa: volume único. Fixação de texto e notas de Gilberto Mendonça Teles. Introdução de Silviano Santiago. Rio de Janeiro: Nova Aguilar, 2002.

Declaração de amor, canção de namorados. Organização de Pedro Augusto Graña Drummond e Luis Mauricio Graña Drummond. Rio de Janeiro: Record, 2005.

Versos de circunstância. Organização de Eucanaã Ferraz. São Paulo: Instituto Moreira Salles, 2011.

Nova reunião: 23 livros de poesia. 3 vols. Rio de Janeiro: BestBolso, 2013.

Viola de bolso: mais uma vez encordoada. Rio de Janeiro: José Olympio, 2023.

CONTO:

O gerente. Rio de Janeiro: Horizonte, 1945.
Contos de aprendiz. Rio de Janeiro: José Olympio, 1951.
70 historinhas. Rio de Janeiro: José Olympio, 1978.
Contos plausíveis. Ilustrações de Irene Peixoto e Márcia Cabral. Rio de Janeiro: José Olympio; Editora JB, 1981.
Histórias para o rei. Rio de Janeiro: Record, 1997.

CRÔNICA:

Fala, amendoeira. Rio de Janeiro: José Olympio, 1957.
A bolsa & a vida. Rio de Janeiro: Editora do Autor, 1962.
Para gostar de ler. Com Fernando Sabino, Paulo Mendes Campos e Rubem Braga. Rio de Janeiro: Editora do Autor, 1962.
Quadrante. Com Cecília Meireles, Dinah Silveira de Queiroz, Fernando Sabino, Manuel Bandeira, Paulo Mendes Campos e Rubem Braga. Rio de Janeiro: Editora do Autor, 1962.

Quadrante II. Com Cecília Meireles, Dinah Silveira de Queiroz, Fernando Sabino, Manuel Bandeira, Paulo Mendes Campos e Rubem Braga. Rio de Janeiro: Editora do Autor, 1962.

Cadeira de balanço. Rio de Janeiro: José Olympio, 1966.

Caminhos de João Brandão. Rio de Janeiro: José Olympio, 1970.

O poder ultrajovem. Rio de Janeiro: José Olympio, 1972.

De notícias & não notícias faz-se a crônica: histórias, diálogos, divagações. Rio de Janeiro: José Olympio, 1974.

Os dias lindos. Rio de Janeiro: José Olympio, 1977.

Crônica das favelas cariocas. Rio de Janeiro: [edição particular], 1981.

Boca de luar. Rio de Janeiro: Record, 1984.

Crônicas 1930-1934. Crônicas de Drummond assinadas com os pseudônimos Antônio Crispim e Barba Azul. *Revista do Arquivo Público Mineiro*, Belo Horizonte, ano XXXV, 1984.

Moça deitada na grama. Rio de Janeiro: Record, 1987.

Autorretrato e outras crônicas. Seleção de Fernando Py. Rio de Janeiro: Record, 1989.

Quando é dia de futebol. Organização de Pedro Augusto Graña Drummond e Luis Mauricio Graña Drummond. Rio de Janeiro: Record, 2002.

Receita de Ano Novo. Organização de Pedro Augusto Graña Drummond e Luis Mauricio Graña Drummond. Ilustrações de Mariana Massarani. Rio de Janeiro: Record, 2008.

OBRA REUNIDA:

Obra completa. Estudo crítico de Emanuel de Moraes, fortuna crítica, cronologia e bibliografia. Rio de Janeiro: Nova Aguilar, 1964.

Poesia completa e prosa. Estudo crítico de Emanuel de Moraes, fortuna crítica, cronologia e bibliografia. Rio de Janeiro: Nova Aguilar, 1973.

Poesia e prosa. Estudo crítico de Emanuel de Moraes, fortuna crítica, cronologia e bibliografia. Rio de Janeiro: Nova Aguilar, 1979.

ENSAIO E CRÍTICA:

Confissões de Minas. Rio de Janeiro: Americ-Edit, 1944.
García Lorca e a cultura espanhola. Rio de Janeiro: Ateneu Garcia Lorca, 1946.
Passeios na ilha: divagações sobre a vida literária e outras matérias. Rio de Janeiro: Simões, 1952.
O observador no escritório. Rio de Janeiro: Record, 1985.
O avesso das coisas: aforismos. Ilustrações de Jimmy Scott. Rio de Janeiro: Record, 1987.
Conversa de livraria 1941 e 1948. Reunião de textos assinados sob os pseudônimos de O Observador Literário e Policarpo Quaresma, Neto. Porto Alegre: AGE; São Paulo: Giordano, 2000.
Amor nenhum dispensa uma gota de ácido: escritos de Carlos Drummond de Andrade sobre Machado de Assis. Organização de Hélio de Seixas Guimarães. São Paulo: Três Estrelas, 2019.

INFANTIL:

O pipoqueiro da esquina. Ilustrações de Ziraldo. Rio de Janeiro: Codecri, 1981.
História de dois amores. Ilustrações de Ziraldo. Rio de Janeiro: Record, 1985.
O sorvete e outras histórias. São Paulo: Ática, 1993.
A cor de cada um. Rio de Janeiro: Record, 1996.
A senha do mundo. Rio de Janeiro: Record, 1996.
Criança dagora é fogo. Rio de Janeiro: Record, 1996.
Vó caiu na piscina. Rio de Janeiro: Record, 1996.

Rick e a girafa. Ilustrações de Maria Eugênia. São Paulo: Ática, 2001.

Menino Drummond. Ilustrações de Angela Lago. São Paulo: Companhia das Letrinhas, 2021.

O elefante. Ilustrações de Raquel Cané. São Paulo: Companhia das Letrinhas, 2021.

O gato solteiro e outros bichos. Organização de Pedro Augusto Graña Drummond. Rio de Janeiro: Record, 2022.

O mundo é grande. Ilustrações de Raquel Cané. Rio de Janeiro: Record, 2023.

BIBLIOGRAFIA SOBRE CARLOS DRUMMOND DE ANDRADE (SELETA)

ACHCAR, Francisco. *A rosa do povo & Claro enigma*: roteiro de leitura. São Paulo: Ática, 1993.

AGUILERA, Maria Veronica Silva Vilariño. *Carlos Drummond de Andrade*: a poética do cotidiano. Rio de Janeiro: Expressão e Cultura, 2002.

AMZALAK, José Luiz. *De Minas ao mundo vasto mundo*: do provinciano ao universal na poética de Carlos Drummond de Andrade. São Paulo: Navegar, 2003.

ANDRADE, Carlos Drummond; SARAIVA, Arnaldo (orgs.). *Uma pedra no meio do caminho*: biografia de um poema. Apresentação de Arnaldo Saraiva. Rio de Janeiro: Editora do Autor, 1967.

ARQUIVO-MUSEU DE LITERATURA BRASILEIRA. *Inventário do Arquivo Carlos Drummond de Andrade*. Apresentação de Eliane Vasconcelos. Rio de Janeiro: Fundação Casa de Rui Barbosa, 1998.

ARRIGUCCI JR., Davi. *Coração partido*: uma análise da poesia reflexiva de Drummond. São Paulo: Cosac Naify, 2002.

BARBOSA, Rita de Cássia. *Poemas eróticos de Carlos Drummond de Andrade*. São Paulo: Ática, 1987.

BISCHOF, Betina. *Razão da recusa*: um estudo da poesia de Carlos Drummond de Andrade. São Paulo: Nankin, 2005.

BOSI, Alfredo. *Três leituras*: Machado, Drummond, Carpeaux. São Paulo: 34, 2017.

BRASIL, Assis. *Carlos Drummond de Andrade*: ensaio. Rio de Janeiro: Livros do Mundo Inteiro, 1971.

BRAYNER, Sônia (org.). *Carlos Drummond de Andrade*. Coleção Fortuna Crítica 1. Rio de Janeiro: Civilização Brasileira, 1977.

CAMILO, Vagner. *Drummond*: da rosa do povo à rosa das trevas. São Paulo: Ateliê, 2001.

CAMINHA, Edmílson (org.). *Drummond*: a lição do poeta. Teresina: Corisco, 2002.

_____. *O poeta Carlos & outros Drummonds*. Brasília: Thesaurus, 2017.

CAMPOS, Haroldo de. *A máquina do mundo repensada*. São Paulo: Ateliê, 2000.

CAMPOS, Maria José. *Drummond e a memória do mundo*. Belo Horizonte: Anome Livros, 2010.

CANÇADO, José Maria. *Os sapatos de Orfeu*: biografia de Carlos Drummond de Andrade. São Paulo: Scritta, 1993.

CARVALHO, Leda Maria Lage. *O afeto em Drummond*: da família à humanidade. Itabira: Dom Bosco, 2007.

CHAVES, Rita. *Carlos Drummond de Andrade*. São Paulo: Scipione, 1993.

COÊLHO, Joaquim-Francisco. *Terra e família na poesia de Carlos Drummond de Andrade*. Belém: Universidade Federal do Pará, 1973.

CORREIA, Marlene de Castro. *Drummond*: a magia lúcida. Rio de Janeiro: Jorge Zahar, 2002.

COSTA, Francisca Alves Teles. *O constante diálogo na poesia de Carlos Drummond de Andrade*. Fortaleza: Secretaria de Cultura e Desporto, 1987.

COUTO, Ozório. *A mesa de Carlos Drummond de Andrade*. Ilustrações de Yara Tupynambá. Belo Horizonte: ADI Edições, 2011.

CRUZ, Domingos Gonzalez. *No meio do caminho tinha Itabira*: a presença de ltabira na obra de Carlos Drummond de Andrade. Rio de Janeiro: Achiamé; Calunga, 1980.

CUNHA, Maria Antonieta Antunes. *O discurso indireto livre em Carlos Drummond de Andrade*. Belo Horizonte: Imprensa Oficial, 1971.

_____. *Carlos Drummond de Andrade*. São Paulo: Moderna, 2006.

CURY, Maria Zilda Ferreira. *Horizontes modernistas*: o jovem Drummond e seu grupo em papel jornal. Belo Horizonte: Autêntica, 1998.

DALL'ALBA, Eduardo. *Drummond*: a construção do enigma. Caxias do Sul: EDUCS, 1998.

_____. *Noite e música na poesia de Carlos Drummond de Andrade*. Porto Alegre: AGE, 2003.

DIAS, Márcio Roberto Soares. *Da cidade ao mundo*: notas sobre o lirismo urbano de Carlos Drummond de Andrade. Vitória da Conquista: Edições UESB, 2006.

FERREIRA, Diva. *De Itabira... um poeta*. Itabira: Saitec Editoração, 2004.

GALDINO, Márcio da Rocha. *O cinéfilo anarquista*: Carlos Drummond de Andrade e o cinema. Belo Horizonte: BDMG, 1991.

GARCIA, Nice Seródio. *A criação lexical em Carlos Drummond de Andrade*. Rio de Janeiro: Rio, 1977.

GARCIA, Othon Moacyr. *Esfinge clara*: palavra-puxa-palavra em Carlos Drummond de Andrade. Rio de Janeiro: São José, 1955.

GLEDSON, John. *Poesia e poética de Carlos Drummond de Andrade*. Tradução do autor. São Paulo: Duas Cidades, 1982.

_____. *Influências e impasses: Drummond e alguns contemporâneos*. São Paulo: Companhia das Letras, 2003.

GUIMARÃES, Júlio Castañon. *Distribuição de papéis*: Murilo Mendes escreve a Carlos Drummond de Andrade e a Lúcio Cardoso. Rio de Janeiro: Fundação Casa de Rui Barbosa, 1996.

GUIMARÃES, Raquel Beatriz Junqueira. *Pedro Nava, leitor de Drummond*. Campinas: Pontes, 2002.

HOUAISS, Antonio. *Drummond mais seis poetas e um problema*. Rio de Janeiro: Imago, 1976.

INOJOSA, Joaquim. *Os Andrades e outros aspectos do Modernismo*. Rio de Janeiro: Civilização Brasileira, 1975.

KINSELLA, John. *Diálogo de conflito*: a poesia de Carlos Drummond de Andrade. Natal: Editora da UFRN, 1995.

LAUS, Lausimar. *O mistério do homem na obra de Drummond*. Rio de Janeiro: Tempo Brasileiro; Brasília: Instituto Nacional do Livro, 1978.

LIMA, Mirella Vieira. *Confidência mineira*: o amor na poesia de Carlos Drummond de Andrade. Campinas: Pontes; São Paulo: EDUSP, 1995.

LINHARES FILHO. *O amor e outros aspectos em Drummond*. Fortaleza: Editora UFC, 2002.

LOPES, Carlos Herculano. *O vestido*. São Paulo: Geração Editorial, 2004.

LUCAS, Fábio. *O poeta e a mídia*: Carlos Drummond de Andrade e João Cabral de Melo Neto. São Paulo: Senac, 2003.

MAIA, Maria Auxiliadora. *Viagem ao mundo* gauche *de Drummond*. Salvador: Edição da autora, 1984.

MALARD, Letícia. *No vasto mundo de Drummond*. Belo Horizonte: Editora UFMG, 2005.

MARIA, Luzia de. *Drummond*: um olhar amoroso. Rio de Janeiro: Léo Christiano Editorial, 1998.

MARQUES, Ivan. *Cenas de um modernismo de província*: Drummond e outros rapazes de Belo Horizonte. São Paulo: 34, 2011.

MARTINS, Hélcio. *A rima na poesia de Carlos Drummond de Andrade*. Introdução de Antonio Houaiss. Rio de Janeiro: José Olympio, 1968.

MARTINS, Maria Lúcia Milléo. *Duas artes*: Carlos Drummond de Andrade e Elizabeth Bishop. Belo Horizonte: Editora UFMG, 2006.

MELO, Tarso de; STERZI, Eduardo. *7 X 2 (Drummond em retrato)*. Santo André: Alpharrabio, 2002.

MERQUIOR, José Guilherme. *Verso universo em Drummond*. Tradução de Marly de Oliveira. Rio de Janeiro: José Olympio, 1975.

MICELI, Sergio. *Lira mensageira*: Drummond e o grupo modernista mineiro. São Paulo: Todavia, 2022.

MONTEIRO, Salvador; KAZ, Leonel (orgs.). *Drummond frente e verso*: fotobiografia de Carlos Drummond de Andrade. Rio de Janeiro: Alumbramento; Livroarte, 1989.

MORAES, Emanuel de. *Drummond rima Itabira mundo*. Rio de Janeiro: José Olympio, 1972.

MORAES, Lygia Marina. *Conheça o escritor brasileiro Carlos Drummond de Andrade*. Rio de Janeiro: Record, 1977

MORAES NETO, Geneton. *O dossiê Drummond*. São Paulo: Globo, 1994.

MOTTA, Dilman Augusto. *A metalinguagem na poesia de Carlos Drummond de Andrade*. Rio de Janeiro: Presença, 1976.

NOGUEIRA, Lucila. *Ideologia e forma literária em Carlos Drummond de Andrade*. Recife: Fundarpe, 1990.

PY, Fernando. *Bibliografia comentada de Carlos Drummond de Andrade (1918-1930)*. Rio de Janeiro: José Olympio; Brasília: Instituto Nacional do Livro, 1980.

ROSA, Sérgio Ribeiro. *Pedra engastada no tempo*: ao cinquentenário do poema de Carlos Drummond de Andrade. Porto Alegre: Cultura Contemporânea, 1978.

SAID, Roberto. *A angústia da ação*: poesia e política em Drummond. Curitiba: Editora UFPR; Belo Horizonte: Editora UFMG, 2005.

SANT'ANNA, Affonso Romano de. *Drummond, o gauche no tempo*. Rio de Janeiro: Lia Editor; Instituto Nacional do Livro, 1972.

SANTIAGO, Silviano. *Carlos Drummond de Andrade*. Petrópolis: Vozes, 1976.

SANTOS, Vivaldo Andrade dos. *O trem do corpo*: estudo da poesia de Carlos Drummond de Andrade. São Paulo: Nankin, 2006.

SCHÜLER, Donaldo. *A dramaticidade na poesia de Drummond*. Porto Alegre: URGS, 1979.

SILVA, Sidimar. *A poeticidade na crônica de Drummond*. Goiânia: Kelps, 2007.

SIMON, Iumna Maria. *Drummond*: uma poética do risco. São Paulo: Ática, 1978.

SÜSSEKIND, Flora. *Cabral – Bandeira – Drummond*: alguma correspondência. Rio de Janeiro: Fundação Casa de Rui Barbosa, 1996.

SZKLO, Gilda Salem. *As flores do mal nos jardins de Itabira*: Baudelaire e Drummond. Rio de Janeiro: Agir, 1995.

TALARICO, Fernando Braga Franco. *História e poesia em Drummond*: A rosa do povo. Bauru: EDUSC, 2011.

TEIXEIRA, Jerônimo. *Drummond*. São Paulo: Abril, 2003.

_____. *Drummond cordial*. São Paulo: Nankin, 2005.

TELES, Gilberto Mendonça. *Drummond*: a estilística da repetição. Prefácio de Othon Moacyr Garcia. Rio de Janeiro: José Olympio, 1970.

VASCONCELLOS, Eliane. *O Arquivo-Museu de Literatura Brasileira*: um sonho drummondiano. Rio de Janeiro: Fundação Casa de Rui Barbosa, 2002.

VIANA, Carlos Augusto. *Drummond*: a insone arquitetura. Fortaleza: Editora UFC, 2003.

VIEIRA, Regina Souza. *Boitempo*: autobiografia e memória em Carlos Drummond de Andrade. Rio de Janeiro: Presença, 1992.

VILLAÇA, Alcides. *Passos de Drummond*. São Paulo: Cosac Naify, 2006.

WALTY, Ivete Lara Camargos; CURY, Maria Zilda Ferreira (orgs.). *Drummond*: poesia e experiência. Belo Horizonte: Autêntica, 2002.

WISNIK, José Miguel. *Maquinação do mundo*: Drummond e a mineração. São Paulo: Companhia das Letras, 2018.

YUNES, Eliana; BINGEMER, Maria Clara L. (orgs.). *Murilo, Cecília e Drummond*: 100 anos com Deus na poesia brasileira. São Paulo: Loyola, 2004.

ÍNDICE ONOMÁSTICO E REMISSIVO

Aboim, Aurora, 151
Abreu, Casimiro de, 171
Agripino, João, 157
Água (tela de Portinari), 34
Alberto-Torres, Heloísa, 153
Aleijadinho (Antônio Francisco Lisboa), 158-9
Aleixo, Pedro, 187, 195
Alencar, José de, 217
Alguma poesia (Drummond), 241
Almeida, Guilherme de, 140
Almeida, José Américo de, 28, 46, 64, 71
Almeida, Lúcia Machado de, 109
Almeida, Francisco Martins de, 21, 23, 50
Almeida, Paulo Mendes de, 95-6
Almeida, Pedro Marques de, 168
Alves, Aluísio, 94, 96
Alves, Castro, 83
Alves, Oswaldo, 29, 35, 41
Alvim, Afonso, 207
Amado, Genolino, 78
Amado, Gilberto, 132
Amado, Jorge, 59, 151
Amoroso Lima, Alceu, 151, 153; ver também Athayde, Tristão de (pseudônimo)

Andrada, Antônio Carlos Ribeiro de, 167
Andrade, Altivo Drummond de, 129
Andrade, Ary de, 188, 205
Andrade, Carlos de Paula, 66, 111, 219
Andrade, Mário de, 27, 31, 35, 52, 96, 108, 245
Andrade, Moacyr, 73
Andrade, Oswald de, 91,103
Andrade, Rodrigo M. F. de, 19, 27--30, 33, 35, 85, 88, 94, 101, 108, 119, 124, 132, 139, 172, 179
Andreazza, Mário, 190
Anjos, Augusto dos, 104, 111
Anjos, Cyro dos, 79, 85, 112, 114-5, 144, 233
année dernière à Marienbad, L' (filme), 163
Ano biográfico (Macedo), 57
Antônio, Celso, 18
Antonioni, Michelangelo, 156-7
Aparte (Lacretelle), 84
Apporelly (ApparícioTorelly), 209
Aranha, Graça, 57, 196
Aranha, Osvaldo, 20
Arinos, Afonso, 94, 97, 127, 157
Aristóteles, 84

Armando, Paulo, 29. 81, 102
Arraes, Miguel, 213
Assis, Carolina Machado de, 140-1
Assis, Machado de, 111, 140-1, 217, 261
Athayde, Tristão de (pseudônimo), 56, 108; *ver também* Amoroso Lima, Alceu
Athayde, Austregésilo de, 140, 151--2, 172
Atraso, O (projeto de jornal), 194
Auden, W. H., 21
avventura, L' (filme), 156-7
Ayala, Francisco, 34
"Azulão" (Ovalle), 127
Bahia, Lu Alberto, 209
Bandeira, Antônio Rangel, 38
Bandeira, Manuel, 35, 61, 78, 88, 100-101, 107, 115, 119-20, 129, 135, 140, 147, 160, 163-4, 170, 172, 179, 180-1, 184, 186, 200, 211, 232
Bandeira, Manuel Carneiro (pai), 182
Bandeira, Maria Cândida, 182
Barata, Agildo, 41, 46
Barbosa, Francisco de Assis, 17, 24, 92, 166, 172
Barbosa, Rui, 58, 184
Barker, George, 21
Barreiros, Eduardo Canabrava, 180
Barreto, Mário, 182
Barros, Ademar de, 172
Batista Júnior, 187
Batista, Dircinha, 187
Batista, Linda, 187
Baudelaire, Charles, 80, 82
Bazar Feminino (programa de rádio), 100
Benário, Olga, 42-3, 48

"Bens e o sangue, Os" (Drummond), 164
Beraldo, João, 74
Berle, Adolfo, 227
Bernanos, Georges, 16
Bernardes, Artur, 43-4, 166, 226, 228
Bernhardt, Sarah, 110
Bessa, Luís de, 109
Bianco, Enrico, 63
Bíblia, 163, 211
Bilac, Olavo, 110-11, 152
Bittencourt, Edmundo, 209
Bittencourt, Paulo, 39, 102, 209
Boitempo (Drummond), 192
Borba, Osório, 22, 93, 137
Borgatti, Aldo, 122
Botto, António, 89
Branco, Aloísio, 208
Brandão, Laura, 78
Brandão, Otávio, 77, 158
Brant, Maurício, 31
Brejo das Almas (Drummond), 241
Buarque, Chico, 192
Bulcão, Athos, 63

Cabral de Melo Neto, João, 39, 51-2, 55
Callado, Antonio, 190, 208
Câmara Cascudo, Luís da, 104
Câmara, Arruda, 60
Câmara, D. Hélder, 188
Câmara, Jayme Adour da, 169
Camilo, Eurico, 207
Camilo, Luís, 29
Campos, Francisco, 49, 166-7
Campos, Milton, 85-6, 144, 157, 179
Campos, Paulo Mendes, 15, 85, 108
"Canção do Fico" (Drummond), 146
Candido, Antonio, 94, 96-7, 151
Canepa, tenente, 31

Cântico dos Cânticos (Salomão), 126
Capanema, Gustavo, 33, 51, 63, 73, 125, 166, 210
Cardim, Elmano, 141
Cardoso, Lúcio, 164
Careta (revista), 101, 113, 148-9
Carneiro de Mendonça, Ana Amélia, 54, 179
Carneiro de Mendonça, Marcos, 54
Carneiro, Paulo, 54
Carneiro, Ruy, 26
Carpeaux, Otto Maria, 21, 26, 79, 208
Carrero, Tônia, 146
"Carta a Stalingrado" (Drummond), 188
Carvalho, Orlando, 97
Castello, Enrique, 124
Castro, Luís Werneck de, 40, 50
Castro, Moacir Werneck de, 22, 29
Cavalcanti, Lya, 155, 175, 189, 194-5
Chateaubriand, Assis, 42, 47
Chermont, Abel, 67
Chermont, Zaíde Mello Franco, 156
Chiang-Sing (pseudônimo), 129
Churchill, Winston, 44
"Círculo vicioso" (Machado de Assis), 111
cisma, A (Soares), 110
Claro enigma (Drummond), 125, 258, 258
Meyer-Clason, Curt, 180
Clirian (amiga de Drummond), 196
Coaracy, Vivaldo, 152
Comício (jornal), 122
Condé, João, 89, 101, 120
Cony, Carlos Heitor, 176-7
Corção, Gustavo, 102, 188
Correia, Trifino, 40

Correio da Manhã, 39, 42-3, 75, 103, 140, 146, 164-5, 171, 176, 194, 208-9
Costa, Dante, 172
Costa, Lúcio, 209
Costa, Miguel, 43
Costa, Nazaré, 170
Costa, Odylo (filho), 94, 170, 184
Costa, Odylo (neto), 170
Costa e Silva, Artur da, 193-4
Costa e Silva, Da (poeta), 110
Costa Filho, Miguel, 51
Couto, Ribeiro, 171
Crispim (gato), 141, 238
Crispim, Antônio (pseudônimo), 247
Cristo, 210
Cruls, Gastão, 19, 68, 69-70, 123, 132, 137, 139, 150
Cruzeiro, O (revista), 109, 135, 165
Cunha, Celso, 153
Cunha, Vieira da, 58

D'Alkmin, Maria Antonieta, 91, 104
D'Horta, Arnaldo Pedroso, 98, 151
Dacosta, Milton, 34, 210
Dantas, San Tiago, 177
Daudet, Léon, 82
Daus, professor, 182
Davis, Bette, 69
Di Cavalcanti, 173, 190
Diário Carioca, 38, 43, 50
Diário de Notícias, 32, 100
Dias, Correia, 58
Dicionário de filosofia (Soares), 58, 138
Dicionário de literatura brasileira (projeto), 57
Diretrizes (jornal), 39
Djanira, 34

Dória, Sampaio, 69
Doyle, Plínio, 161, 196
Drummond, José, 207
Drummond, Julieta Augusta (mãe), 207, 233
Drumond, Alexandre, 198
Drumond, Carvalho (dr. Ciriri), 198
Drumond, Regina, 198
Drummond de Andrade, Maria Julieta (filha), 53-4, 61-2, 81, 85, 233, 247
Duarte, Paulo, 129
Dupont, dr., 154
Dutra, Eurico Gaspar, 44, 47, 67-8, 69-70, 104, 226, 228
Dutra, Lia Correia, 22-3

Einstein, Albert, 26
Eisenstein, Serguei, 87
Elias, tio, 18, 53
"Elogio da humildade" (Bandeira), 184
Enciclopédia brasileira (org. Facó), 67
Eneida, 22-3, 61, 93, 129, 188
Escobar, Décio, 131
Escorel, Lauro, 55
Estado de S. Paulo, O (jornal), 148
Estrela da tarde (Bandeira), 172
Estrela solitária (Schmidt), 182
Etchegoyen, Alcides, 44
Études et milieux littéraires (Daudet), 82
Eu (Anjos), 104
Evangelho de São João, 211

Facó, Américo, 57, 67, 69-72, 104, 123-4, 141, 150
Faria, Alberto, 209
Faustino, Mário, 136
Fernandes, Millôr, 190

Ferraz, Aydano do Couto, 55-6, 64-5, 66
Ferreira Fortes, Afonso Sérgio, 66
Ferreira, Celina, 186
Ferreira, Rodolfo, 178, 198-9, 205
Figueiredo, Guilherme, 29, 95
Fiúza, Iedo, 67
Flaubert, Gustave, 82
"Flor, telefone, moça" (Drummond), 133
Folha de Minas (jornal), 85
Fon-Fon (revista), 113
Fonseca e Silva, Laura da, 77
Fonseca, Hermes da, 148, 191, 241
Fontoura, João Neves da, 94, 149
Fortunato, Gregório, 127
Francis, Paulo, 194
Franco, Afrânio de Melo, 218
Franco, Francisco, 78
Franco, Maria Eugênia, 108
Freire, Napoleão Muniz, 133
Freitas, Newton, 149
Fréville, Jean, 61
Freyre, Gilberto, 56, 104, 108
Fusco, Rosário, 217-8

Galvão, Patrícia (Pagu), 169
Gance, Abel, 202
Garbo, Greta, 190
Garrincha (gato), 153-5
Gerente, O (Drummond), 27, 255
Giorgi, Bruno, 29
Globo, O (jornal), 149, 182, 233
Goethe, Johann Wolfgang von, 111
Góis, Coriolano de, 44
Gomes, Eduardo, 30, 47, 49, 67, 114, 116, 227-8
Gomes, Eugênio, 188
Gomide, Paulo, 156, 163-4

Goulart, João (Jango), 144, 155-6, 163, 166, 176-7
Gourmont, Rémy de, 160
Graña Drummond, Carlos Manuel, 133
Graña Drummond, Pedro Augusto, 261
Graña Etcheverry, Manuel, 257
Grieco, Agripino, 162
Grillo, Heitor, 184
Grossman, Max, 144
Guerra, Domingos, 107
Guerra, Leopoldina, 107
Guimarães, Manuel Ferreira, 187

Hitler, Adolf, 42, 188
Holanda, Aurélio Buarque de, 17, 138, 254
Hugo, Victor, 122, 127

Icaza Sánchez, Homero, 171
Ilustração Brasileira (revista), III, 164
Impurezas do branco, As (Drummond), 205, 268
Inácio (gato), 141, 238
Irma la Douce (filme), 178
Isabel da Trindade, Santa, 125
Ismailovitch, Dimitri, 173
Itararé, Barão de, 33-34, 93; *ver também* Torelly, Apparício (Apporelly)
Itinerário de Pasárgada (Bandeira), 62
Ivã, o Terrível (filme), 87

J. Carlos, 113, 148, 212
Jardim, Luís, 146
Jesuíno do Monte Carmelo, frei, 35
Jesus Cristo, 211
João Alberto (chefe de polícia), 40, 45
João da Cruz, São, 125
João do Rio, 110
João, São, 211
Jobim, Renato, 100
Jornal do Brasil, 13, 136, 200, 208, 225, 227, 267, 270, 272
Jornal do Comércio, 141
Jornal Pequeno, 110
Jornal, O, 16, 38
"José" (Drummond), 131
Josefa (empregada), 123-4
Jovita (empregada), 157
Joyce, James, 90
Julgamento em Nuremberg (filme), 161
Jurandir, Dalcídio, 22, 38, 56, 66
Jurema (cozinheira), 213

K. Lixto, 212
Kipling, Rudyard, 90
Koestler, Arthur, 90-91
Kramer, Stanley, 161
Kubitschek, Juscelino, 144

L. (amigo de Drummond), 200
Lacerda, Carlos, 39, 46, 50, 67, 166, 176
Laclos, Choderlos de, 20
Lacretelle, Jacques de, 84
Landucci, Lélio, 124
Lange, Curt, 30
Lara Resende, Otto, 175
Lavadeiras (tela de Portinari), 34
Lavigne, Luís, 123
Leal, Simeão, 177
Leite, Otávio Dias, 38
Lemos (rapaz português), 129
liaisons dangereuses, Les (Laclos), 20
Lição de coisas (Drummond), 265
Lifar, Serge, 89
Life (revista), 169

Lima, Heitor, 111
Lima, Herman, 172
Lima, Hermes, 132
Lima, Jorge de, 17
Lima, Pedro Mota, 56, 64, 66, 98
Lima, Queiroz, 29
Linhares, Maria Yedda, 177
Linhares, ministro, 63, 69
Lins do Rego, José, 17, 104, 254
Lins, Álvaro, 17-8, 38, 56, 103, 208, 254
Lins, Etelvino, 45
Lisboa, Henriqueta, 186
Lisboa, José Carlos, 78
Lispector, Clarice, 157, 160, 192, 214
Lobato, Monteiro, 60
Lopes, Elcias, 113
Lousada, Wilson, 180
Lourdes (amiga de Bandeira), 181, 186
"Lutador, O" (Bandeira), 62
Lutero, Martinho, 180

Macedo, Joaquim Maria de, 57
Machado, Aníbal, 22-3, 25-6, 29-1, 59, 78, 103
Machado, Cristiano, 108, 112-3, 115, 116, 118, 233, 249
Machado, Dyonélio, 34
Machado, Lourival Gomes, 94, 108
Machado Filho, Aires da Mata, 94
Maciel, Olegário, 167-8
MacLaine, Shirley, 178
Magalhães, Agamenon, 45
maladies de la mémoire, Les (Ribot), 82
"Malbrough s'en va-t-en guerre" (canção), 96
Marcondes Filho, 45
Marcos, D. (monge), 102

Margarida, Maria, 124
Maria Isabel (freira), 125
Marina, Lygia, 203
Marta Rocha (gato), 154
Martins, Ana Maria, 131
Martins, Chico, 187
Martins, Cristiano, 109, 115
Martins, Luís, 96, 108, 131
Mascarenhas, Geraldo, 187
Mauriac, François, 85
Medeiros, Maurício de, 43
Meireles, Cecília, 136, 140, 164, 179-80, 184
Melca (cozinheira), 53-4, 238
Mello, Nelson de, 44
Mello, Thiago de, 135
Mello Filho, Luiz Emygdio de, 153
Melo Franco, Virgílio de, 31
Memórias póstumas de Brás Cubas (Machado de Assis), 33
Mendes, Ciro, 108
Mendes, Murilo, 15, 81, 183, 210
Mendonça, Marcos de, 179
Mesquita Filho, Júlio de, 97
Meyer, Augusto, 29, 33, 63, 149
Mignone, Francisco, 29, 186
Milano, Dante, 172, 179
Milliet, Sérgio, 96, 108
Minas Gerais (jornal), 73
Miranda, Alma Cunha de, 179
Miranda, Murilo, 29-30
Mon oncle (filme), 142
Moniz Sodré, Niomar, 194-5
Montaigne, Michel de, 83
Monteiro, Adolfo Casais, 129
Montenegro, Olívio, 108
Moraes, Rubens Borba de, 54
Moraes, Tati de, 30, 51-2
Moraes, Vinicius de, 29, 51-2, 59--60, 165, 238

Morais, Dolores Dutra de, 54, 87, 131, 136, 171
Morais, Mascarenhas de, 45
Morais, Prudente de (neto), 50, 68, 70, 101, 146, 150
Moral a Nicômaco (Aristóteles), 83
Moreyra, Álvaro, 56, 58, 66, 102, 113, 160, 177, 204
Moreyra, Cila, 178, 204
Moreyra, Eugênia Álvaro, 102-3
"Mosca azul, A" (Machado de Assis), 111
Motta, Edson, 173
Moura, Emílio, 74
Mundo Ilustrado, O (revista), 147
Muniz, Edmundo, 39
Mussolini, Benito, 55
mystique de Marcel Proust, La (Pommier), 82

Napoléon (filme), 202
"Narciso" (Anjos), 105
Nava, Pedro, 119
Neme, Mário, 95-6
Nehru, Jawaharlal, 129
Neruda, Pablo, 58-9
Nery, Adalgisa, 208
Neves, Célia, 41
Neves, David, 203
Nhanhá, tia, 18
Nijinski, Vaslav, 89
"No meio do caminho" (Drummond), 100
Nota, A (jornal), 101
Nova política do Brasil, A (Vargas), 127

Oiseaux-mouches orthorynques du Brésil (Descourtilz), 153
Olímpia, d., 107

Olinto, Lúcia, 179
Oliveira, Alberto de, 111, 162
Oliveira, Armando de Sales, 64
Oliveira, Franklin de, 59, 194
Oliveira, Gondim de, 109
Oliveira, João Daudt de, 73
Olympio, José, 127-9, 138, 172, 204
Opus 10 (Bandeira), 160
Ovalle, Jayme, 89, 127
Ovalle, Leolina, 89-90

Pacheco, João, 145
Páginas de ouro da poesia brasileira (org. Oliveira), 111
Pagu (Patrícia Galvão), 169
Paiva, Ataulfo de, 55, 85
"Palinódia" (Bandeira), 62
Para Todos... (revista), 113
Passage du malin (Mauriac), 85
Passeios na ilha (Drummond), 258
Pedrosa, José, 210
Pedrosa, Mário, 39, 42
Pena Júnior, Afonso, 141, 187
Pennafort, Onestaldo de, 179
Penseur (escultura de Rodin), 79
Peregrino Júnior, 171, 179
Pereira, Astrojildo, 17, 24, 31, 38-39, 59, 94-5, 227
Pereira, Athos, 143
Pereira, Daniel, 178, 180
Pereira, Elisabeth, 205
Pereira, Lúcia Miguel, 97, 139
Pereira, Nuno Marques, 57
Perón, Juan Domingo, 47
Pinheiro, Israel, 109-10
Pinto, Heráclito Sobral, 226
Pinto, Magalhães, 175
Pirandello, Luigi, 90
Pitu (prima de Drummond), 107, 198

"Poema da anistia" (Drummond), 38-9
"Poema-orelha" (Drummond), 261
Poemas (Drummond), 261
"Poemas da humildade" (Bandeira), 184
Pomar, Pedro, 60
Pommier, Jean, 82
Popular, O (jornal), 56, 58
Portinari, Candido, 19, 33-4, 59, 63, 79, 89, 121, 173, 210
Prado, Antônio, 196
Prado, Décio de Almeida, 96
Prado Júnior, Caio, 56
Prazeres, Heitor dos, 94
Presídio, Joel, 70
Prestes, Luís Carlos, 31-2, 36, 40-1, 55-6, 60, 63, 65, 67, 166, 225-6
Primeiras estórias (Guimarães Rosa), 164
Prokofiev, Serguei, 88
Proudhon, Pierre-Joseph, 178
Proust, Marcel, 82
Puck (cachorrinho), 22, 25, 133, 136, 232

Quadros, Jânio, 149, 153, 155, 157, 164
Queiroz, Dinah Silveira de, 17, 262
Queiroz, Raquel de, 188
Querida (revista), 204

Rafael (pintor), 35
Ramos, Graciliano, 225, 228
Rawson, general, 47
rayons et les ombres, Les (Hugo), 127
Rebelo, Marques, 17, 24-5, 27, 29, 34, 79, 109, 129, 210, 254
Régio, José, 129
Rego, Alceu Marinho, 94-5

Rego, Costa, 39, 39
Reis Júnior, 133, 153-4
Renan, Ernest, 73
Renault, Abgar, 18, 29, 193
Revista de Antropofagia, 169
Revista do Brasil, 17-8
Revista Ilustrada, 148
Reynal, Béatrix, 141
Ribeiro, Carlos, 174, 176
Ribeiro, Darcy, 144
Ribeiro, João, 209
Ribeiro, Orlando Leite, 172
Ribot, Théodule, 82
Ricardo, Cassiano, 180
Robbe-Grillet, Alain, 163
Rocha, Geraldo, 101
Rocha, Glauce, 133
Rocha, Martha, 181
Rodin, Auguste, 79
Rónai, Cora, 192
Rónai, Laura, 192
Rónai, Nora, 192
Rónai, Paulo, 192
Rosa do povo, A (Drummond), 253
Rosa, Guimarães, 135, 150-1, 164, 173, 180
Rubaiyat (Khayyam), 181
Rubião, Murilo, 74

Sabino, Fernando, 51, 59, 190, 203--4, 213, 238-9
Sá-Carneiro, Mário de, 121
Saia, Luís, 31
Salazar, António de Oliveira, 129
Salomão, rei de Israel, 126
Sangirardi, Helena, 100
Sangue (Costa e Silva), 111
Santos, Eurico, 153
São Paulo (navio), 166
Satélite (navio), 191

Schenberg, Mário, 98
Schmidt, Augusto Frederico, 39, 84, 89, 165-66, 181-2, 265
Scliar, Carlos, 51
Selma, 24
Sena, Jorge de, 143
Sentimento do mundo (Drummond), 253
Sérgio, António, 129
Sick, Helmut, 153
Silveira, Paulo da, 111
Sinfonia negra (Facó), 123
Sisson, Roberto, 59
"Só na maciota" (Vianna), 196
Soares, Órris, 58, 104, 110-11, 123--4, 138, 139, 141
Soares, tenente, 166
Sousa, Leal de, 101-101
Sousa, Lúcia de, 40
Sousa, Otávio Tarquinio de, 17, 39--40, 97, 101, 118, 127, 139
Sousa, Pompeu de, 50-51, 101
Souvenirs d'enfance et de jeunesse (Renan), 73
Spender, Stephen, 21
Swann, Carlos, 182

Tati, Jacques, 142
Teresa de Ávila, Santa, 125
Textos marxistas sobre literatura e arte (Fréville), 61
Tito, Josip Broz, 171
Torelly, Apparício (Apporelly), 209; *ver também* Itararé, Barão de
Torga, Miguel, 129
Tracy, Spencer, 161
Trevisan, Armindo, 179
Tribuna Popular (jornal), 58, 61, 64-5, 102, 253
Truman, Harry S., 91

Última Ceia (tela de Portinari), 211
Última Hora (jornal), 160
Unamuno, Miguel de, 78, 90, 178

vacances de M. Hulot, Les (filme), 142
Valadares, Benedito, 189
Vale, Cyro de Freitas, 194
Vargas, Benjamim (Bejo), 63
Vargas, Getúlio, 26-7, 31-2, 39-40, 44-5, 50-51, 61, 63-4, 113-4, 116-7, 127-8, 167, 187, 226, 228
Vasconcelos, Dora, 160
Versiani, Antônio, 163
"Versos a Corina" (Machado de Assis), 111
Vianna, Fructuoso, 196
Vianna, Moniz, 194
"Vida passada a limpo, A" (Drummond), 238
Vieira, José, 70
Vieira, Primo, 140
Villa-Lobos, Heitor, 196
Viola de bolso (Drummond), 121, 258
Viola de Queluz (Versiani), 163
Virgem Maria, 19, 125
"Vou-me embora pra Pasárgada" (Bandeira), 101

Wagner, Richard, 111
Wainer, Bluma, 39
Wainer, Samuel, 39
Washington Luís, 167
Whitman, Walt, 21

Zamoyski (polonês), 210
zéro et l'infini, Le (Koestler), 90
Ziraldo, 212
Zizinha, tia, 19

Este livro foi composto na tipografia
Arno Pro, em corpo 11/14, e impresso em
papel off-white no Sistema Digital Instant Duplex
da Divisão Gráfica da Distribuidora Record.